Deutsch von
Sybil Gräfin Schönfeldt, Hansgeorg Bergmann
und Rudolf Braunburg

Roald Dahl

Ich sehe was, was du nicht siehst

Acht unglaubliche
Geschichten

Rowohlt

Dieser Band enthält alle Erzählungen aus
«The Wonderful Story of Henry Sugar and six more»,
1977 bei Jonathan Cape in London erschienen,
und die Erzählung «The Butler»
Hinweis auf die Originaltitel der einzelnen
Erzählungen und die Übersetzer siehe Seite 259
Schutzumschlag- und Einbandentwurf von Jürgen Wulff
1. Auflage Februar 1980
Copyright © 1980 by Rowohlt Verlag GmbH,
Reinbek bei Hamburg
«The Wonderful Story of Henry Sugar and six more»:
Copyright © 1977 by Roald Dahl
«The Butler» Copyright © 1973 by Roald Dahl
All rights reserved
Alle deutschen Rechte vorbehalten
Satz 11 pt Garamond Linotron 404
Gesamtherstellung Clausen & Bosse, Leck
Printed in Germany
ISBN 3 498 01233 9

Acht unglaubliche
Geschichten

Inhalt

Auf dem Rücken

9

Der Anhalter

35

Der Butler

53

Der Schatz von Mildenhall

59

Der Schwan

93

Ich sehe was, was du nicht siehst

121

Wie ich Schriftsteller wurde

203

Ein Kinderspiel

241

Auf dem Rücken

Vor noch nicht sehr langer Zeit beschloß ich, ein paar Tage auf den Westindischen Inseln zu verbringen. Es sollte nur ein kurzer Urlaub sein. Freunde hatten mir erzählt, daß es wunderschön dort sei. Ich könnte den ganzen Tag faulenzen, sagten sie, mich an den silbernen Stränden sonnen und im warmen grünen Meer schwimmen.

Ich suchte mir Jamaica aus und flog direkt von London nach Kingston. Die Fahrt vom Kingston Airport zu meinem Hotel, das an der Nordküste lag, dauerte zwei Stunden. Die Insel war sehr bergig, und die Berge waren mit dunklen dichten Wäldern bewachsen. Der große Jamaicaner, der die Taxe fuhr, erzählte mir, daß oben in den Wäldern noch ganze Stämme von diabolischen Leuten lebten, die noch Woduzauber praktizierten und Medizinmänner hätten und andere magische Zeremonien betrieben. «Gehen Sie nie da rauf, in diese Bergwälder», sagte er mit rollenden Augen, «da passieren Sachen, da oben, da kriegen Sie weiße Haare von, in einer einzigen Minute.»

«Was denn für Sachen?» fragte ich ihn.

«Besser, Sie fragen nicht danach», sagte er, «es ist nicht gut, davon zu reden.» Und das war alles, was er zu diesem Thema sagen wollte.

Mein Hotel lag an einem perlenweißen Strand, und die Lage war noch schöner, als ich sie mir vorgestellt hatte. Aber in dem Augenblick, in dem ich durch die große, geöffnete Eingangstür schritt, fing ich an, mich unbehaglich zu fühlen. Es gab gar keinen Grund dafür. Ich konnte nichts sehen, was nicht in Ordnung gewesen wäre. Aber das Gefühl war da, und ich konnte es nicht abschütteln. Es lag etwas Unheimliches und Drohendes im Raum. Trotz aller Schönheit und trotz des Luxus war da ein Hauch von Gefahr, der in der Luft schwebte wie eine Giftgaswolke.

Und ich war nicht sicher, daß es nur das Hotel war. Die ganze Insel, die Berge und die Wälder, die schwarzen Felsen entlang der Küste und die Bäume mit den leuchtend roten Blütenkaskaden, all das und viele andere Dinge machten, daß ich mich unbehaglich in meiner Haut fühlte. Etwas Bösartiges lauerte unter der Oberfläche dieser Insel. Ich spürte es in meinen Knochen.

Mein Hotelzimmer hatte einen kleinen Balkon, von dem ich direkt zum Strand hinuntergehen konnte. Dort wuchsen überall hohe Kokospalmen, und alle naslang fiel eine riesige grüne Kokosnuß, so groß wie ein Fußball, vom Himmel und landete mit einem Bums im Sand. Es mußte töricht sein, sich unter den Palmen aufzuhalten, denn wenn einem so ein Ding auf den Kopf krachte, würde es einem den Schädel zertrümmern.

Das jamaicanische Mädchen, das mein Zimmer aufräumte, erzählte mir, daß ein reicher Amerikaner namens Mr. Wasserman auf genau diese Art und Weise vor zwei Monaten zu Tode gekommen war.

«Sie machen Spaß!» sagte ich zu ihr.

«Das ist kein Spaß!» rief sie. «Nein, Sir! Ich hab's mit meinen eigenen Augen gesehen!»

«Hat das denn nicht eine fürchterliche Aufregung gegeben?» fragte ich.

«Sie haben es vertuscht», erwiderte sie dunkel, «die Hotelleute haben es vertuscht, und die Leute von der Zeitung auch, denn so was ist schlecht für den Fremdenverkehr.»

«Und Sie haben es wirklich selber gesehen?»

«Ich hab wirklich und wahrhaftig gesehen, wie es passiert ist», sagte sie. «Also dieser Mr. Wasserman stand direkt unter dem Baum da am Strand. Er hat seinen Fotoapparat rausgeholt und damit den Sonnenuntergang anvisiert. An dem Abend war es ein ganz roter Sonnenuntergang, wirklich sehr schön. Und plötzlich kam eine große grüne Kokosnuß runter und platzte ihm genau auf die Glatze. Wumm! Und das», setzte sie nicht ohne Befriedigung hinzu, «war der letzte Sonnenuntergang, den Mr. Wasserman gesehen hat.»

«Wollen Sie damit sagen, daß er auf der Stelle tot war?»

«Ob auf der Stelle, weiß ich nicht», antwortete sie, «ich kann mich nur noch genau daran erinnern, daß ihm der Fotoapparat aus der Hand gefallen ist, in den Sand. Und dann fielen ihm die Arme runter, und er fing an zu schwanken, erst nach hinten, dann nach vorne, ein paarmal, ganz sachte, und ich stand da und beobachtete ihn und dachte, dem armen Mann ist ganz schwindlig, gleich fällt er in Ohnmacht! Und dann kippte er um, ganz langsam.»

«War er tot?»

«Mausetot», sagte sie.

«Gütiger Himmel!»

«Ja», antwortete sie. «Es bringt einem nichts ein, wenn man sich bei Wind unter eine Kokospalme stellt.»

«Danke», erwiderte ich, «das werde ich mir merken.»

Am Abend des zweiten Tages saß ich auf meinem Balkon. Ich hatte ein Buch auf dem Schoß und ein großes Glas Rumpunsch in der Hand. Ich las aber nicht, ich beobachtete eine kleine grüne Eidechse auf dem Boden des Balkons, die sich aus vielleicht zwei Meter Entfernung an eine zweite kleine grüne Eidechse heranschlich. Sie pirschte sich von hinten an und bewegte sich dabei sehr langsam und sehr behutsam. Als sie die andere erreicht hatte, ließ sie ihre lange Zunge vorschnellen und berührte die andere am Schwanz. Die andere fuhr herum, und sie standen sich gegenüber, vollkommen reglos, wie am Boden festgeklebt. Sie starrten sich an, zum Sprung bereit, voller Spannung. Dann begannen sie plötzlich einen komischen kleinen, hüpfenden Tanz. Sie hüpften hoch. Sie hüpften zurück. Sie hüpften nach vorn. Sie hüpften zur Seite. Sie umkreisten sich wie zwei Boxer, ständig hüpfend und tänzelnd. Es war spannend, sie zu beobachten, und ich vermutete, daß sie eine Art Hochzeitstanz vollführten. Ich verhielt mich still und wartete, was als Nächstes geschehen würde.

Aber das sah ich nicht mehr, denn in diesem Moment bemerkte ich unten am Strand ein großes Durcheinander. Ich hob den Blick und sah, wie sich eine Menschenmenge um irgend etwas am Ufer drängelte. Ich sah, gar nicht so weit von mir entfernt, eines von den schmalen kanuartigen Fischerbooten, das auf den Strand gezogen worden war, und vermutete, daß der Fischer mit einer besonders reichen Beute heimgekommen war, die die Leute sich nun anschauten.

Ein Netz voll Fische ist etwas, was mich schon immer fasziniert hat. Ich legte mein Buch beiseite und stand auf. Mehrere Leute kamen von der Hotelveranda und gingen eilig über den Strand zu der Menge am Ufer. Die Männer trugen die grauenhaften Bermudashorts, die bis zu den

Kniekehlen reichen, und Flatterhemden, die in den schreiendsten Farben, die man sich denken kann, vor allem in Rosa und Orange bedruckt waren. Die Frauen besaßen einen etwas besseren Geschmack, sie hatten meist hübsche Baumwollkleider an. Fast alle trugen ein Glas mit irgendeinem Drink in der Hand.

Ich griff mir meinen Rumpunsch und stieg vom Balkon zum Strand hinunter. Ich machte einen kleinen Bogen um die Kokospalme, unter der Mr. Wasserman einen so plötzlichen Tod gefunden hatte, und schlenderte über den wunderschönen silberweißen Strand auf die Gruppe zu.

Aber es war kein Netz voller Fische, das sie anstarrten, es war eine Schildkröte, eine Schildkröte, die auf dem Rükken im Sand lag. Und was für eine Schildkröte! Gigantisch! Ein Riese! Ich hätte es nicht für möglich gehalten, daß Schildkröten so groß werden können. Wie soll ich ihre Größe beschreiben? Ich glaube, wenn sie auf dem Bauch gelegen hätte, dann hätte ein ausgewachsener Mann auf ihrem Rücken sitzen können, ohne daß seine Füße den Boden berührten. Sie war länger als breit, ihr Schild war hoch gewölbt und von großer Schönheit.

Die Fischer, die sie gefangen hatten, hatten sie auf den Rücken gewälzt, damit sie ihnen nicht entkam. Um ihren Panzer war ein dicker Strick geschlungen, und einer der stolzen Fischer, ein schmaler schwarzer, bis auf ein Lendentuch nackter Bursche, stand ein Stückchen neben ihr und hielt das Ende des Stricks mit beiden Händen fest.

Das prachtvolle Geschöpf lag auf dem Rücken, die vier kräftigen Beine ruderten aufgeregt in der Luft, der lange, faltige Hals streckte sich so weit, wie es ging, aus dem Panzer vor. An den Pfoten waren lange, scharfe Krallen.

«Treten Sie zurück, meine Damen und Herren! Bitte!» rief der Fischer. «Treten Sie ein paar Schritte zurück! Diese

Klauen sind gefährlich, Leute! Sie können einem glatt den Arm vom Körper fetzen!»

Die Hotelgäste fühlten sich von diesem Schauspiel zugleich abgestoßen und angezogen. Ein Dutzend Fotoapparate fuhr in die Höhe und klickte. Viele der Frauen kreischten vor Vergnügen und klammerten sich am Arm ihrer Männer fest. Und die Männer demonstrierten ihre Furchtlosigkeit und ihre Männlichkeit durch laut herausposaunte alberne Bemerkungen.

«Wie wär's, Al, willst du dir nicht eine Brille daraus schnitzen?»

«Das verdammte Biest wiegt mindestens eine Tonne.»

«Glaubst du wirklich, daß die schwimmen kann?»

«Natürlich schwimmt die, das sind sogar gute Schwimmer. Können mit Leichtigkeit ein Boot ziehen.»

«Ist das eine Schnapp-Schildkröte?»

«Nein, das ist kein Schnapper. Schnapp-Schildkröten werden nicht so groß. Aber schnappen kann die auch. Komm ihr nicht zu nahe, sonst bist du deine Hand los.»

«Könnte sie jemandem die Hand abbeißen?»

«Jetzt würde sie das schon tun», erwiderte der Fischer und lachte, daß seine weißen Zähne blitzten. «Wenn sie im Meer schwimmt, würde sie niemand angreifen. Aber wenn man sie fängt und an den Strand zieht und auf den Rücken kippt, o Mann, da müssen Sie aufpassen, da schnappt sie nach allem, was in ihre Nähe kommt!»

«Ich glaube, ich würde auch zuschnappen», sagte die Frau, «wenn ich in ihrer Lage wäre!»

Irgendein Verrückter hatte im Sand ein Stück Treibholz gefunden und schleppte es jetzt zur Schildkröte hin. Es war eine Bohle von gut anderthalb Meter Länge, mehr als zwei Finger dick. Damit fing er an, nach dem Kopf der Schildkröte zu stoßen.

«Das würde ich nicht machen», sagte der Fischer, «damit bringen Sie sie nur noch mehr in Wut.»

Als die Stange den Hals der Schildkröte berührte, fuhr der große Kopf herum, sie öffnete das Maul und zermalmte das dicke Holz mit einem einzigen Biß mit ihrem Kiefer, als ob es aus Käse wäre.

«Oh!» schrien die Leute auf. «Habt ihr das gesehen? Gut, daß es nicht mein Arm gewesen ist!»

«Lassen Sie sie in Ruhe», sagte der Fischer. «Es bringt doch nichts, wenn Sie sie so aufregen.»

Ein dicker Mann mit fetten Hüften und kurzen Stummelbeinen watschelte auf den Fischer zu und sagte: «Hör mal, Junge. Ich will die Schale da. Ich kauf sie dir ab.» Und zu seiner stämmigen Frau sagte er: «Weißt du, was ich damit machen will, Mildred? Ich nehme die Schale mit nach Hause und lasse sie von einem Fachmann polieren. Und dann stelle ich sie mitten in unser Wohnzimmer! Ist das nicht was?»

«Phantastisch», sagte seine dicke Frau. «Los, kauf das Ding, mein Junge.»

«Keine Angst!» erwiderte er. «Es ist schon so gut wie meins.» Er wandte sich wieder an den Fischer und fragte: «Was soll die Schale kosten?»

«Ich hab sie schon verkauft», erwiderte der Fischer. «Die ganze Schildkröte, mit allem Drum und Dran.»

«Nun mal nicht so hastig, Junge», sagte der fette Mann. «Ich biete dir mehr. Raus damit: Was hat er dir geboten?»

«Das kann ich nicht machen», sagte der Fischer, «ich hab sie schon verkauft.»

«Wem denn?» fragte der fette Mann.

«Dem Manager.»

«Was für einem Manager?»

«Dem Manager vom Hotel.»

«Habt ihr das gehört?» schrie ein anderer Mann. «Er hat sie dem Manager von unserem Hotel verkauft! Wißt ihr, was das heißt? Das heißt Schildkrötensuppe! Das heißt es!»

«Er hat recht! Und Schildkrötensteak! Hast du schon mal Schildkrötensteak gegessen, Bill?»

«Noch nie in meinem Leben, Jack. Und ich dränge mich auch nicht danach.»

«Ein Schildkrötensteak schmeckt besser als Beefsteak, man muß es nur richtig braten. Es ist viel zarter, und es hat ein Aroma . . .!»

«Hör mal», sagte der fette Mann zum Fischer, «ich will dir ja gar nicht das Fleisch abhandeln. Der Manager kann sein Fleisch kriegen. Er kann das ganze Drum und Dran haben samt Zähnen und Fußnägeln. Ich will nur die Schale haben.»

«Und so wie ich dich kenne, mein Liebling», sagte seine Frau und strahlte ihn an, «wirst du die Schale auch kriegen.»

Ich stand nur da und hörte der Unterhaltung dieser Menschen zu. Sie sprachen über die Zerstörung, den Konsum und das Aroma eines Geschöpfes, das selbst in dieser Lage noch eine außergewöhnliche Würde zu besitzen schien. Eines war sicher: Die Schildkröte war älter als alle Anwesenden. Sie hatte vermutlich über 150 Jahre die grünen Wasser vor den Westindischen Inseln durchpflügt. Sie war schon dort, als George Washington Präsident der Vereinigten Staaten war und Napoleon bei Waterloo besiegt wurde. Wahrscheinlich war sie damals erst eine kleine Schildkröte, aber gelebt hatte sie bestimmt schon.

Und nun lag sie hier auf dem Rücken im Sand und wartete darauf, für Suppe und Steak geopfert zu werden. Sie war sichtlich alarmiert durch den Lärm und das Geschrei um sie herum. Ihr alter, faltiger Hals reckte sich so weit

16

wie möglich aus der Schale, und der große Kopf drehte sich hierhin und dorthin, wie auf der Suche nach etwas, das ihr den Grund für diese Mißhandlung erklären könnte.

«Wie willst du sie denn zum Hotel raufschaffen?» erkundigte sich der fette Mann.

«Wir werden sie mit dem Strick den Strand raufziehen», erwiderte der Fischer. «Die Leute vom Hotel kommen gleich und helfen. Wir werden zehn Mann brauchen, und alle müssen auf einmal schieben.»

«He, Leute!» schrie ein muskulöser junger Mann. «Warum ziehen *wir* sie nicht rauf?» Der junge Muskelprotz trug fuchsrot und erbsengrün gestreifte Bermudashorts und kein Hemd. Seine Brust war stark behaart und das Fehlen des Hemdes offensichtlich Berechnung. «Dann tun wir sogar noch etwas für unser Abendbrot!» schrie er und spannte die Muskeln. «Los, Leute! Wer macht mit?»

«Großartige Idee!» riefen sie. «Wirklich ein fabelhafter Einfall!»

Die Männer drückten ihren Frauen ihre Gläser in die Hand und stürzten auf den Strick zu. Sie stellten sich hintereinander auf, wie zum Tauziehen, und der junge Mann mit der Wolle auf der Brust ernannte sich selbst zum Anführer und Regisseur.

«Also los, Leute!» schrie er. «Wenn ich sage: *Zieht!*, dann müßt ihr alle auf einmal ziehen, kapiert?»

Dem Fischer gefiel das nicht. «Das sollten Sie lieber dem Hotel überlassen», sagte er.

«Quatsch!» rief der Mann mit der Wolle auf der Brust. «*Zieht*, Leute, *zieht*!»

Sie zogen mit aller Kraft. Die riesige Schildkröte schaukelte auf ihrem Rücken hin und her und wäre fast umgekippt.

«Dreht sie doch nicht um!» schrie der Fischer. «Wenn Sie so weitermachen, drehen Sie sie ja um! Und wenn sie erst wieder auf den Beinen steht, haut sie ab! Mit Sicherheit!»

«Immer mit der Ruhe, mein Junge», sagte der junge Mann mit der Wollbrust herablassend. «Wie soll sie denn abhauen? Wir haben sie doch am Strick, oder?»

«Diese alte Schildkröte zieht euch alle miteinander hinter sich her, wenn sie eine Chance hat!» rief der Fischer. «Sie zieht euch mit ins Meer hinaus, alle miteinander!»

«Zieht!» brüllte die Wollbrust, ohne sich um den Fischer zu kümmern. «Zieht, Leute, zieht!»

Sehr langsam glitt die riesenhafte Schildkröte nun über den Strand, zum Hotel, zur Küche, zu dem Ort, wo die großen Messer lagen. Das Weibervolk und die älteren, fetten, weniger sportlichen Männer spornten den Zug durch Rufe an.

«Zieht!» schrie der dichtbehaarte Anführer dauernd. «Legt euch richtig rein, Leute! Ihr könnt noch mehr!»

Plötzlich hörte ich Schreie. Alle hörten sie. Es waren hohe, schrille Schreie, so eindringlich, daß sie alles durchschnitten. «Nein!» gellte der Schrei. «Nein! Nein! Nein! Nein! Nein!»

Die Gruppe erstarrte. Die Männer am Tau hörten auf zu ziehen, die Schlachtenbummler hörten auf zu rufen, und alle Anwesenden drehten sich in die Richtung um, aus der die Schreie kamen.

Ich sah drei Menschen, einen Mann, eine Frau und einen kleinen Jungen, vom Hotel auf den Strand zukommen. Sie liefen fast, weil der Junge den Mann hinter sich her zerrte. Der Mann hielt den Jungen am Handgelenk fest, versuchte ihn zurückzuhalten, aber der Junge gab nicht nach. Er rannte, hüpfte und zappelte, drehte und wendete sich, um sich aus dem festen Griff des Vaters zu befreien. Es war der Junge, der so schrie.

18

«Aufhören!» rief er. «Laßt das! Laßt sie los! Bitte, lassen Sie sie doch los!»

Die Frau, seine Mutter, versuchte den anderen Arm des Jungen zu greifen, um ihn ebenfalls zurückzuhalten, aber der Junge sprang so aufgeregt herum, daß es ihr nicht gelang.

«Loslassen!» schrie der Junge. «Es ist gemein, was Sie da machen! Bitte, lassen Sie sie los!»

«Hör auf damit, David!» sagte seine Mutter und versuchte immer noch, seinen Arm zu packen. «Sei doch nicht so kindisch! Du machst dich lächerlich!»

«Vati!» schrie der Junge. «Vati! Sag ihnen, daß sie sie loslassen sollen.»

«Das kann ich nicht, David», sagte der Vater. «Es geht uns gar nichts an.»

Die Männer am Tau standen reglos da, das eine Ende des Stricks, der um die riesenhafte Schildkröte geschlungen war, immer noch fest in den Händen. Alle standen schweigend da, verblüfft, und starrten den Jungen an. Sie schienen etwas aus dem seelischen Gleichgewicht geraten zu sein. Sie hatten den betroffenen, leicht dümmlichen Ausdruck von Menschen, die bei etwas ertappt worden sind, was nicht ganz ehrenhaft ist.

«Nun komm schon, David», sagte der Vater und zerrte den Jungen zurück. «Komm mit ins Hotel und laß die Leute in Ruhe.»

«Ich geh nicht zurück!» rief der Junge. «Ich will nicht zurückgehen! Ich will, daß sie sie loslassen!»

«Aber David!» sagte seine Mutter.

«Hau ab, Junge!» rief ihm der Mann mit der Wolle auf der Brust zu.

«Ihr seid grausam und gemein!» rief der Junge. «Ihr alle miteinander seid grausam und gemein!» Er schleuderte die-

19

se Worte den vierzig oder fünfzig Erwachsenen , die da im
Sand standen, mit sich überschlagender, schriller Stimme
entgegen, und diesmal antwortete ihm niemand, nicht ein-
mal der Mann mit der Wolle auf der Brust. «Warum lassen
Sie sie nicht wieder ins Meer?» schrie der Junge. «Sie hat
Ihnen doch nichts getan! Lassen Sie sie doch laufen!»

Der Vater war zwar verlegen über das Verhalten seines
Sohnes, aber er hielt zu ihm. «Er ist ganz verrückt mit Tieren», sagte er zu der Gruppe. «Zu Hause hat er alle möglichen Arten von Tieren. Er spricht sogar mit ihnen.»

«Er liebt sie», setzte die Mutter hinzu.

Ein paar Leute begannen, mit den Füßen im Sand zu
scharren. Hier und da spürte man in der Gruppe einen
leichten Stimmungsumschlag, ein Gefühl der Unbehaglich-
keit, sogar eine Spur von Scham. Der Junge, der nicht älter
als acht oder neun Jahre sein mochte, hatte jetzt aufgehört,
sich gegen seinen Vater zu wehren. Der Vater hielt ihn
zwar noch am Handgelenk fest, zog ihn aber nicht mehr
zurück.

«Los!» rief der Junge. «Lassen Sie sie frei! Machen Sie
den Strick ab und lassen Sie sie laufen!» Er stand da, klein
und sehr aufrecht, sah die Leute an, seine Augen funkelten
wie zwei Sterne, und der Wind fuhr ihm ins Haar. Er war
großartig.

«Da können wir nichts machen, David», sagte sein Vater
sanft, «laß uns zurückgehen.»

«Nein!» schrie der Junge auf, und im gleichen Augenblick wand und drehte er sich so plötzlich, daß sein Handgelenk aus dem Griff des Vaters glitt. Er war weg wie ein
Blitz und rannte über den Sandstrand geradewegs auf die
riesenhafte umgedrehte Schildkröte zu.

«David!» schrie sein Vater und lief hinter ihm her.
«Halt! Komm zurück!»

Der Junge flutschte zwischen den Leuten durch wie ein Spieler mit dem Ball, und der einzige, der auf ihn zusprang, um ihn aufzuhalten, war der Fischer. «Geh nicht an die Schildkröte ran, Junge!» rief er und versuchte die vorbeiflitzende Gestalt festzuhalten. «Die reißt dich in Stücke!» schrie der Fischer. «Bleib stehen, Junge! Halt!»

Aber es war zu spät, um ihn jetzt noch aufzuhalten, und als er genau auf den Kopf der Schildkröte zuschoß, schnellte das Tier seinen riesigen umgekehrten Kopf herum, um den Jungen anzublicken.

Die entsetzte, von Todesangst erfüllte wimmernde Stimme der Mutter des Knaben stieg in den Abendhimmel empor. «David!» rief sie. «O David!» Im nächsten Augenblick kniete der Junge im Sand, schlang seine Arme um den faltigen Hals der Schildkröte und zog ihren Kopf an seine Brust. Er preßte die Wange gegen den Kopf der Schildkröte. Seine Lippen bewegten sich und flüsterten tröstende Worte, die niemand vernehmen konnte. Die Schildkröte wurde vollkommen ruhig. Sie hörte sogar auf, mit ihren gewaltigen Füßen durch die Luft zu rudern.

Ein tiefer Seufzer, ein langer, sanfter Seufzer der Erleichterung fuhr durch die Gruppe. Manche gingen ein, zwei Schritte zurück, als wollten sie einen gewissen Abstand von einem Geschehnis gewinnen, das ihr Begriffsvermögen überstieg. Aber der Vater und die Mutter kamen näher und blieben etwa zwei, drei Meter von ihrem Sohn entfernt stehen.

«Vati!» rief der Junge und streichelte dabei unablässig den alten braunen Kopf. «Tu doch bitte was, Vati! Mach doch bitte, daß sie sie laufenlassen.»

«Kann ich hier irgendwie helfen?» fragte ein Mann in einem weißen Anzug, der gerade aus dem Hotel gekommen war. Es war, wie alle wußten, Mr. Edwards, der Manager, ein hochgewachsener Engländer mit einer Schnabelnase und einem langen rosigen Gesicht. «Was für ein außergewöhnlicher Anblick!» sagte er und betrachtete den Jungen und die Schildkröte. «Er kann von Glück sagen, daß sie ihm nicht den Kopf abgerissen hat.» Und zu dem Jungen sagte er: «Du solltest jetzt lieber von ihr weggehen, mein Söhnchen. Das Tier ist gefährlich.»

«Ich will, daß sie sie laufenlassen!» rief der Junge und wiegte den Kopf immer noch in seinen Armen. «Sagen Sie ihnen doch, daß sie sie laufenlassen sollen!»

«Ihnen ist doch sicher klar, daß er jeden Augenblick getötet werden könnte», sagte der Manager zu dem Vater des Jungen.

«Lassen Sie ihn in Ruhe», erwiderte der Vater.

«Reden Sie keinen Unsinn», sagte der Manager. «Gehen Sie zu ihm und schnappen Sie ihn sich. Aber machen Sie schnell und passen Sie auf!»

«Nein», sagte der Vater.

«Was soll das heißen: nein?» fragte der Manager. «Diese Biester sind lebensgefährlich! Verstehen Sie das nicht?»

«Doch», erwiderte der Vater.

«Aber dann holen Sie ihn doch, um Himmels willen, da weg, Mann!» rief der Manager. «Wenn Sie es nicht tun, wird es einen scheußlichen Unfall geben!»

«Wem gehört sie?» fragte der Vater. «Wem gehört die Schildkröte?»

«Uns», antwortete der Manager, «das Hotel hat sie gekauft.»

«Dann tun Sie mir einen Gefallen», sagte der Vater. «Gestatten Sie mir, daß ich sie Ihnen abkaufe.»

Der Manager sah den Vater an, sagte aber nichts.

«Sie kennen meinen Sohn nicht», sagte der Vater, er sprach ganz ruhig. «Er wird den Verstand verlieren, wenn man sie ins Hotel hinaufbringt und schlachtet. Er wird hysterisch werden.»

«Holen Sie ihn bloß da weg!» sagte der Manager. «Und zwar schnell!»

«Er liebt Tiere», fuhr der Vater fort. «Er liebt sie wirklich. Er kann sich mit ihnen verständigen.»

Die Gruppe war still. Alle wollten hören, was gesagt wurde. Niemand ging. Sie standen da, als ob sie hypnotisiert wären.

«Wenn wir sie laufenlassen», sagte der Manager, «wird sie doch nur wieder eingefangen.»

«Vielleicht», antwortete der Vater. »Aber solche Tiere können schwimmen.»

«Ich weiß, daß sie schwimmen können», sagte der Manager. «Man wird sie trotzdem wieder fangen. Es sind Wertgegenstände, das dürfen Sie nicht vergessen. Allein der Panzer ist eine Menge wert.»

«Mir kommt es nicht auf die Kosten an», sagte der Vater. «Machen Sie sich darum keine Sorgen. Ich will sie kaufen.»

Der Junge kniete immer noch neben der Schildkröte im Sand und streichelte ihren Kopf.

Der Manager zog ein Taschentuch aus der Brusttasche und fing an, sich die Finger abzuwischen. Er war nicht sehr versessen darauf, die Schildkröte wieder laufenzulassen. Wahrscheinlich hatte er das Abend-Menü schon geplant. Auf der anderen Seite wollte er in dieser Saison nicht noch einen schrecklichen Unfall an seinem Privatstrand haben. Mr. Wasserman und die Kokosnuß, sagte er sich, waren für eine Saison genug gewesen, nein, herzlichen Dank!

Der Vater sagte: «Ich würde es als eine große, persönliche Gunst betrachten, Mr. Edwards, wenn Sie mir erlau-

23

ben würden, sie zu kaufen. Und ich verspreche Ihnen, daß Sie es nicht zu bereuen hätten. Das möchte ich betonen.»

Die Augenbrauen des Managers zuckten um den Bruchteil eines Millimeters nach oben. Er hatte verstanden. Man bot ihm eine Bestechung an. Das war etwas anderes. Ein paar Augenblicke fuhr er fort, sich die Hände mit dem Taschentuch abzuwischen, dann zuckte er die Schultern: «Na gut, ich finde, wenn sich Ihr Junge dann besser fühlt . . .»

«Ich danke Ihnen», sagte der Vater.

«Oh, vielen Dank!» rief die Mutter. «Vielen, vielen Dank!»

«Willy», sagte der Manager und winkte den Fischer zu sich.

Der Fischer kam näher. Er sah vollkommen verwirrt aus. «So etwas habe ich in meinem ganzen Leben noch nicht gesehen», sagte er. «Diese alte Schildkröte war die wildeste, die ich je gefangen habe! Sie hat gekämpft wie der Teufel, als wir sie einholten! Wir mußten sie zu sechst an Land bringen! Dieser Junge ist verrückt!»

«Ja, ich weiß», sagte der Manager. «Aber jetzt will ich, daß du sie laufenläßt.»

«Laufenlassen?» rief der Fischer außer sich. «Aber eine solche Schildkröte kann man doch nicht einfach laufenlassen, Mr. Edwards! Sie bricht alle Rekorde! Es ist die größte Schildkröte, die je auf dieser Insel gefangen worden ist! Bestimmt! Die größte! Und was ist mit unserem Geld?»

«Du wirst dein Geld schon kriegen.»

«Ich muß auch die anderen fünf auszahlen», protestierte der Fischer und deutete zum Strand hinunter.

Etwa hundert Meter entfernt standen fünf schwarzhäutige, fast nackte Männer neben einem zweiten Boot am Ufer.

«Wir sind alle sechs daran beteiligt», fuhr der Fischer fort. «Jeder kriegt den gleichen Teil. Ich kann die Schildkröte nicht laufenlassen, bevor wir nicht das Geld kriegen.»

«Ich garantiere dir, daß ihr es bekommt», sagte der Manager. «Reicht dir das nicht?»

«Ich unterschreibe diese Garantie», sagte der Vater des Jungen und trat vor. «Und es gibt noch eine Extra-Belohnung für euch alle sechs, wenn ihr sie sofort freilaßt. Ich meine sofort, auf der Stelle.»

Der Fischer sah den Vater an. Dann warf er einen Blick auf den Manager. «Gut», sagte er, «wenn Sie es so haben wollen.»

«Ich stelle nur *eine* Bedingung», fuhr der Vater fort. «Ihr kriegt euer Geld nur, wenn ihr versprecht, nicht gleich wieder loszuziehen und das Tier zu fangen. Zumindest nicht heute abend. Ist das klar?»

«Jawohl», sagte der Fischer. «Das ist ein Geschäft.» Er drehte sich um, rannte den Strand entlang und schrie den anderen fünf Fischern etwas zu, was wir nicht verstehen konnten. Ein oder zwei Minuten später kamen sie alle sechs zurück. Fünf trugen lange, dicke Holzstangen.

Der Junge kniete immer noch neben dem Kopf der Schildkröte.

«David», sagte der Vater sanft zu ihm. «Jetzt ist alles in Ordnung, David. Sie wollen sie freilassen.»

Der Junge sah sich um, nahm aber weder die Arme vom Hals der Schildkröte noch stand er auf. «Wann?» fragte er.

«Jetzt gleich», antwortete der Vater. «In diesem Augenblick. Es wäre also besser, wenn du hierher kommst.»

«Großes Ehrenwort?» fragte der Junge.

«Ja, David, großes Ehrenwort.»

Der Junge zog die Arme zurück. Er stand auf und trat ein paar Schritte zurück.

«Alles zurück!» rief der Fischer, der Willy hieß. «Bitte, alle Mann zurücktreten!»

Die Gruppe schob sich ein paar Meter weiter den Strand hinauf. Die Tauzieher ließen den Strick fallen und traten mit den anderen zurück.

Willy ließ sich auf alle viere fallen und kroch vorsichtig von der Seite an die Schildkröte heran. Er begann den Knoten zu lösen und hielt sich dabei außerhalb der Reichweite der großen Füße.

Als der Knoten aufgeknüpft war, kroch Willy zurück. Die fünf anderen Fischer traten mit ihren Stangen vor. Es waren etwa drei Meter lange, ziemlich dicke Stangen. Die Männer schoben sie unter den Rückenpanzer der Schildkröte und begannen, das große Tier hin und her zu schaukeln. Der Panzer war hoch gewölbt und zum Schaukeln wie geschaffen.

«Rauf und runter!» sangen die Fischer, während sie das Tier schaukelten. «Rauf und runter! Rauf und runter! Rauf und runter!» Die alte Schildkröte wurde wieder fürchterlich aufgeregt – und wer konnte ihr das verdenken? Ihre großen Füße zappelten verzweifelt in der Luft, der Kopf schnellte immer wieder aus dem Panzer hervor. «Roll sie rum!» sangen die Fischer. «Rauf und runter! Roll sie rum! Noch einmal und dann ist's gut!»

Die Schildkröte schwang hoch, blieb einen Augenblick zögernd auf der einen Seite stehen und krachte dann bäuchlings in den Sand.

Aber sie lief nicht sofort weg. Der riesige braune Kopf schob sich heraus, und sie spähte vorsichtig in die Runde. «Lauf, Schildkröte, lauf!» rief der kleine Junge. «Lauf zurück ins Meer!»

Die von Falten umrahmten schwarzen Augen der Schildkröte starrten zu dem Jungen hoch. Es waren glänzende,

lebendige Augen, aus denen die Weisheit des hohen Alters
sprach. Der Junge erwiderte den Blick der Schildkröte,
und als er weitersprach, klang seine Stimme sanft und zärtlich. «Leb wohl, meine Alte», sagte er. «Schwimm diesmal
weit genug fort.» Die schwarzen Augen ruhten noch ein
paar Sekunden auf dem Jungen. Niemand rührte sich.
Dann drehte sich das schwere Tier mit großer Würde um
und watschelte auf den Saum des Meeres zu, ohne große
Eile. Das Tier kroch gemächlich über den sandigen Strand,
und bei jedem Schritt schwankte der gewaltige Panzer
sacht von einer Seite zur andern.

Die Menschen schauten ihr schweigend nach.

Die Schildkröte hatte jetzt das Wasser erreicht und ging
noch eine Zeitlang vorwärts. Dann fing sie an zu schwimmen. Sie fühlte sich in ihrem Element. Sie schwamm anmutig und sehr rasch, den Kopf hoch in die Luft gereckt. Die
See war ruhig, und die Schildkröte machte kleine Wellen,
die rechts und links von ihr davonliefen, wie die Bugwellen
eines Bootes. Es dauerte ein paar Minuten, dann hatten wir
sie aus den Augen verloren. Während dieser Zeit war sie
bis halb zum Horizont geschwommen. Die Gäste begannen
nen ins Hotel zurückzugehen. Sie fühlten sich sonderbar
bedrückt. Es gab keine Späße und keine Hänseleien mehr,
auch kein Lachen. Irgend etwas war geschehen. Etwas
Fremdes hatte den Strand gestreift.

Ich ging wieder auf meinen kleinen Balkon, setzte mich
hin und rauchte eine Zigarette. Ich hatte das merkwürdige
Gefühl, daß dies noch nicht das Ende der Geschichte wäre.

Am nächsten Morgen um acht Uhr brachte mir das Ein-
geborenen-Mädchen, das mir von Mr. Wasserman und der
Kokosnuß erzählt hatte, ein Glas Orangensaft ins Zimmer.

«Heute früh große, große Aufregung im Hotel», sagte
sie, während sie das Glas auf den Tisch stellte und die Gar-

dinen zurückzog. «Alle laufen umher, als ob sie verrückt wären.»

«Warum denn? Was ist passiert?»

«Dieser kleine Junge von Nummer 12 ist verschwunden. Mitten in der Nacht ist er verschwunden.»

«Der Schildkröten-Junge?»

«Genau der», antwortete sie. «Seine Eltern stellen das ganze Hotel auf den Kopf, und der Manager wird verrückt.»

«Seit wann ist der denn verschwunden?»

«Ungefähr vor zwei Stunden hat sein Vater gesehen, daß das Bett leer ist. Aber er kann auch schon früher weggelaufen sein, schon mitten in der Nacht, meine ich.»

«Ja», sagte ich, «das hätte er tun können.»

«Er wird im ganzen Hotel gesucht, in jedem Winkel», fuhr sie fort, «und eben ist ein Polizeiauto angekommen.»

«Vielleicht ist er nur früh aufgestanden und klettert in den Felsen herum», sagte ich.

Ihre großen dunklen Geisteraugen ruhten einen Augenblick auf meinem Gesicht, dann wanderte ihr Blick weiter. «Das glaube ich nicht», sagte sie, und damit ging sie hinaus.

Ich zog mir etwas an und lief zum Strand hinunter, wo zwei eingeborene Polizisten in Khaki-Uniformen und Mr. Edwards, der Manager, standen. Mr. Edwards sprach, und die Polizeibeamten hörten ihm geduldig zu. In der Ferne, an beiden Enden des Strandes, sah ich kleine Gruppen von Menschen, Hotelangestellte und Hotelgäste, die ausströmten und auf die Felsen zu marschierten. Der Morgen war wunderbar. Der Himmel war rauchblau und hatte einen ganz leichten gelben Schimmer. Die Sonne schien schon und ließ überall auf der ruhigen See Diamanten funkeln. Und Mr. Edwards hielt den beiden eingeborenen Polizisten mit lauter Stimme einen Vortrag und ruderte dazu mit den Armen.

Ich wollte gern helfen. Aber was sollte ich tun? Wo sollte ich hingehen? Es wäre sinnlos, den anderen einfach zu folgen. Deshalb ging ich weiter auf Mr. Edwards zu.

Ungefähr zu diesem Zeitpunkt sah ich das Fischerboot. Das lange Holzkanu mit dem einen Mast und dem flatternden braunen Segel war noch ziemlich weit draußen auf der See, aber es hielt auf den Strand zu. Die beiden Eingeborenen an Bord, einer vorn, der andere hinten, pullten mit voller Kraft und außergewöhnlich schnell. Die Paddelblätter hoben und senkten sich mit so rasender Geschwindigkeit, als ob die Männer an einem Wettrennen teilnähmen. Ich blieb stehen und beobachtete sie. Warum beeilten sie sich so, um den Strand zu erreichen? Sie hatten offensichtlich etwas zu berichten. Ich behielt sie und das Boot im Blick. Links von mir hörte ich, wie Mr. Edwards zu den beiden Polizeibeamten sagte: «Das ist vollkommen lächerlich. Es geht nicht, daß einfach Leute aus dem Hotel verschwinden. Es wäre gut, wenn Sie ihn so schnell wie möglich fänden, haben Sie mich verstanden? Entweder läuft er irgendwo herum, oder er hat sich verirrt, oder er ist entführt worden. In jedem Fall ist die Polizei dafür verantwortlich, daß . . .»

Das Fischerboot flog durch die Brandungswelle und glitt in den Ufersand. Die beiden Männer ließen ihre Paddel fallen und sprangen aus dem Boot. Sie rannten den Strand hinauf, und ich sah, daß der vordere Mann Willy war. Als er den Manager und die beiden Polizisten sah, lief er auf sie zu.

«He, Mr. Edwards!» rief Willy. «Wir haben gerade etwas Komisches gesehen!»

Der Manager erstarrte und warf den Kopf in den Nakken. Die beiden Polizeibeamten verhielten sich unbeeindruckt. Sie waren aufgeregte Leute gewöhnt. Mit denen hatten sie es jeden Tag zu tun.

Willy blieb keuchend vor der Gruppe stehen, seine Brust hob und senkte sich in schnellem Rhythmus. Der andere Fischer stand dicht hinter ihm. Die beiden waren bis auf ein schmales Lendentuch nackt, und ihre schwarze Haut glänzte vor Schweiß.

«Wir sind eine lange Strecke so schnell gepaddelt, wie wir konnten», sagte Willy, um seine Atemlosigkeit zu erklären. «Wir meinten, wir sollten zurückkommen und es so schnell wie möglich erzählen.»

«Was erzählen?» fragte der Manager. «Was habt ihr denn gesehen?»

«Es war verrückt, Mann! Völlig verrückt!»

«Komm raus damit, Willy! Sag's doch endlich!»

«Sie werden mir nicht glauben», sagte Willy. «Niemand wird es glauben. Hab ich nicht recht, Tom?»

«Hast du», sagte der andere Fischer und nickte heftig mit dem Kopf. «Wenn Willy nicht bei mir gewesen wäre, wenn er das nicht bezeugen könnte, also, dann hätt ich's selber nicht geglaubt.»

«Was nicht geglaubt?» fragte Mr. Edwards. «Erzählt uns endlich, was ihr gesehen habt.»

«Wir sind früh rausgefahren», sagte Willy, «so gegen vier Uhr morgens, und wir sind schon ein paar Meilen weit draußen gewesen, ehe es richtig hell wurde, so daß wir was sehen konnten. Und plötzlich, als die Sonne aufgeht, sehen wir direkt vor uns, also bestimmt nicht mehr als fünfzig Meter entfernt, da sehen wir was, das haben wir nicht glauben wollen, und dabei haben wir's mit unseren eigenen Augen . . .»

«Was denn?» fuhr Mr. Edwards gereizt dazwischen. «Kommt doch, um des Himmels willen, zur Sache!»

30

«Wir sehen, wie diese alte Riesen-Schildkröte da draußen vor uns her schwimmt, die von gestern, vom Strand
hier, und wir sehen, wie der Junge hoch oben auf dem Panzer der Schildkröte sitzt und mit ihr durchs Meer reitet wie
auf einem Pferd.»

«Sie müssen es glauben!» rief der andere Fischer dazwischen. «Ich hab's auch gesehen, Sie müssen es glauben!»

Mr. Edwards sah die beiden Polizeibeamten an. Die beiden Polizeibeamten sahen die Fischer an. «Ihr wollt uns
wohl auf die Schippe nehmen, was?» erkundigte sich einer
der Polizeibeamten.

«Ich kann's beschwören!» schrie Willy. «Es ist so wahr
wie die Heilige Schrift! Der kleine Junge hat hoch oben auf
der Schildkröte gesessen, und seine Füße berührten nicht
mal das Wasser. Er war knochentrocken, und er saß da ganz
gemütlich und ganz vergnügt! Wir also hinter ihm her. Natürlich sind wir hinter ihm her! Zuerst versuchten wir, uns
leise anzuschleichen, wie man das immer tut, wenn man eine
Schildkröte fangen will, aber der Junge hat uns entdeckt.
Wir waren da gar nicht weit von ihnen entfernt, verstehen
Sie? Vielleicht so weit wie von hier bis zum Ufer. Und als
der Junge uns sah, beugte er sich nach vorn, als ob er der
alten Schildkröte was ins Ohr sagte, und da zischte der Kopf
von der Schildkröte in die Höhe, und ab geht die Post, als ob
der Teufel hinter ihr her ist. Mann, was kann diese Schildkröte schwimmen! Tom und ich, wir können ganz schön
schnell paddeln, wenn wir wollen, aber gegen dieses Ungeheuer hatten wir überhaupt keine Chance. Überhaupt keine
Chance. Sie ist mindestens doppelt so schnell wie wir. Mindestens doppelt so schnell, was meinst du, Tom?»

«Ich würde sagen, sie war dreimal so schnell», sagte
Tom. «Und ich sage Ihnen auch, warum: In zehn oder
fünfzehn Minuten waren die eine Meile von uns entfernt.»

«Aber warum hat ihr den Jungen denn nicht gerufen?» fragte der Manager. «Warum habt ihr nicht mit ihm gesprochen, als er noch in der Nähe war?»

«Wir haben gar nicht aufgehört zu rufen, Mann!» rief Willy. «Sobald uns der Junge sah, und wir nicht mehr versuchen konnten, uns anzuschleichen, haben wir angefangen zu rufen und zu schreien. Wir haben uns die Seele aus dem Leib geschrien, alles, was uns in den Kopf kam, um den Jungen an Bord zu kriegen. He, Junge, hab ich geschrien, komm mit uns zurück! Wir bringen dich nach Hause. Es hat keinen Sinn, was du da machst! Spring runter und schwimm her, solange du das noch kannst, wir fischen dich schon raus! Los mach, Junge, spring! Deine Mutter wartet zu Hause sicher schon auf dich, Junge, warum kommst du nicht zu uns und fährst mit uns zurück? Einmal rief ich ihm sogar zu: Hör mal, Junge! Wir wollen dir was versprechen: Wenn du mitkommst, versprechen wir dir, daß wir diese alte Schildkröte nie wieder fangen!»

«Hat er euch etwas darauf geantwortet?» fragte der Manager.

«Er hat sich nicht mal umgedreht!» sagte Willy. «Er saß hoch oben auf dem Panzer und schaukelte richtig mit seinem ganzen Körper, immer vor und zurück, als ob er die alte Schildkröte anspornen wollte, schneller zu schwimmen und immer noch schneller! Wenn nicht jemand schnell rausfährt und ihn da runterholt, werden Sie den kleinen Jungen nicht wiedersehen, Mr. Edwards.»

Das sonst so rosige Gesicht des Managers war kalkweiß geworden. «Welche Richtung haben sie genommen?» fragte er scharf.

«Nach Norden», antwortete Willy, «fast genau nach Norden.»

«Gut!» sagte der Manager. «Wir nehmen das Schnellboot. Du fährst mit uns, Willy. Und du auch, Tom.»

Der Manager, die beiden Polizeibeamten und die beiden Fischer rannten zum Wasser hinunter, wo das Boot für die Wasserskifahrten im Sand lag. Sie schoben es ins Meer – sogar der Manager griff zu und watete in seiner tadellos gebügelten weißen Hose bis zu den Knien im Wasser. Dann kletterten sie alle ins Boot.

Ich sah ihnen zu, wie sie davonbrausten.

Zwei Stunden später sah ich, wie sie zurückkamen. Sie hatten nichts entdeckt.

Den ganzen Tag suchten Schnellboote und Yachten von anderen Hotels die Küste und das Meer ab. Am Nachmittag mietete sich der Vater des Jungen einen Hubschrauber. Er flog selber mit, und sie waren drei Stunden in der Luft. Sie fanden weder eine Spur von dem Jungen noch von der Schildkröte.

Die Suche wurde noch eine Woche lang fortgesetzt, hatte aber keinen Erfolg.

Seit diesem Vorfall ist nun fast ein Jahr vergangen. In dieser Zeit hat es nur einen einzigen ernst zu nehmenden Hinweis gegeben. Eine Gruppe von Amerikanern war von Nassau auf den Bahamas zum Tiefseefischen zu einer großen Insel namens Eleuthera gefahren. In dieser Gegend gibt es Tausende von Korallenriffen und kleinen, unbewohnten Inseln, und auf einer dieser winzigen Inseln sah der Kapitän der Yacht durch sein Fernglas eine kleine menschliche Gestalt. Die Insel hatte einen Sandstrand, und die kleine Gestalt lief den Strand entlang. Das Fernglas wanderte von Hand zu Hand, und alle, die hindurchgeschaut hatten, waren sich darüber einig, daß es vermutlich ein Kind war, das dort lief. Es gab natürlich eine große Aufregung an Bord, und man holte schnellstens die Angeln ein. Der Kapitän nahm Kurs auf das Eiland. Als sie noch ungefähr eine halbe Meile entfernt waren, konnten sie durch das Fernglas klar und deutlich erkennen, daß die Gestalt am Strand ein Junge war, der – obwohl tief gebräunt – zweifellos ein Weißer und kein Eingeborener war. Zu diesem Zeitpunkt entdeckten die Beobachter auf der Yacht im Sand neben dem Jungen etwas, das wie eine riesige Schildkröte aussah. Was dann geschah, geschah sehr schnell. Der Junge, der vermutlich das sich nähernde Schiff erblickt hatte, sprang auf den Rücken der Schildkröte, und das riesige Tier tauchte ins Wasser und schwamm mit großer Geschwindigkeit um das Eiland herum und entzog sich ihren Blicken. Die Yacht suchte noch zwei Stunden lang nach ihnen, aber es war weder etwas von dem Jungen noch von der Schildkröte zu entdecken.

Es gibt keinen Grund, diesem Bericht zu mißtrauen. Auf der Yacht befanden sich fünf Personen. Vier waren Amerikaner, der Kapitän war ein Eingeborener aus Nassau. Sie alle haben den Jungen und die Schildkröte durch das Fernglas gesehen.

Um Eleuthera von Jamaica aus zu erreichen, muß man 250 Meilen nach Nordost segeln, dann die Windward-Passage zwischen Kuba und Haiti passieren, und danach mindestens 300 Meilen Kurs Nord-Nordwest einschlagen. Die Entfernung beträgt insgesamt etwa 550 Meilen – und das ist für einen kleinen Jungen auf dem Rücken einer Schildkröte eine ziemlich lange Seereise.

Wer weiß also, was man von alldem halten soll?

Vielleicht kommt er eines Tages zurück, obwohl ich das bezweifle. Ich glaube, daß er sich dort, wo er ist, sehr glücklich fühlt.

Der Anhalter

Ich hatte ein neues Auto. Es war ein aufregendes Spiel-
zeug, ein großer BMW, 3,3 L, das bedeutet 3,3 Liter, gute
Straßenlage, Einspritzmotor. Er hatte eine Spitzenge-
schwindigkeit von 129 Meilen die Stunde und eine enorme
Beschleunigung. Er war blaßblau. Die Sitze innen waren
mit einem dunkleren blauen Leder bezogen, mit echtem,
weichem Leder von der besten Qualität. Die Seitenfenster
ließen sich elektrisch öffnen und das Schiebedach auch.
Wenn man das Radio anmachte, fuhr automatisch die An-
tenne aus, und wenn man es wieder abschaltete, verschwand sie. Bei langsamem Tempo grollte und knurrte
der starke Motor ungeduldig, aber bei 60 Meilen pro Stunde hörte das Grollen auf, und der Motor begann vor Behagen zu schnurren.

Ich fuhr allein nach London. Es war ein wunderschöner
Junitag. Auf den Wiesen brachten sie das Heu ein, und zu
beiden Seiten der Straße blühten Butterblumen. Ich
rauschte so mit siebzig dahin, bequem in meinen Sitz ge-
lehnt, zwei Finger lässig auf dem Steuerrad, um den Wagen

in der Spur zu halten. Vor mir sah ich einen Mann den Daumen in die Luft halten, um mitgenommen zu werden. Ich trat auf die Bremse und brachte den Wagen neben ihm zum Stehen. Ich stoppe eigentlich immer, wenn ich Anhalter sehe. Ich weiß genau, wie man sich fühlt, wenn man am Rande einer Landstraße steht und die Autos vorbeisausen sieht. Ich hab nie die Fahrer ausstehen können, die so taten, als ob sie mich nicht gesehen hätten, besonders nicht die in den dicken Autos mit den leeren Sitzen. Die schweren, teuren Wagen hielten selten an. Es waren meist die kleinen, die einen zum Mitfahren einluden, oder die alten, verrosteten oder solche, die ohnehin mit Kindern vollgepfropft waren, und wo der Fahrer dann sagte: «Ach, das geht schon, einer mehr spielt keine Rolle.»

Der Anhalter steckte den Kopf durchs offene Fenster und fragte: «Fahren Sie nach London, Chef?»

«Ja», sagte ich, «springen Sie rein.»

Er stieg ein, ich fuhr weiter.

Es war ein kleiner Mann mit einem Rattengesicht und grauen Zähnen. Seine Augen waren dunkel und schnell und schlau, wie Rattenaugen, und seine Ohren liefen oben etwas spitz zu. Er hatte eine Schiebermütze auf dem Kopf und trug eine graue Jacke mit riesengroßen Taschen. Die graue Jacke, die flinken Augen und die spitzen Ohren – all das zusammen ließ ihn wie eine Art riesiger menschlicher Ratte aussehen.

«In welche Gegend von London wollen Sie denn?» fragte ich ihn.

«Ich will durch ganz London durch und zur anderen Seite wieder raus», sagte er. «Ich will nach Epsom, zu den Rennen. Heute ist Derby.»

«Ach ja», sagte ich, «ich wünschte, ich könnte mitkommen. Ich wette schrecklich gern.»

«Ich setze nie auf Pferde», entgegnete er, «ich sehe nicht mal zu, wenn sie laufen. Ein blöder Sport.»

«Warum fahren Sie dann überhaupt hin?» erkundigte ich mich.

Die Frage schien ihm nicht zu behagen. Sein kleines Rattengesicht wurde vollkommen ausdruckslos, er saß da, starrte geradeaus auf die Straße und sagte nichts.

«Dann helfen Sie wahrscheinlich am Wettschalter oder irgend so was», sagte ich.

«Das ist noch blödsinniger», antwortete er. «Mit diesen lausigen Maschinen umzugehen macht keinen Spaß, und Karten verkaufen auch nicht. Das kann jeder Trottel.»

Daraufhin herrschte ein langes Schweigen. Ich beschloß, ihm keine Fragen mehr zu stellen. Ich dachte daran, wie nervös es mich als Anhalter immer gemacht hatte, wenn die Fahrer versuchten, mich auszufragen. Wohin wollen Sie? Warum wollen Sie dahin? Was haben Sie für einen Beruf? Sind Sie verheiratet? Haben Sie eine Freundin? Wie heißt sie? Wie alt sind Sie? Und so weiter, und so weiter, und so weiter. Das habe ich gehaßt.

«Es tut mir leid», sagte ich, «es geht mich gar nichts an, was Sie machen. Es ist nur, ich bin Schriftsteller, und die meisten Schriftsteller sind entsetzlich neugierig.»

«Sie schreiben Bücher?» fragte er.

«Ja.»

«Bücher schreiben ist in Ordnung», sagte er. «Es ist etwas ganz Spezielles, würde ich sagen. Ich mache auch etwas Spezielles. Ich kann Leute nicht ausstehen, die ihr ganzes Leben lang im gleichen Trott bleiben und ihre idiotischen Routinejobs machen, ohne jedes echte Können. Verstehen Sie, was ich meine?»

«Ja.»

«Das Geheimnis des Lebens ist», sagte er, «irgend etwas

sehr, sehr gut zu können, etwas, was sehr, sehr schwer ist.»

«Und das können Sie», sagte ich.

«Ja. Sie auch – wir alle beide.»

«Wie kommen Sie darauf, daß ich gut bin in meinem Beruf?» fragte ich. «Es gibt eine Menge miserable Schriftsteller.»

«Wenn Sie nicht gut wären, würden Sie nicht in so einem Auto durch die Gegend fahren», antwortete er. «Muß 'ne ganz schöne Stange Geld gekostet haben, dieser Schlitten.»

«Billig war er nicht.»

«Was fährt er denn Spitze?» fragte er.

«Hundertneunundzwanzig Meilen», antwortete ich.

«Ich wette, das schafft er nicht.»

«Ich halte dagegen.»

«Autohersteller sind alle Lügner», sagte er. «Sie können kaufen, welchen Wagen Sie wollen, keiner fährt so schnell, wie die Macher in den Anzeigen behaupten.»

«Dieser doch.»

«Na, dann steigen Sie mal aufs Gas und beweisen es», sagte er. «Machen Sie schon, Chef, treten Sie aufs Gas und zeigen Sie, was er schafft.»

Bei Chalfont St. Peter ist eine Kreuzung mit Kreisverkehr, und gleich danach beginnt eine lange, gerade zweispurige Schnellstraße. Wir bogen aus dem Kreisverkehr in die Schnellstraße ein, und ich stieg voll aufs Gas. Der schwere Wagen schoß wie von der Tarantel gestochen vorwärts. In zehn Sekunden oder so waren wir auf neunzig.

«Fabelhaft!» rief er. «Herrlich! Weiter!»

Ich trat das Gaspedal bis zum Anschlag durch und ließ nicht nach.

«Hundert!» rief er. «Hundertfünf! . . . hundertzehn! . . . hundertfünfzehn! Weiter, weiter, nur nicht nachgeben!»

Ich war auf der äußeren Fahrspur, und wir zischten an anderen Autos vorbei. Es war, als ob die stillstünden – ein grüner Mini, ein großer sahnefarbener Citroën, ein weißer Land-Rover, ein gewaltiger Lastwagen, ein orangefarbener Volkswagenbus . . .

«Hundertzwanzig!» rief mein Mitfahrer und hopste auf seinem Sitz auf und ab. «Weiter! Weiter! Kitzeln Sie ihn auf eins-zwei-neun!»

In diesem Augenblick hörte ich das Heulen einer Polizeisirene. Sie klang so laut, als ob sie mitten in meinem Wagen wäre. Ein Verkehrspolizist auf einem Motorrad schob sich auf der inneren Fahrspur an uns vorbei, überholte uns und hob eine Hand, um uns zu stoppen.

«Ach du dicke Tante!» sagte ich. «Das haben wir nun davon!»

Der Verkehrspolizist mußte gut einhundertdreißig draufgehabt haben, als er uns überholte, und er brauchte eine ganze Zeit, um zu bremsen. Schließlich bog er auf die Standspur, und ich rollte hinter ihm her. «Ich wußte gar nicht, daß die Motorräder der Polizei so schnell sind», sagte ich ziemlich lahm.

«Dieses schon», sagte mein Mitfahrer. «Es ist die gleiche Marke wie Ihr Wagen. Eine BMW R 90 S. Die schnellste Maschine, die es gibt. So was haben die eben heute.»

Der Verkehrspolizist stieg von seinem Motorrad und kippte die Maschine leicht auf ihren Ständer. Dann zog er sich die Handschuhe aus und legte sie sorgfältig auf den Sitz. Er hatte jetzt keine Eile mehr. Wir waren da, wo er uns hatte haben wollen, und das wußte er.

«Jetzt gibt's Ärger», sagte ich. «Das gefällt mir gar nicht.»

«Sagen Sie nur, was notwendig ist, verstehen Sie?» sagte mein Kumpan. «Sitzen Sie einfach locker da und halten Sie die Klappe.»

Der Polizist kam langsam auf uns zu, wie ein Henker auf sein Opfer. Er war ein großer, gedrungener Mann mit Bauch, und seine blaue Uniformhose spannte sich wie eine Wurstpelle um seine gewaltigen Hinterbacken. Die Sichtblende seines Schutzhelms war hochgeklappt, und man sah sein wütendes rotes Gesicht mit den dicken Backen.

Wir saßen da wie zwei Schulbuben, die etwas ausgefressen haben, und warteten auf ihn.

«Nehmen Sie sich vor dem in acht», flüsterte mein Mitfahrer, «der sieht gemein aus.»

Der Polizist pflanzte sich vor meinem offenen Fenster auf und legte seine fleischige Hand auf den Rahmen.

«Warum so eilig?» fragte er.

«Wir haben gar keine Eile, Sir», antwortete ich.

«Vielleicht haben Sie eine Frau im Wagen, die in den Wehen liegt und schleunigst ins Spital muß? Ist das vielleicht der Fall?»

«Nein, Sir.»

«Oder vielleicht steht Ihr Haus in Flammen und Sie beeilen sich, um die Familie aus dem Dachgeschoß zu retten?»

Seine Stimme klang gefährlich sanft und spöttisch.

«Mein Haus steht nicht in Flammen, Sir.»

«Dann», sagte er, «haben Sie sich eine ziemlich ekelhafte Suppe eingebrockt, meinen Sie nicht? Kennen Sie die Geschwindigkeitsbeschränkung in diesem Lande?»

«Ja, Sir, siebzig», sagte ich.

«Und würden Sie die Freundlichkeit besitzen, mir zu verraten, wie schnell Sie eben gefahren sind?»

Ich zuckte die Schultern und sagte nichts.

Als er den Mund wieder aufmachte, donnerte seine Stimme so laut, daß ich zusammenfuhr. «Hundertzwanzig Meilen pro Stunde!» bellte er. «Das sind fünfzig über die Geschwindigkeitsbegrenzung!»

Er drehte den Kopf und spuckte einmal kräftig aus. Die Spucke klatschte auf den Kotflügel meines Wagens und rutschte langsam über den wunderschönen blauen Lack nach unten. Dann wandte er sich wieder uns zu und starrte durchdringend meinen Mitfahrer an. «Und wer sind Sie?» fragte er scharf.

«Er ist ein Anhalter», sagte ich, «ich habe ihn mitgenommen.»

«Sie habe ich nicht gefragt», sagte er. «Ich habe ihn gefragt.»

«Hab ich was falsch gemacht?» fragte mein Passagier. Seine Stimme klang so weich und ölig wie Pomade.

«Höchstwahrscheinlich», erwiderte der Polizeibeamte. «Sie sind jedenfalls ein Zeuge. Ich befasse mich gleich mit Ihnen. Führerschein!» fuhr er mich an und streckte die Hand aus.

Ich gab ihm meinen Führerschein.

Er knöpfte die linke Brusttasche seiner Jacke auf und zog den gefürchteten Block mit Strafzetteln heraus. Mit großer Sorgfalt schrieb er sich Namen und Anschrift aus meinem Führerschein ab. Dann gab er ihn mir zurück. Er ging nach vorn zum Kühler, las die Nummer auf dem Nummernschild und schrieb sie sich ebenfalls auf. Dann füllte er das Datum aus, die Uhrzeit und die Einzelheiten meiner Gesetzesübertretung, riß das Original von seinem Block ab und verglich, ehe er es mir übergab, noch einmal alle Angaben, um sich zu vergewissern, daß er auch alles auf seinem Durchschlag entziffern konnte. Schließlich stopfte er den

Block wieder in seine Jackentasche und knöpfte den Knopf zu.

«Und nun zu Ihnen», sagte er zu meinem Mitfahrer und marschierte um das Auto herum auf die andere Seite. Dann zog er aus der zweiten Brusttasche ein kleines schwarzes Notizbuch.

«Name!» fauchte er.

«Michael Fish», sagte mein Mitfahrer.

«Adresse?»

«Luton, Windsor Lane 14.»

«Irgendwelche Ausweispapiere, die beweisen, daß Ihre Angaben stimmen?» sagte der Polizist.

Mein Mitfahrer kramte in den Taschen herum und zeigte schließlich seinen Führerschein vor. Der Polizeibeamte überprüfte Namen und Anschrift und reichte ihn ihm zurück. «Und Ihr Beruf?» fragte er scharf.

«Muldenträger.»

«Was?»

«Muldenträger.»

«Buchstabieren!»

«M-u-l-d-e-n- . . .»

«Das genügt. Und was ist ein Muldenträger, bitte?»

«Ein Muldenträger, Sir, ist jemand, der den Zement die Leiter raufträgt, zu den Maurern. Und die Mulde ist das, worin er den Zement trägt. Es sind Tragestangen daran, und oben, im rechten Winkel . . .»

«Schon gut, schon gut. Bei wem sind Sie beschäftigt?»

«Bei niemand. Ich bin arbeitslos.»

Der Polizeibeamte schrieb alles sorgfältig in sein schwarzes Notizbuch. Dann steckte er das Buch wieder in die Tasche und knöpfte sie zu.

«Ich werde mich im Revier noch ein bißchen nach Ihnen erkundigen!» sagte er zu meinem Mitfahrer.

«Nach mir? Was habe ich denn ausgefressen?» fragte der Mann mit dem Rattengesicht.

«Ihr Gesicht gefällt mir nicht, deshalb», erwiderte der Polizeibeamte. «Wer weiß, vielleicht haben wir irgendwo in unserer Kartei ein Bild von Ihnen.» Er schlenderte um das Auto herum und pflanzte sich wieder vor meinem Fenster auf.

«Ich nehme an, Sie sind sich darüber im klaren, daß Sie in ernsten Schwierigkeiten stecken», sagte er zu mir.

«Ja, Sir.»

«Sie werden Ihre Luxuskutsche bestimmt nicht mehr lange fahren können, jedenfalls dann nicht mehr, wenn wir mit Ihnen fertig sind. Genaugenommen werden Sie in den nächsten Jahren überhaupt kein Auto mehr fahren können. Das ist auch nur gut. Ich hoffe, man wird Sie für eine Weile ganz aus dem Verkehr ziehen.»

«Sie meinen – eine Gefängnisstrafe?» fragte ich erschrocken.

«Getroffen», sagte er und schmatzte mit den Lippen. «Im Kittchen. Hinter schwedischen Gardinen. Zusammen mit all den anderen kriminellen Subjekten, die das Gesetz brechen. Und dazu noch eine saftige Geldstrafe. Niemand wird sich mehr darüber freuen als ich. Ich sehe Sie vor Gericht wieder, alle beide. Sie bekommen rechtzeitig eine Vorladung.»

Er machte kehrt, ging zu seinem Motorrad zurück, stieß den Standhebel mit dem Fuß weg und schwang sein Bein über den Sattel. Dann startete er und entschwand knatternd über die Landstraße.

«Puuuh!» stöhnte ich. «Das hat gereicht.»

«Wir sind erwischt worden», sagte mein Mitfahrer, «voll und ganz!»

«*Ich* bin erwischt worden, wollen Sie wohl sagen.»

«Stimmt», gab er zu. «Was woll'n Sie jetzt machen, Chef?»

«Ich werde geradewegs nach London fahren und mich mit meinem Rechtsanwalt unterhalten», antwortete ich. Ich ließ den Wagen an und fuhr los.

«Sie müssen ihm nicht alles glauben, was er gesagt hat – mit dem Gefängnis und so», sagte mein Mitfahrer. «Sie lochen keinen ein, nur weil er zu schnell gefahren ist.»

«Sind Sie sicher?» fragte ich.

«Hundertprozentig», antwortete er. «Sie können Ihnen den Führerschein wegnehmen und eine deftige Geldstrafe aufbrummen – aber damit hat sich's.»

Ich fühlte mich ungeheuer erleichtert.

«Ach, übrigens», sagte ich, «warum haben Sie ihn denn angelogen?»

«Wer, ich?» sagte er. «Wie kommen Sie denn darauf, daß ich gelogen habe?»

«Sie haben ihm gesagt, Sie seien ein arbeitsloser Muldenträger. Aber mir haben Sie erzählt, Sie machten etwas ganz Spezielles.»

«Das bin ich auch», entgegnete er, «aber es zahlt sich nicht aus, wenn man einem Bullen alles unter die Nase reibt.»

«Was machen Sie denn nun wirklich?» fragte ich ihn.

«Ach», sagte er ausweichend, «das möchten Sie wohl wissen, wie?»

«Ist es etwas, dessen Sie sich schämen müßten?»

«Schämen?» rief er. «Ich mich meiner Arbeit schämen? Ich bin genauso stolz darauf wie jeder andere in der Welt!»

«Und warum wollen Sie es mir dann nicht erzählen?»

«Ihr Schreiber seid wirklich entsetzlich neugierig, nicht?» sagte er. «Ich glaube, Sie geben keine Ruhe, bis Sie mir die Antwort abgeluchst haben!»

«Ach», log ich, «in Wirklichkeit interessiert es mich gar nicht so sehr.»

Er warf mir aus dem Augenwinkel einen flinken Rattenblick zu. «Ich glaube, es interessiert Sie doch», sagte er. «Ich kann Ihnen an der Nasenspitze ablesen, daß Sie denken, ich hätte irgendeinen komischen Beruf. Und Sie platzen fast vor Neugier, zu erfahren, was das für ein Beruf ist.»

Es war mir unbehaglich, daß er meine Gedanken lesen konnte. Ich hielt den Mund und starrte auf die Straße.

«Sie haben auch recht damit», fuhr er fort, «ich habe wirklich einen ziemlich komischen Beruf. Ich hab den verrücktesten Beruf, den es gibt.»

Ich wartete darauf, daß er weitersprach.

«Deshalb muß ich nämlich auch scharf aufpassen, zu wem ich was sage, verstehn Sie? Wie soll ich zum Beispiel wissen, ob Sie nicht auch ein Bulle sind, einer in Zivil?»

«Seh ich aus wie ein Bulle?»

«Nein», sagte er, «das tun Sie nicht. Und Sie sind auch keiner. Das kann ein Blinder mit dem Krückstock sehen.»

Er holte eine Tabaksdose und ein Päckchen Zigarettenpapier aus der Tasche und fing an, sich eine Zigarette zu drehen. Ich beobachtete ihn aus dem Augenwinkel, und es war fast unglaublich, mit welcher Geschwindigkeit er diese ziemlich komplizierten Handgriffe ausführte. Die Zigarette war in knapp fünf Sekunden gerollt und fertig. Er leckte mit der Zunge am Rand des Papiers entlang, strich es fest und steckte sich die Zigarette zwischen die Lippen. Dann erschien, wie aus dem Nichts, ein Feuerzeug zwischen seinen Fingern. Das Feuerzeug flammte auf. Die Zigarette brannte. Das Feuerzeug verschwand. Insgesamt eine bemerkenswerte Vorstellung.

«Ich habe noch nie jemand so schnell eine Zigarette drehen sehen», sagte ich.

«Aha», sagte er und tat einen tiefen Zug. «Das ist Ihnen also aufgefallen.»

«Natürlich ist mir das aufgefallen. Es war phantastisch.»

Er lehnte sich zurück und lächelte. Es schmeichelte ihm sehr, daß ich bemerkt hatte, wie rasch er sich eine Zigarette rollen konnte. «Sie wollen sicher wissen, woher ich das kann?» erkundigte er sich.

«Fangen Sie schon an!»

«Das ist, weil ich phantastische Finger habe. Diese Finger von mir», sagte er, hob seine beiden Hände und betrachtete sie, «sind schneller und schlauer als die Finger des besten Pianisten in der ganzen Welt.»

«Sind Sie Pianist?»

«Reden Sie keinen Unsinn», sagte er, «seh ich wie ein Pianist aus?»

Ich betrachtete seine Finger. Sie waren wunderschön geformt, schlank und lang und elegant, sie schienen überhaupt nicht zu ihm zu passen. Sie sahen eher aus wie die Finger eines Gehirnchirurgen oder eines Uhrmachers.

«Meine Arbeit», fuhr er fort, «ist hundertmal so schwer wie Klavierspielen. Das kann jedes Rindvieh lernen. Es gibt heute doch fast in jedem Haus ein paar mickerige Kinder, die Klavierspielen lernen, stimmt's oder nicht?»

«Mehr oder weniger», gab ich zu.

«Natürlich stimmt es. Aber es gibt nicht einen von zehn Millionen, der das lernt, was ich mache. Nicht einer von zehn Millionen! Was sagen Sie nun?»

«Erstaunlich», sagte ich.

«Das ist wahr, es ist erstaunlich», erwiderte er.

«Ich glaube, ich weiß jetzt, was Sie machen», sagte ich. «Sie führen Zaubertricks vor. Sie sind ein Taschenspieler.»

«Ich – ein Zauberkünstler?» schnaubte er. «Sehe ich etwa so aus, als ob ich zu albernen Kindergeburtstagen gehe und Karnickel aus dem Zylinder zaubere?»

«Dann sind Sie ein Kartenspieler. Sie überreden die Leute zu Glücksspielen, und dann geben Sie sich selbst ein erstklassiges Blatt.»

«Ich! Ein gemeiner Falschspieler!» rief er. «Also das sind nun wirklich die miesesten Gauner, die es gibt.»

«Gut, gut, ich gebe auf.»

Ich fuhr ziemlich langsam jetzt, nicht mehr als vierzig Meilen, um sicher zu sein, daß ich nicht noch einmal gestoppt wurde. Wir waren auf der Hauptstraße London–Oxford und fuhren den Berg nach Denham hinab.

Plötzlich hielt mein Mitfahrer einen schwarzen Ledergürtel in der Hand. «Haben Sie den schon mal gesehen?» erkundigte er sich. Der Gürtel hatte eine Messingschnalle von ungewöhnlicher Form.

«He!» sagte ich. «Das ist doch meiner, oder? Natürlich ist das meiner! Wo haben Sie den her?»

Er schmunzelte und ließ den Gürtel sachte hin und her baumeln. «Was meinen Sie wohl, wo ich den her habe?» sagte er. «Oben aus Ihrem Hosenbund natürlich.»

Ich griff nach unten und tastete nach meinem Gürtel. Er war verschwunden.

«Wollen Sie damit sagen, daß Sie ihn mir abgenommen haben, eben beim Fahren?» fragte ich verblüfft.

Er nickte und musterte mich dabei die ganze Zeit mit seinen kleinen schwarzen Rattenaugen.

«Aber das ist doch unmöglich», stotterte ich. «Sie hätten doch die Schnalle aufmachen müssen und das ganze Ding rausziehen, durch alle Ösen, um meinen ganzen Bauch. Das hätte ich doch sehen müssen. Und selbst wenn ich es nicht gesehen hätte, hätte ich es fühlen müssen.»

«Und das haben Sie nicht, was?» fragte er triumphierend. Er ließ den Gürtel auf seinen Schoß fallen, und plötzlich tanzte ein brauner Schnürsenkel an seinen Fingern. «Und was ist damit?» rief er und schwenkte ihn hin und her.

«Was ist womit?» fragte ich.

«Ist hier jemand, dem ein Schnürsenkel fehlt?» fragte er und grinste.

Ich warf einen Blick auf meine Schuhe. Einer hatte keinen Schnürsenkel mehr. «Allmächtiger!» sagte ich. «Wie haben Sie denn das fertiggebracht? Ich habe nicht gesehen, daß Sie sich vorgebeugt haben.»

«Sie haben gar nichts gesehen», sagte er stolz. «Sie haben sogar nicht mal gesehen, daß ich mich überhaupt bewegt habe! Und wissen Sie auch warum?»

«Ja», sagte ich, «weil Sie phantastische Finger haben.»

«Richtig!» rief er. «Sie sind ziemlich schnell mit'm Kopp, wie?» Er lehnte sich zurück, zog an seiner selbstgedrehten Zigarette und blies den Rauch in einem dünnen Strahl gegen die Windschutzscheibe. Er wußte genau, daß er mich mit diesen beiden Tricks tief beeindruckt hatte, und das erfüllte ihn mit Glück. «Ich will nicht zu spät kommen», sagte er, »wie spät ist es auf Ihrer Uhr?»

«Vor Ihnen ist eine Uhr», sagte ich ihm.

«Auf Autouhren ist kein Verlaß», sagte er, «wieviel ist es auf Ihrer Uhr?»

Ich schob meine Manschette zurück, um einen Blick auf meine Armbanduhr zu werfen. Sie war nicht da. Ich sah den Mann an. Er sah mich an und schmunzelte.

«Die haben Sie auch genommen», sagte ich.

Er streckte die Hand aus, und meine Uhr lag auf seiner Handfläche. «Hübsches kleines Stück ist das», sagte er. «Erstklassige Qualität. Achtzehn Karat Gold. Leicht zu verkloppen. Erstklassige Markenware geht immer weg wie warme Semmeln.»

48

«Die hätte ich aber gern zurück, wenn Sie nichts dagegen haben», sagte ich etwas pikiert.

Er legte die Armbanduhr vorsichtig auf das Ablagebrett vor sich. «Von Ihnen würde ich doch nichts mitgehen lassen, Chef», sagte er, «Sie sind mein Kumpel. Sie haben mich mitgenommen.»

«Gut, das zu hören», sagte ich.

«Alles, was ich mache, ist doch nur, weil ich Ihnen auf Ihre Frage antworten will», fuhr er fort. «Sie haben mich gefragt, womit ich mein Brot verdiene, und ich zeige es Ihnen.»

«Was haben Sie denn noch von mir?»

Er lächelte wieder, und dann begann er, einen Gegenstand nach dem andern aus seiner Jackentasche zu holen: meinen Führerschein, einen Schlüsselring mit vier Schlüsseln, ein paar Pfund-Noten, etwas Kleingeld, einen Brief von meinem Verleger, meinen Taschenkalender, einen Bleistiftstummel, einen Zigarettenanzünder und zum Schluß einen wunderschönen alten Ring mit einem Saphir und Perlen ringsum. Der Ring gehörte meiner Frau, und ich sollte ihn zum Juwelier in London bringen, weil eine der Perlen herausgefallen war.

«Also das hier ist auch ein nettes kleines Stück», sagte er und drehte den Ring zwischen seinen Fingern. «18. Jahrhundert, wenn ich mich nicht irre, aus der Regierungszeit von King George III.»

«Stimmt», sagte ich beeindruckt, «Sie haben vollkommen recht.»

Er legte den Ring zu den anderen Gegenständen auf das Ablagebrett.

«Sie sind also ein Taschendieb», sagte ich.

«Das Wort kann ich nicht ausstehen», antwortete er. «Es ist grob und vulgär. Taschendiebe sind grob und vulgär.

Amateure, die sich nur an leichte Sachen wagen – blinden alten Damen das Geld aus der Tasche klauen und so was.»

«Und als was bezeichnen Sie sich?»

«Ich? Ich bin ein Fingerschmied. Ein professioneller Fingerschmied.» Er sagte das so feierlich und stolz, als ob er mir erzählte, er sei der Präsident der Ärztekammer oder Erzbischof von Canterbury.

«Das Wort hab ich noch nie gehört», sagte ich. «Haben Sie es selbst erfunden?»

«Nein, das habe ich nicht», erwiderte er, «dieser Titel wird nur den Topleuten in der Branche verliehen. Sie haben doch zum Beispiel sicher schon von einem Goldschmied oder von einem Silberschmied gehört. Das sind Fachleute, Fachleute für Gold und Silber. Ich bin ein Fachmann für meine Finger, und deshalb bin ich ein Fingerschmied.»

«Das muß eine interessante Beschäftigung sein.»

«Es ist ein wunderbarer Beruf», antwortete er, «einfach großartig.»

«Und deshalb gehen Sie zu den Rennen?»

«Renn-Publikum ist eine leichte Beute», sagte er. «Man braucht sich nur nach dem Rennen hinzustellen und aufzupassen, wer Glück hatte und Schlange steht, um sich sein Geld abzuholen. Und wenn man wen sieht, der einen dicken Packen Banknoten einstreicht, braucht man ihm nur auf den Fersen zu bleiben und sich selbst zu bedienen. Aber verstehen Sie mich nicht falsch, Chef. Von einem Verlierer würde ich nie was nehmen. Auch nicht von armen Schluckern. Ich mache mich nur an die ran, die sich's leisten können, an die Gewinner und die Reichen.»

«Sehr rücksichtsvoll von Ihnen», sagte ich. «Sind Sie schon mal erwischt worden?»

«Erwischt!» rief er verächtlich. «Ich und erwischt! Taschendiebe, die werden vielleicht erwischt. Fingerschmiede nie. Hören Sie, wenn ich wollte, könnte ich Ihnen die falschen Zähne aus dem Mund ziehen, und Sie würden es nicht merken.»

«Ich habe keine falschen Zähne», sagte ich.

«Das weiß ich», erwiderte er, «sonst hätte ich sie schon längst in der Tasche.»

Ich glaubte ihm aufs Wort. Diese langen, dünnen Finger schienen zu allem fähig zu sein.

Wir fuhren eine Zeitlang weiter, ohne zu sprechen.

«Dieser Polizist», sagte ich schließlich, «wird Sie doch sicher ziemlich gründlich überprüfen. Macht Ihnen das keine Sorgen?»

«Mich überprüft keiner», sagte er.

«Natürlich wird er das tun. Er hat doch Ihren Namen und Ihre Adresse in sein Notizbuch geschrieben.»

Der Mann sah mich wieder mit seinem schlauen, schmalen Rattenlächeln an. «So, so», sagte er, «hat er das? Aber ich wette, in sein Gedächtnis hat er nichts geschrieben. Ich habe noch nie einen Bullen getroffen, der ein gutes Gedächtnis hatte. Die meisten wissen nicht mal ihren eigenen Namen aus dem Kopf.»

«Was hat denn das Gedächtnis damit zu tun?» erkundigte ich mich. «Er hat es doch in sein Buch geschrieben, oder?»

«Ja, Chef, das hat er. Der Jammer ist nur, er hat das Buch verloren. Er hat beide Bücher verloren, das mit meinem Namen drin und auch das mit Ihrem.»

In den langen, geschmeidigen Fingern seiner Rechten hielt er triumphierend die beiden Bücher, die er dem Polizisten aus den Taschen gezogen hatte. «Das war mein leichtester Job», verkündete er stolz.

Ich sauste fast hinten in einen Milchwagen hinein, so aufgeregt war ich.

«Von uns hat der Bulle jetzt nichts mehr», sagte er.

«Sie sind ein Genie!» rief ich.

«Er hat weder Namen noch Adressen, noch Autonummer – nichts», sagte er.

«Sie sind fabelhaft!»

«Ich glaube, Sie sollten bei der nächsten Abzweigung mal von der Hauptstraße runtergehen», sagte er. «Es wäre vielleicht nicht dumm, wenn wir ein kleines Freudenfeuer machten und diese Bücher hier verbrennen.»

«Sie sind ein phantastischer Bursche!» rief ich aus.

«Danke, Chef», sagte er. «Anerkennung ist immer was Schönes.»

Der Butler

Als George Cleaver seine erste Million gemacht hatte, zogen er und Mrs. Cleaver aus dem kleinen Vororteinfamilienhaus in ein elegantes Haus in London. Sie stellten für ein irres Geld einen französischen Küchenchef ein, Monsieur Estragon, und einen englischen Butler, der Tibbs hieß. Mit Hilfe dieser beiden Experten machten sich die Cleavers daran, die soziale Leiter nach oben zu klettern und begannen, an mehreren Abenden in der Woche verschwenderische Dinnerparties zu geben.

Aber diese Dinnerparties schienen nie richtig zu glükken. Es fehlte an Schwung, an dem Funken, der die Unterhaltung belebte, und vor allem an Stil. Obwohl das Essen superb war und die Bedienung ohne Fehl und Tadel.

«Was, verdammt noch mal, stimmt nicht mit unseren Parties, Tibbs?» sagte Mr. Cleaver zu dem Butler. «Warum tauen die Leute nicht auf und kommen ein bißchen in Fahrt?»

Tibbs neigte den Kopf zur Seite und sah zur Decke

hoch. «Ich hoffe, Sir, Sie werden es mir nicht übelnehmen, wenn ich mir eine kleine Bemerkung erlaube.»

«Und die wäre?»

«Es liegt am Wein, Sir.»

«Was ist mit dem Wein?»

«Nun, Sir, Monsieur Estragon kocht vorzüglich. Und zu vorzüglichem Essen gehören vorzügliche Weine. Aber Sie setzen Ihren Gästen einen billigen, ziemlich scheußlichen spanischen Rotwein vor.»

«Warum, um Himmels willen, haben Sie das nicht früher gesagt, Sie Besserwisser?» kreischte Mr. Cleaver. «Geld hab ich genug. Ich werde den Leuten den besten und feurigsten Wein von der Welt vorsetzen – wenn es das ist, was sie wollen . . . Welches ist der beste Wein von der Welt?»

«Roter Bordeaux, Sir», erwiderte der Butler. «Von den berühmtesten Schlössern wie Lafite, Latour, Haut-Brion, Margaux, Mouton-Rothschild und Cheval Blanc. Und nur die ganz großen Jahrgänge, 1906, würde ich sagen, und 1914, 1929 und 1945. Der Cheval Blanc war auch 1895 und 1921 ausgezeichnet, und ebenso der Haut-Brion von 1906.»

«Kaufen Sie alle diese Weine!» sagte Mr. Cleaver. «Packen Sie den ganzen verdammten Keller damit voll, von oben bis unten!»

«Ich kann es versuchen, Sir», sagte der Butler. «Aber Weine wie diese sind außerordentlich selten und kosten ein Vermögen.»

«Kehrt mich einen Dreck, was sie kosten!» sagte Mr. Cleaver. «Gehen Sie schon los und kaufen Sie sie!»

Das war leichter gesagt als getan. Nirgendwo in England oder in Frankreich konnte Tibbs Weine der Jahrgänge 1895, 1906, 1914 oder 1921 finden. Aber er erwischte ein paar Flaschen der Jahrgänge 1929 und 1945. Sie kosteten astronomische Summen. Die Rechnungen waren so hoch, daß selbst Mr. Cleaver aufmuckte und es zur Kenntnis nahm. Und sein Interesse schlug schnell in helle Begeisterung um, als der Butler durchblicken ließ, daß man als Weinkenner erhebliches Ansehen genieße.

Mr. Cleaver kaufte sich mehrere einschlägige Bücher und las sie von der ersten bis zur letzten Seite. Er lernte auch eine Menge von Tibbs, der ihm unter anderem beibrachte, wie man einen Wein richtig probierte.

«Zuerst, Sir, heben Sie das Glas und atmen das Bukett tief ein, die Nase fast im Glas – so. Dann nehmen Sie einen Schluck, öffnen ein winziges bißchen die Lippen und ziehen Luft ein, lassen die Luft durch den Wein blubbern. Passen Sie auf, ich mache es Ihnen vor. Dann wälzen Sie ihn kräftig im Mund herum. Und schließlich schlucken Sie ihn hinunter.»

Nach einiger Zeit hielt Mr. Cleaver sich für einen Weinkenner – und wurde unausweichlich ein kolossaler Langweiler.

«Ladies und Gentlemen», pflegte er beim Dinner mit erhobenem Glas zu verkünden, «dies ist ein Margaux, Jahrgang 29. Der beste Jahrgang des Jahrhunderts! Prima Bukett! Duftet wie Primeln! Und achten Sie besonders auf den Nachgeschmack! Und auf die Spur Gerbsäure, die ihm diesen köstlichen adstringierenden Charakter gibt. Toll, nicht wahr?»

Und die Gäste nickten und nippten und pflegten ein paar Lobesworte zu murmeln, aber das war auch alles.

«Was ist mit diesen Rindviechern los?» sagte Mr. Cleaver zu Tibbs, nachdem es eine ganze Zeit so gegangen war. «Ist denn keiner unter ihnen, der einen guten Wein zu schätzen weiß?»

Der Butler neigte den Kopf zur Seite und blickte nach

oben. «Ich glaube, sie würden ihn zu schätzen wissen, Sir», sagte er, «wenn sie ihn schmecken könnten. Aber das können sie nicht.»

«Was, zur Hölle, meinen Sie damit, was soll das heißen?»

«Ich glaube, Sir, Sie haben Monsieur Estragon angewiesen, bei der Salatsoße üppig mit dem Essig umzugehen.»

«Na und, was ist daran verkehrt? Ich mag Essig.»

«Essig», sagte der Butler, «ist der Feind des guten Weines. Er ruiniert den Gaumen. Salatsoße sollte aus reinem Olivenöl und ein wenig Zitronensaft zubereitet werden. Sonst nichts.»

«Quatsch!» sagte Mr. Cleaver.

«Wie Sie meinen, Sir.»

«Ich sage Ihnen doch, Tibbs, Sie reden Quatsch! Meinem Gaumen schadet Essig kein bißchen.»

«Da können Sie sich glücklich schätzen, Sir», murmelte der Butler und verließ mit einer Verbeugung das Zimmer.

An diesem Abend beim Dinner fing der Gastgeber plötzlich an sich vor den Gästen über seinen Butler lustig zu machen. «Mr. Tibbs will mir einreden», sagte er, «daß ich meinen Wein nicht richtig schmecken könnte, wenn ich Essig an die Salatsoße tun lasse. Stimmt's, Tibbs?»

«Jawohl, Sir», erwiderte der Butler würdevoll.

«Und ich habe ihm gesagt, das ist Quatsch. Stimmt's, Tibbs?»

«Jawohl, Sir.»

«Dieser Wein», fuhr Mr. Cleaver fort und hob sein Glas, «schmeckt mir genau wie ein Chateau Lafite, Jahrgang 1945. Und was glauben Sie? Es *ist* ein Chateau Lafite, Jahrgang 1945!»

Tibbs, der Butler, stand sehr ruhig und sehr aufrecht am

Büfett. Sein Gesicht war blaß. «Wenn Sie mir verzeihen wollen, Sir», sagte er, «es ist kein Château Lafite, Jahrgang 1945.»

Mr. Cleaver fuhr in seinem Stuhl herum und starrte den Butler an. «Was, zum Teufel, soll das heißen? sagte er. «Die leeren Flaschen neben Ihnen beweisen es!»

Tibbs pflegte die kostbaren Bordeaux-Weine jedesmal vor dem Dinner zu dekantieren, da sie ihres hohen Alters wegen reich an Bodensatz waren. Sie wurden in geschliffenen Kristallkaraffen serviert, während die leeren Flaschen, wie es Brauch ist, auf das Büfett gestellt wurden. Im Augenblick standen dort, für alle sichtbar, zwei leere Flaschen Lafite 1945.

«Der Wein, den Sie da trinken, Sir», sagte der Butler in ruhigem Ton, «ist der billige, ziemlich scheußliche spanische Rotwein.»

Mr. Cleaver blickte auf den Wein in seinem Glas, dann auf den Butler. Das Blut stieg ihm in den Kopf, und sein Gesicht wurde scharlachrot.

«Sie lügen, Tibbs!» sagte er.

«Nein, Sir, ich lüge nicht», sagte der Butler. «Tatsache ist, daß ich Ihnen nie einen anderen Wein serviert habe als spanischen Rotwein, solange ich bei Ihnen bin. Er schien Ihnen hervorragend zu munden.»

«Glauben Sie ihm nicht!» rief Mr. Cleaver seinen Gästen zu. «Der Mann ist verrückt geworden.

«Große Weine», sagte der Butler, «sollten mit Ehrfurcht behandelt werden. Es ist schon schlimm genug, sich den Geschmack mit drei oder vier Cocktails vor dem Dinner zu verderben, wie Sie und Ihresgleichen es tun, aber wenn Sie außerdem noch Essig über Ihr Essen schütten, können Sie ebensogut gleich Spülwasser trinken.»

Zehn schockierte Gesichter um den Tisch starrten den

Butler an. Er hatte sie aus der Fassung gebracht. Sie waren sprachlos.

«Dies», sagte der Butler, streckte die Hand nach einer der leeren Flaschen aus und streichelte sie liebevoll mit den Fingerspitzen, «dies ist die letzte Château Lafite 45er. Die 29er sind leider schon alle. Es waren köstliche Weine. Monsieur Estragon und ich haben sie unendlich genossen.»

Der Butler verbeugte sich und ging gemessenen Schrittes aus dem Raum. Er durchquerte die Halle und spazierte zur vorderen Tür des Hauses hinaus auf die Straße, wo Monsieur Estragon schon dabei war, beider Gepäck in dem Kofferraum des kleinen Wagens, den sie sich gemeinsam angeschafft hatten, zu verstauen.

Der Schatz von Mildenhall

Im Jahre 1946, vor mehr als dreißig Jahren, war ich noch nicht verheiratet und wohnte bei meiner Mutter. Ich verfügte über ein ausreichendes Einkommen, indem ich pro Jahr zwei Kurzgeschichten schrieb. Für jede von ihnen brauchte ich vier Monate, und glücklicherweise gab es zu Hause und im Ausland genug Leute, die willens waren, sie mir abzunehmen.

Im April dieses Jahres las ich eines Morgens in der Zeitung, daß man auf einen außergewöhnlichen römischen Silberschatz gestoßen war. Eigentlich war er schon vier Jahre vorher von einem pflügenden Landarbeiter in der Nähe von Mildenhall in der Grafschaft Suffolk entdeckt worden, aber diese Tatsache hatte man aus irgendeinem Grund so lange geheimgehalten. In dem Zeitungsartikel hieß es, es handle sich um den größten Schatz, der je auf den britischen Inseln gefunden worden wäre und das Britische Museum hätte ihn erworben. Der Name des Pflügers, hieß es, sei Gordon Butcher.

Wahre Geschichten von Entdeckungen großer Schätze

jagen mir immer einen Schauer über den Rücken, bis hinunter zu den Fußsohlen. Sobald ich die Geschichte gelesen hatte, sprang ich vom Stuhl auf, ohne zu Ende zu frühstücken, rief meiner Mutter einen Abschiedsgruß zu und stürzte hinaus zum Auto. Der Wagen war ein neun Jahre alter Wolseley, und ich nannte ihn die «Zähe Schwarze Mißgeburt». Er fuhr gut, aber nicht sehr schnell.

Mildenhall war ungefähr hundertzwanzig Meilen von unserem Haus entfernt, eine etwas komplizierte Strecke quer durchs Land, auf schmalen, kurvenreichen Straßen und Feldwegen. Ich kam gegen Mittag an, und nachdem ich mich beim örtlichen Polizeirevier erkundigt hatte, fand ich auch das kleine Haus, in dem Gordon Butcher mit seiner Familie wohnte. Als ich anklopfte, war er zu Hause und aß gerade zu Mittag. Ich fragte ihn, ob er mir erzählen wolle, wie er auf den Schatz gestoßen sei.

«Nein, danke», sagte er. «Von Reportern habe ich genug. Ich will bis an mein Lebensende keinen mehr sehen.»

«Ich bin kein Reporter», erklärte ich. «Ich bin Schriftsteller, ich schreibe Kurzgeschichten und verkaufe meine Arbeiten an Zeitschriften. Sie zahlen nicht schlecht.» Ich ließ nicht locker und sagte, wenn er mir genau erzählte, wie er den Schatz gefunden hätte, würde ich eine wahrheitsgetreue Geschichte über ihn schreiben. Und wenn ich Glück hätte und die Geschichte verkaufte, würde ich ihm die Hälfte des Geldes geben.

Am Ende war er damit einverstanden und bereit, mir alles zu erzählen.

Wir saßen ein paar Stunden in seiner kleinen Küche, und er erzählte mir eine wirklich spannende Geschichte. Als er alles gesagt hatte, suchte ich den anderen Mann auf, der in der Affäre eine Rolle gespielt hatte, einen älteren Burschen

60

namens Ford. Ford weigerte sich, mit mir zu sprechen und knallte mir die Tür vor der Nase zu. Aber da hatte ich meine Geschichte schon und machte mich wieder auf den Heimweg.

Am nächsten Morgen fuhr ich zum Britischen Museum in London, um mir den Schatz anzuschauen, den Gordon Butcher gefunden hatte. Er war sagenhaft. Bei seinem bloßen Anblick liefen mir schon wieder Schauer über den Rücken.

Ich schrieb die Geschichte so wahrheitsgetreu wie möglich und schickte sie dann nach Amerika. Sie wurde von der Zeitschrift «The Saturday Evening Post» gekauft, und ich bekam ein anständiges Honorar dafür. Als das Geld eintraf, schickte ich die Hälfte an Gordon Butcher in Mildenhall weiter.

Eine Woche später bekam ich einen Brief von Mr. Butcher, auf einem Blatt Papier, das er vermutlich aus einem der Schulhefte seiner Kinder herausgerissen hatte. Der Text lautete: «. . . es hätte mich fast umgehauen, als ich Ihren Scheck sah. Das war großartig. Ich möchte Ihnen danken . . .»

Hier ist nun die Geschichte, genauso wie ich sie vor dreißig Jahren geschrieben habe. Ich habe sehr wenig daran geändert. Ich habe nur ein paar überschwengliche Passagen gedämpft und eine Reihe von überflüssigen Eigenschaftswörtern und ebenso überflüssigen Sätzen gestrichen.

Gordon Butcher stand gegen sieben Uhr auf und knipste das Licht an. Er tappte barfuß zum Fenster, zog die Gardinen zurück und sah hinaus.

Es war Januar und noch dunkel, er konnte aber erkennen, daß es in der Nacht geschneit hatte.

«Dieser Wind!» sagte er laut zu seiner Frau. «Hör doch bloß mal den Wind.»

Seine Frau war unterdessen auch aus dem Bett. Sie stand neben ihm am Fenster, und beide hörten schweigend zu, wie der eisige Sturm knisternd und heulend vom Moor herüberfegte.

«Kommt aus Nordost», stellte er fest.

«Heute gibt's bestimmt noch Schnee», sagte sie zu ihm, «und nicht zu knapp.»

Sie war vor ihm fertig angezogen und ging in die Nachbarstube. Sie beugte sich über das Kinderbett ihrer sechsjährigen Tochter und gab ihr einen Kuß. Dann rief sie den beiden älteren Kindern im dritten Raum ein «Guten Morgen» zu und ging nach unten, um Frühstück zu machen.

Um Viertel vor acht zog Gordon Butcher seine Joppe, seine Mütze und seine Lederhandschuhe an und ging aus der Hintertür in den bitterkalten frühen Wintermorgen hinaus. Als er in der Dämmerung über den Hof zum Schuppen ging, wo sein Fahrrad stand, fuhr ihm der Wind wie ein Messer ins Gesicht. Er schob das Rad auf die Straße, schwang sich in den Sattel und fuhr mitten auf dem schmalen Weg dem eisigen Sturm entgegen.

Gordon Butcher war 38 Jahre alt. Er war kein gewöhnlicher Landarbeiter. Er nahm keine Aufträge an, wenn er sie nicht ausführen wollte. Er besaß einen eigenen Traktor. Er pflügte damit die Felder anderer Leute und brachte – nach Vereinbarung – ihre Ernten ein. Seine Gedanken kreisten nur um seine Frau, seinen Sohn und seine beiden Töchter. Sein Reichtum war das kleine Backsteinhaus, seine beiden Kühe, sein Traktor und sein Geschick als Pflüger.

Sein Kopf hatte eine sehr sonderbare Form, der Schädel lief spitz und lang nach hinten zu, wie ein riesiges Hühnerei, er hatte abstehende Ohren und links fehlte ihm ein Vorderzahn.

62

Aber all das störte überhaupt nicht, wenn man ihm draußen im Freien begegnete. Dann sah er einen mit seinen ruhigen blauen Augen an, in denen weder Verschlagenheit noch Bosheit oder Gier lag. Und um seine Mundwinkel fehlten auch die dünnen Linien der Verbitterung, die man so häufig bei Männern sieht, die das Land bearbeiten und ihre Tage im Kampf mit dem Wetter verbringen.

Das einzig Wunderliche an ihm war, und wenn man ihn darauf ansprach, gab er es mit Vergnügen zu, daß er sich laut mit sich selber unterhielt, wenn er allein war. Diese Gewohnheit, erklärte er, hinge damit zusammen, daß er bei der Arbeit, die er verrichtete, vollkommen allein sei, zehn Stunden am Tag und sechs Tage in der Woche. «Da hab ich Gesellschaft», sagte er, «wenn ich dann und wann meine eigene Stimme höre.»

Er radelte den Weg entlang und mußte gegen den wütenden Wind kräftig in die Pedale treten.

«Na gut», sagte er, «gut. Warum legst du nicht ein bißchen zu? Ist das alles, was du kannst? Du liebe Güte, heute früh bist du ja fast nicht wiederzuerkennen!»

Der Sturm heulte ihm um die Ohren, schnappte nach seiner Joppe, zwängte sich durch die Fasern der dicken Wolle, durch die Jacke, die er darunter trug, durch sein Hemd und sein Unterhemd und stieß mit eisigen Fingerspitzen in seine nackte Haut. «Warum bist du denn heute so schlapp?» sagte er. «Wenn du mich schaudern machen willst, mußt du dich schon mehr anstrengen.»

Die Dämmerung ging in ein blasses graues Morgenlicht über, und Gordon Butcher konnte erkennen, wie tief das Wolkendach des Himmels über seinem Kopf hing und wie schnell es mit dem Sturm über ihn hin flog. Grau und blau waren die Wolken, hier und da mit schwarzen Schlieren durchzogen, eine undurchdringliche Decke, die von Horizont zu Horizont reichte und sich wie ein riesiges graues Metallblech über seinem Kopf entrollte. Um ihn herum lag das düstere Moor von Suffolk, meilenweit Einsamkeit, endlos, grenzenlos.

Er radelte weiter und fuhr durch den Außenbezirk der kleinen Stadt Mildenhall. Er wollte in eine Ortschaft, die West Row hieß und in der ein Mann namens Ford seinen Hof hatte.

Er hatte am Vortag seinen Traktor bei Ford stehen lassen, weil er als nächstes die viereinhalb Morgen von Thistley Green für Ford pflügen sollte. Dieses Stück Land gehörte nicht zu Fords Besitz. Es ist wichtig, das im Gedächtnis zu behalten. Aber Ford war derjenige, der ihn mit dieser Arbeit beauftragt hatte.

Die viereinhalb Morgen gehörten einem Bauern namens Rolfe. Rolfe hatte Ford gebeten, das Stück zu pflügen, weil Ford, genau wie Gordon Butcher, für andere Bauern das Pflügen übernahm. Der Unterschied zwischen Ford und Gordon Butcher bestand darin, daß Ford einen größeren Betrieb besaß. Er war ein verhältnismäßig wohlhabender kleiner Agraringenieur, der ein hübsches Haus hatte und einen großen Hof mit vielen Schuppen voller Geräte und landwirtschaftlicher Maschinen. Gordon Butcher besaß dagegen nur seinen einen Traktor.

Diesmal jedoch, als Rolfe Ford gebeten hatte, seine viereinhalb Morgen von Thistley Green zu pflügen, hatte Ford selber so viel zu tun, daß er Gordon Butcher beauftragt hatte, diese Arbeit für ihn zu erledigen.

Als Butcher in den Hof von Ford einbog, war niemand zu sehen. Er stellte sein Fahrrad ab, versorgte seinen Traktor mit Öl und Benzin, ließ den Motor warmlaufen, klinkte den Pflug hinten an, kletterte auf den hohen Sitz und fuhr los nach Thistley Green.

Der Acker war nicht einmal eine halbe Meile entfernt, und gegen halb neun fuhr Butcher den Traktor durch das Tor aufs Feld.

Thistley Green war mit einer niedrigen Hecke eingegrenzt und insgesamt vielleicht hundert Morgen groß. Obgleich es sich eigentlich um ein einziges großes Feld handelte, gehörten die verschiedenen Teile verschiedenen Leuten. Die einzelnen Äcker waren leicht zu erkennen, denn jeder war anders bebaut. Rolfes viereinhalb Morgen lagen am Rande, in der Nähe des südlichen Grenzzauns. Butcher wußte, wo es war. Er fuhr mit seinem Traktor am Feldrand entlang, bis er den Acker erreicht hatte.

Das Stück war jetzt ein Stoppelfeld, es war ganz und gar bedeckt mit den kurzen, schon verrotteten gelben Halmen des Roggens, der im vorigen Herbst geschnitten worden war. Vor kurzem war es mit dem Breitscharpflug bearbeitet worden, jetzt war es bereit für den Pflug.

«Tief pflügen», hatte Ford am Vortag zu Butcher gesagt. «Es ist für Zuckerrüben. Rolfe will da Zuckerrüben anbauen.»

Für Roggen wird nur etwa zehn Zentimeter tief gepflügt, aber für Zuckerrüben muß man tiefer gehen, 25 bis 30 Zentimeter. Ein Pflug, der von Pferden gezogen wird, greift nicht so tief. Erst als die Traktoren aufkamen, konnten die Bauern richtig tief pflügen. Rolfes Acker war schon seit ein paar Jahren tief gepflügt worden für Zuckerrüben, aber es war nie Butcher gewesen, der diese Arbeit getan hatte. Zweifellos war bisher etwas geschludert worden, und der Pflüger war nicht so tief gegangen, wie er es eigentlich hätte tun sollen. Wenn er es nämlich getan hätte, wäre vermutlich das, was an diesem Tag geschah, schon längst passiert, und die Geschichte wäre ganz anders verlaufen.

Gordon Butcher begann also zu pflügen. Er fuhr die Furchen auf und ab, ließ die Pflugmesser jedesmal tiefer greifen, bis sie 30 Zentimeter tief in die Erde schnitten und eine glatte, gleichmäßige Woge schwarzer Erdschollen hinter sich ließen.

Der Wind pfiff jetzt noch stürmischer. Er brauste von der Nordsee her, fegte über die flachen Felder von Norfolk, an Saxthorpe Reepham und Honingham und Swaffham und Larling vorbei, über die Grenze von Suffolk, direkt nach Mildenhall und Thistley Green, wo Gordon Butcher hoch oben auf seinem Traktor saß, aufrecht und sicher, und auf dem Stoppelfeld, das Rolfe gehörte, hin und her fuhr. Gordon Butcher konnte den scharfen, bitteren Geruch des Schnees riechen, der bald fallen würde, er konnte das tiefgezogene Dach des Himmels sehen, jetzt nicht mehr mit schwarzen Schlieren, sondern blaß und weißlichgrau. Es zog über seinem Kopf dahin wie ein dichtes Metallband.

«Ich merke schon», sagte er und hob seine Stimme dabei über den Lärm des Traktors, «du ärgerst dich heute über irgendwas. Was ist das für ein Gejammer über diese Blaserei und Pfeiferei und diese Eiseskälte! Wie eine Frau», setzte er hinzu. «Genau so, wie sich eine Frau manchmal abends anstellt.» Und er hielt die Augen fest auf die gerade Linie der Furche geheftet und lächelte.

Um zwölf stellte er den Traktor ab, kletterte von seinem Sitz und suchte in seiner Tasche nach seinem Eßpaket. Als er es gefunden hatte, setzte er sich auf die Erde, in den Windschatten eines der riesigen Traktorräder. Er aß große Stücke Brot mit sehr kleinen Käsestückchen. Zu trinken hatte er nichts, denn seine einzige Thermosflasche war vor zwei Wochen durch das ständige Gerüttel und Geschüttel auf dem Traktor zerbrochen, und im Krieg – dies geschah

66

ja alles im Januar 1942 – konnte man nirgendwo eine neue kaufen. Er saß ungefähr eine Viertelstunde im Schutz des Rades auf der Erde und aß sein Brot. Dann stand er auf und untersuchte seinen Pflock.

Im Gegensatz zu anderen Pflügern befestigte Butcher seinen Pflug immer mit einem Holzpflock am Traktor, denn wenn der Pflug gegen eine Wurzel oder gegen einen großen Stein stieß, brach nur der Holzpflock, der Pflug blieb stehen, und die Pflugmesser wurden nicht beschädigt. Überall in dem schwarzen Moor liegen nämlich riesige uralte Eichenstämme direkt unter der Oberfläche, und ein Holzpflock rettet eine Pflugschar gewöhnlich ein paarmal die Woche. Obgleich Thistley Green kultivierter Boden war, Ackerland, kein Moorland, wollte Butcher, was seinen Pflug betraf, kein Risiko eingehen. Er untersuchte also den Holzpflock, stellte fest, daß er heil war, kletterte wieder auf den Traktor und fuhr mit dem Pflügen fort.

Der Traktor fraß sich durch die Erde, hin und her, und ließ glatte schwarze Schollenwogen hinter sich. Der Sturm wurde immer kälter, es schneite aber nicht. Gegen drei Uhr geschah es dann.

Es gab einen leichten Ruck, der Holzpflock zersplitterte, und der Traktor fuhr ohne Pflug weiter. Butcher stellte den Motor ab, kletterte hinunter und ging zum Pflug zurück, um nachzuschauen, gegen was er da gestoßen war. Es überraschte ihn, daß das hier passierte, auf dem Acker. An dieser Stelle konnte es eigentlich keine Eichenstämme im Boden geben.

Er kniete sich neben den Pflug und begann die Erdkrume vor der Pflugschar beiseite zu schieben. Die Spitze des Messers war dreißig Zentimeter tief in die Erde eingedrungen. Er mußte eine ganze Menge Erde wegscharren. Er grub seine behandschuhten Finger tief in die Erde und

schaufelte sie mit beiden Händen weg. Zehn Zentimeter
tief . . . fünfzehn Zentimeter . . . fünfundzwanzig Zentimeter . . . dreißig. Er ließ die Finger an der Schneide des
Pflugs entlanggleiten, bis sie die Spitze erreicht hatten. Die
Erde war lose und krümelig und rieselte immer wieder in
die Grube zurück, die er schaufelte. Deshalb konnte er die
Spitze des Pflugs nicht sehen, er konnte sie nur tasten. Und
jetzt fühlte er, daß die Spitze tatsächlich an etwas Festes gestoßen war. Er hob noch mehr Erde aus und machte das
Loch größer. Er mußte genau sehen, gegen was für ein
Hindernis er gestoßen war. Wenn es verhältnismäßig klein
war, dann konnte er es vielleicht mit den Händen ausgra-
ben und weiterarbeiten. Wenn es aber ein Baumstamm
war, mußte er zu Ford zurückgehen und sich einen Spaten
holen.

«Na, komm schon», sagte er laut, «ich hole dich ja doch
raus, du versteckter kleiner Teufel, du verrottetes altes
Ding.» Plötzlich, als die behandschuhten Finger die letzte
Handvoll Erde beiseite schoben, sah er etwas Rundes, Flaches, etwas, was wie der Rand eines riesigen dicken Tellers
aussah, der in der Erde steckte. Er rieb den Rand mit seinen Fingern sauber und rieb noch einmal. Und plötzlich
hatte der Rand einen grünlichen Glanz, und Gordon Butcher beugte den Kopf tiefer, bis er fast in der kleinen Kuhle
verschwand, die er mit seinen beiden Händen gegraben
hatte. Er rieb den Rand noch ein letztes Mal mit den Fingern, und als das Licht einen Moment heller wurde, sah er
deutlich den unverkennbaren blaugrünen Belag von anti-
kem Metall, das lange in der Erde gelegen hat. Sein Herzschlag setzte aus.

Hier muß man erklären, daß die Bauern in diesem Teil
von Suffolk und besonders in der Gegend von Mildenhall
schon seit Jahren antike Gegenstände aus dem Acker ge-

holt hatten. Speerspitzen aus Feuerstein waren in beträchtlichen Mengen gefunden worden, aber auch, was viel interessanter ist, römisches Steinzeug und römische Geräte. Es ist bekannt, daß die Römer während ihrer Besatzungszeit in Britannien diesen Teil des Landes besonders gern mochten, und alle einheimischen Bauern wissen deshalb sehr genau, daß sie jederzeit bei ihrer Tagesarbeit auf etwas Interessantes stoßen können. Die Leute von Mildenhall waren sich also ständig dessen bewußt, daß unter der Erde ihrer Felder Schätze lagerten.

Gordon Butchers Reaktion auf das, was er sah, war merkwürdig. Er fuhr zurück, sprang auf die Füße und drehte dem, was er gerade gesehen hatte, den Rücken zu. Dann ging er zur Straße hinüber.

Er wußte selber nicht genau, was ihn dazu trieb, mit dem Graben aufzuhören und wegzulaufen. Er sagt, er kann sich nur an eines erinnern: daß er vom ersten Augenblick an das Gefühl hatte, mit diesem kleinen grünlichblauen Fleck käme eine Gefahr auf ihn zu. In dem Moment, in dem er es mit seinen Fingern berührte, fuhr etwas wie ein Schlag durch seinen Körper, und es überkam ihn eine drohende Vorahnung, daß dies etwas war, was den Frieden und das Glück vieler Menschen zerstören konnte.

Am Anfang war er nur von dem Wunsch erfüllt gewesen, wegzulaufen, das Ganze hinter sich zu lassen und nichts mehr damit zu tun zu haben. Aber als er ein paar hundert Meter gerannt war, wurden seine Schritte langsamer. Beim Gattertor, das aus Thistley Green herausführt, blieb er stehen.

«Was, in aller Welt, ist mit dir los, Gordon Butcher?» sagte er laut in den heulenden Sturm. «Hast du etwa Angst? Nein, habe ich nicht. Aber ich muß offen zugeben, ich drängele mich nicht danach, das da allein zu erledigen.»

Das war der Augenblick, in dem er an Ford dachte. Er dachte zuerst an Ford, weil er derjenige war, für den er arbeitete. Er dachte zweitens an ihn, weil er wußte, daß Ford eine Art Sammler alter Dinge war, vor allem von alten Steinen und Pfeilspitzen, die die Leute aus der Gegend gelegentlich aus der Erde buddelten. Das schleppten sie dann zu Ford, und der stellte es in seinem Wohnzimmer auf den Kaminsims. Man munkelte, daß Ford die Sachen verkaufte, aber genau wußte das keiner, und es interessierte auch keinen.

Gordon Butcher machte sich also zu Fords Haus auf. Er ging rasch durchs Tor auf den schmalen Feldweg, marschierte den Weg entlang bis zu dem scharfen Knick nach links, und kurz darauf stand er vor dem Haus. Er fand Ford in seinem großen Schuppen über eine beschädigte Egge gebeugt, die er gerade reparierte. Butcher blieb in der Tür stehen und sagte: «Mr. Ford!»

Ford sah zu ihm, ohne sich aufzurichten.

«Na, Gordon», sagte er, «was ist denn?»

Ford war ein Mann in den mittleren Jahren, vielleicht auch schon etwas älter. Er hatte eine Glatze, eine lange Nase und einen schlauen Gesichtsausdruck, fast wie ein Fuchs. Sein Mund war schmal und säuerlich, und wenn er einen anblickte, und man diesen zusammengekniffenen Mund und den grämlichen Zug um die Lippen sah, wußte man sofort, daß das ein Mund war, der sich nie zu einem Lächeln verzog. Sein fliehendes Kinn und seine lange, spitze Nase gaben ihm etwas von einem griesgrämigen, schlauen alten Fuchs aus den Wäldern.

«Was ist denn?» sagte er und sah zu Butcher hoch.

Gordon Butcher stand in der Tür, die Backen blau vor Kälte, etwas außer Atem, und rieb langsam die Hände gegeneinander.

«Der Pflug ist vom Traktor gesprungen», sagte er ruhig, «es ist was aus Metall im Boden. Ich hab's gesehen.»

Fords Kopf fuhr mit einem Ruck herum. «Was für Metall?» fragte er scharf.

«Was Flaches. Ganz flach, so wie ein großer Teller.»

«Sie haben es nicht ausgegraben?» Ford hatte sich jetzt aufgerichtet, und in seinen Augen funkelte ein Adlerblick.

Butcher sagte: «Nein, ich hab's gelassen, wo es ist, und bin direkt hierhergelaufen.»

Ford ging schnell in die Ecke und nahm seinen Mantel vom Nagel. Er suchte nach Mütze und Handschuhen, griff nach einem Spaten und ging zur Tür. Ihm fiel auf, daß Butcher sich irgendwie seltsam benahm.

«Sind Sie sicher, daß es Metall ist?»

«Ganz verkrustet», erwiderte Butcher, «aber Metall ist es bestimmt.»

«Wie tief?»

«Dreißig Zentimeter. Wenigstens der obere Rand. Der Rest steckt tiefer.»

«Woher wissen Sie, daß es ein Teller ist?»

«Das weiß ich gar nicht», antwortete Butcher, «ich hab nur ein kleines Stück vom Rand gesehen. Aber es kam mir wie ein Teller vor, wie ein großer Teller.»

Fords Fuchsgesicht wurde vor Aufregung käsebleich. «Los, kommen Sie, kommen Sie schon», befahl er. «Das wollen wir uns mal ansehen.»

Die beiden Männer traten aus dem Schuppen in den wütenden Sturm hinaus, der immer noch stärker wurde. Ford klapperte mit den Zähnen.

«Mistwetter», fluchte er, «verdammtes, beschissen kaltes Mistwetter.» Er senkte sein spitzes Fuchsgesicht tief in den Mantelkragen und begann über die Möglichkeiten von Butchers Fund nachzudenken.

Ford wußte nämlich etwas, wovon Butcher keine Ahnung hatte. Ford wußte, daß früher einmal, im Jahre 1932, ein Mann names Lethbridge in dieser Gegend eine Ausgrabung geleitet hatte. Lethbridge war Dozent an der Universität Cambridge gewesen. Er hatte sich auf angelsächsische Archäologie spezialisiert und in dieser Gegend Probegrabungen durchgeführt. Dabei hatte er tatsächlich bei Thistley Green das Fundament einer römischen Villa freigelegt. Das hatte Ford nicht vergessen, und deshalb beschleunigte er seine Schritte. Butcher marschierte schweigend neben ihm her, und sie waren bald an Ort und Stelle. Sie gingen durch das Gatter und quer über den Acker zum Pflug, der etwa zehn Meter hinter dem Traktor lag.

Ford ließ sich neben der Spitze des Pflugs auf die Knie nieder und spähte in die kleine Kuhle, die Gordon Butcher mit seinen Händen ausgehoben hatte. Er tickte mit dem behandschuhten Finger gegen den Rand aus grünblauem Metall, er kratzte noch etwas Erde ab, beugte sich weiter vor, so daß seine spitze Nase in das Loch ragte, und fuhr mit den Fingern über die rauhe grüne Oberfläche. Dann stand er auf und sagte: «Wir wollen den Pflug mal aus dem Weg räumen und ein bißchen schippen.» Ford ließ seine Stimme ganz sanft und beiläufig klingen, obwohl ihm Schauer durch den Körper rieselten und in seinem Schädel ein Feuerwerk explodierte. Sie packten den Pflug und zerrten ihn ein paar Meter zur Seite.

«Geben Sie mir den Spaten», sagte Ford und begann vorsichtig, etwa drei Schritt von dem herausragenden Metallstück entfernt, die Erde im Kreis auszuheben. Als das Loch etwa zwei Fuß tief war, warf er den Spaten weg und grub mit den Händen weiter. Er kniete sich hin und schürfte die Erde weg, und allmählich wurde das kleine Metallstück größer und größer, bis schließlich die runde

Scheibe eines gewaltigen Tellers oder einer Platte vor ihnen lag. Der Durchmesser betrug sechzig Zentimeter. Der Pflug hatte den nach oben ragenden Rand des Tellers erwischt, man konnte die Delle genau erkennen.

Ford hob den Teller vorsichtig aus der Kuhle. Er kam wieder auf die Füße, stand da und rieb die Erde vom Teller, wobei er ihn hin und her wendete. Man konnte nicht viel erkennen, denn die ganze Oberfläche war dick verkrustet mit einer festen grünlichblauen Schicht. Ford wußte aber, daß es sich um einen riesigen Teller oder eine Platte handelte, die sehr schwer und sehr dick war. Sie mochte um achtzehn Pfund wiegen.

Ford stand auf dem Acker mit den fahlbraunen Stoppeln und starrte den gewaltigen Teller an. Seine Hände begannen zu zittern. Eine ungeheure, fast unerträgliche Erregung stieg in ihm auf, und es fiel ihm schwer, sie zu verbergen. Er gab sich jedoch alle Mühe.

«Könnte ein Teller sein», sagte er.

Butcher kniete noch neben dem Loch auf der Erde. «Muß ganz schon alt sein», bemerkte er.

«Kann sein», sagte Ford, «er ist aber ganz verrostet und zerfressen.»

«Das kommt mir nicht wie Rost vor», sagte Butcher. «Dieses grünliche Zeug da ist kein Rost. Das ist irgendwas anderes . . .»

«Es ist grüner Rost», sagte Ford von oben herab, und damit war das Gespräch zu Ende.

Butcher, immer noch auf den Knien, fuhr mit seinen behandschuhten Händen in der unterdessen drei Schritte breiten Kuhle herum. «Da unten ist noch was», sagte er.

Ford legte die große Platte sofort auf die Erde. Er kniete sich neben Butcher, und innerhalb weniger Minuten hatten sie einen zweiten großen grün verkrusteten Teller aus der

Erde gezogen. Dieser war etwas kleiner als der erste und tiefer. Mehr eine flache Schüssel als ein Teller.

Ford richtete sich auf und nahm den zweiten Fund in die Hände. Noch ein schweres Stück. Jetzt wußte er mit Sicherheit, daß sie etwas Ungeheuerlichem auf der Spur waren: Einem römischen Schatz, der ohne Frage aus reinem Silber bestand. Auf das Silber deuteten zwei Tatsachen hin: Erstens das Gewicht und zweitens die durch Oxydation entstandene grüne Kruste.

Wie oft ist ein Stück römisches Silber in der Welt entdeckt worden? So gut wie nie. Und waren überhaupt schon einmal so große Stücke wie diese hier ausgegraben worden?

Ford wußte es nicht genau, aber er bezweifelte es sehr. Das mußte Millionen wert sein.

Millionen von Pfunden.

Er atmete schnell, und sein Atem blieb in der eisigen Luft wie kleine weiße Wolken stehen.

«Da ist noch mehr, Mr. Ford», sagte Butcher, «ich kann überall was fühlen. Wir werden den Spaten noch mal brauchen.»

Das dritte Stück, das sie herausholten, war wieder eine große Platte, ähnlich wie die erste. Ford legte sie auf die Roggenstoppeln, neben die beiden anderen.

Da fühlte Butcher die erste Schneeflocke auf seiner Wange. Er blickte hoch und sah im Nordosten einen gewaltigen weißen Vorhang quer über den Himmel ziehen, eine Schneewand, die auf den Flügeln des Windes auf sie zuflog.

«Jetzt geht's los!» sagte er, und auch Ford sah jetzt den Schnee auf sie zukommen und sagte: «Es ist ein Schneesturm. Ein verdammter, beschissener Schneesturm!»

Die beiden Männer starrten dem Schneesturm, der über das Moor auf sie zuraste, entgegen. Dann war er über ih-

nen, und um sie herum war nichts als Schnee und Schneeflocken, weiße, wirbelnde Schneeflocken, die im Winde ra-
sten, Schneeflocken in den Augen und den Ohren und im
Mund, Schneeflocken im Nacken und überall. Als Butcher
ein paar Sekunden später zu Boden blickte, war die Erde
weiß.

«Das hat uns noch gefehlt», fluchte Ford. «Ein verdammter, beschissener Schneesturm!» Er zitterte und versenkte sein Fuchsgesicht noch tiefer im Mantelkragen.
«Los, sehen Sie nach, ob noch mehr da ist», sagte er.

Butcher kniete sich wieder hin und wühlte in der Erde
herum. Dann zog er, so langsam und lässig wie ein Mann
in einer Jahrmarktsbude, der den Hauptgewinn aus dem
Kasten gefischt hat, noch eine Platte heraus und hielt sie
Ford entgegen. Ford nahm sie ihm ab und legte sie neben
die anderen drei. Dann kniete sich Ford neben Butcher und
begann, gemeinsam mit ihm in der Erde zu wühlen.

Eine ganze Stunde lang blieben die beiden Männer im
Schneesturm draußen und schaufelten und scharrten in
dem kleinen, drei Schritt breiten Erdloch herum. Und innerhalb dieser Stunde stießen sie auf nicht weniger als 34
Einzelstücke, die sie um sich herum auf das Stoppelfeld
legten. Sie brachten Schüsseln, Krüge, Trinkgefäße, Löffel,
Kellen und verschiedene andere Gegenstände ans Tageslicht, alles dick verkrustet, aber deutlich als das erkennbar,
was es war. Und ununterbrochen fauchte der Schneesturm
um sie herum. Auf ihren Mützen und Schultern sammelten
sich kleine Schneehügel, und die Schneeflocken auf ihren
Gesichtern schmolzen, so daß ihnen das Eiswasser den
Hals hinunterrann. An der Spitze von Fords langer Nase
schaukelte immer ein großer, halbgefrorener Wassertrop-
fen, fast schon ein Eiszapfen.

Sie arbeiteten schweigend. Es war zu kalt zum Sprechen.

Jedesmal, wenn sie ein neues kostbares Gerät aus der Erde gehoben hatten, legte es Ford vorsichtig auf die Stoppeln, jetzt schon in Reihen, und dann und wann hielt er inne und wischte den Schnee von einem Teller oder Löffel, der im Schnee zu verschwinden drohte.

Schließlich sagte Ford: «Ich glaube, das wär's.»

«Ja.»

Ford richtete sich auf und stampfte mit den Füßen auf die Erde.

«Haben Sie einen Sack auf dem Traktor?» fragte er, und während Butcher den Sack holen ging, drehte er sich um und starrte auf die 34 Gegenstände, die zu seinen Füßen im Schnee lagen. Er zählte sie noch einmal. Wenn sie aus Silber waren, was sie bestimmt waren, und wenn sie römisch waren, woran es keinen Zweifel gab, dann war dies ein Fund, der die Welt erschüttern würde.

Butcher rief ihm vom Traktor aus zu: «Es ist aber nur ein alter, dreckiger Sack.»

«Das geht schon.»

Butcher brachte den Sack an und hielt ihn auf, während Ford vorsichtig ein Stück nach dem andern hineinlegte. Es ging alles hinein, nur die schwere große Platte nicht, sie war zu breit für den Sack.

Die beiden Männer waren jetzt bis auf die Knochen durchgefroren. Sie hatten über eine Stunde im Schneesturm auf dem freien Feld gekniet und in der Erde gewühlt und gegraben. Der Schnee lag fast fünfzehn Zentimeter hoch. Butcher war halb erfroren. Seine Wangen waren totenblaß und hatten blaue Flecken, seine Füße waren taub, und wenn er die Beine bewegte, konnte er den Boden nicht mehr unter den Füßen spüren. Er war viel mehr durchgefroren als Ford. Seine Jacke und auch seine anderen Sachen waren nicht so dick wie Fords, und er hatte schon seit dem frühen Morgen auf dem Traktor gesessen, ungeschützt und im schneidenden Wind. Sein blauweißes Gesicht war starr und steif. Alles, was er sich wünschte, war, nach Hause zu kommen, zu seiner Familie, ans Feuer, das jetzt wie immer schon im Kamin flackern würde.

Ford dagegen dachte überhaupt nicht an die Kälte. Seine Gedanken kreisten nur um ein einziges Problem: Wie er in den Besitz dieses sagenhaften Schatzes kommen könnte. Denn er wußte ganz genau, daß sein Anspruch ziemlich umstritten sein würde.

In England gibt es ein sehr merkwürdiges Gesetz, das sich auf Funde von Gold- und Silberschätzen bezieht. Dieses Gesetz ist Jahrhunderte alt und wird heute noch streng befolgt. Wenn jemand einen Gegenstand aus Metall ausgräbt, selbst in seinem eigenen Garten, und wenn dieses Metall Gold oder Silber ist, dann wird dieser Gegenstand nach jenem alten Gesetz automatisch zu einem sogenannten Schatzfund, und vor allem wird er Eigentum der Krone. Krone bedeutet heute nicht mehr der zur Zeit regierende König oder die Königin, sondern das Land, die Regierung. Das Gesetz legt auch fest, daß jeder, der einen solchen Fund unterschlägt, sich strafbar macht. Kurz gesagt: Es ist verboten, solche Sachen zu verstecken oder zu behalten. Man muß den Fund gleich melden, am besten der Polizei. Und wenn man ihn sofort meldet, gilt man als Finder und bekommt von der Regierung einen Geldbetrag ausbezahlt, der dem vollen Marktwert des betreffenden Gegenstandes entspricht. Den Fund anderer Metallgegenstände braucht man nicht anzumelden. Man kann also so viel Schätze aus Zinn, Bronze, Kupfer oder Platin finden, wie man will – das kann man alles behalten, nur kein Gold oder Silber.

Das Gesetz enthält noch einen anderen merkwürdigen

Satz: Die Belohnung der Regierung geht an die Person, die den Schatz entdeckt hat. Der Besitzer von Grund und Boden erhält nichts, mit einer Ausnahme natürlich: Wenn sich der Finder bei seiner Entdeckung widerrechtlich auf dem betreffenden Grund und Boden aufgehalten hat. Wenn aber der Finder des Schatzes vom Grundbesitzer den Auftrag bekommen hat, auf dem Land zu arbeiten, bekommt er die ganze Belohnung.

In diesem Fall war Gordon Butcher der Finder. Er hatte sich nicht widerrechtlich auf dem Acker aufgehalten, er hatte eine Arbeit ausgeführt, zu der er beauftragt worden war. Der Schatz gehörte deshalb Butcher und niemandem sonst. Er brauchte ihn nur einem Fachmann zu zeigen, der auf der Stelle bestätigen würde, daß es Silber war, und ihn dann der Polizei übergeben. Nach angemessener Zeit würde ihm die Regierung den vollen Schätzpreis zahlen, vielleicht eine Million Pfund.

Bei alldem würde Ford unberücksichtigt bleiben, und das wußte er. Dem Gesetz nach hatte er keinen wie auch immer gearteten Anspruch auf den Schatz. Deshalb muß er von Anfang an darüber nachgedacht haben, daß seine einzige Chance, den Schatz in die Finger zu bekommen, in der Tatsache lag, daß Butcher ein ungebildeter Mann war, der das Gesetz nicht kannte, und der auch keine Ahnung vom wahren Wert des Fundes hatte. Wahrscheinlich würde Butcher die ganze Sache nach ein paar Tagen vergessen haben. Er war viel zu einfältig, zu wenig gerissen, zu vertrauensselig und zu selbstlos, um noch lange über die Geschichte nachzudenken.

So beugte sich Ford auf dem gottverlassenen, tiefverschneiten Acker also vor, griff mit der einen Hand nach der riesigen Platte und richtete sie auf. Aber er hob sie nicht hoch. Sie blieb mit dem unteren Rand im Schnee stecken.

Die andere Hand legte er auf den Sack. Auch den hob er nicht hoch, er hielt ihn nur fest gepackt. So stand er leicht vorgebeugt inmitten der tanzenden Schneeflocken und umklammerte mit beiden Händen den Schatz, ohne ihn wirklich an sich zu bringen. Es war eine schlaue und heimtückische Gebärde. Sie regelte bereits Besitzverhältnisse, ehe über Besitz gesprochen worden war. Ein Kind spielt das gleiche Spiel, wenn es mit einem raschen Griff die Finger um das größte Schokoladentörtchen auf der Platte legt und dann erst fragt: «Darf ich das haben, Mami?» Es hat es sich bereits genommen.

«Na, Gordon», sagte Ford, über den Sack gebeugt, die große Platte fest in den behandschuhten Fingern. «Sie wollen sicher nichts von diesem alten Zeug haben.»

Das war keine Frage. Es war eine als Frage bemäntelte Feststellung.

Der Schneesturm tobte immer noch. Der Schnee fiel so dicht, daß sich die beiden Männer kaum noch erkennen konnten.

«Sie sollten nach Hause gehen und sich aufwärmen», redete Ford weiter. «Sie sehen halb erfroren aus.»

«Ich bin auch halb erfroren», antwortete Butcher.

«Dann setzen Sie sich mal schnell auf den Traktor und machen Sie, daß Sie nach Hause kommen», sagte der rücksichtsvolle, mitfühlende Ford. «Lassen Sie den Pflug hier, und Ihr Fahrrad kann auch auf dem Hof bleiben. Hauptsache, Sie kommen so rasch wie möglich heim und wärmen sich auf. Sonst holen Sie sich noch eine Lungenentzündung.»

«Ja, ich glaube, das mache ich, Mr. Ford», sagte Butcher. «Kommen Sie auch allein mit dem Sack zurecht? Er ist ziemlich schwer.»

«Ach, damit quäle ich mich heute vielleicht gar nicht

mehr ab», sagte Ford beiläufig. «Ich laß ihn hier liegen und hole ihn ein andermal ab. Das verrostete alte Zeug.»

«Also dann, Mr. Ford.»

«Wiedersehn, Gordon.»

Gordon Butcher kletterte auf den Traktor und fuhr im Schneesturm davon.

Ford wuchtete sich den Sack auf die Schulter, zog mit der anderen Hand den massiven Teller aus dem Schnee, was nicht ohne Schwierigkeiten vonstatten ging, und klemmte ihn sich unter den Arm.

«Ich schleppe jetzt», dachte er, während er durch den Schnee stapfte, «wahrscheinlich den größten Schatz, der je in England ausgegraben worden ist.»

Als Gordon Butcher spät am Nachmittag stampfend und schnaubend durch die Hintertür in sein kleines Backsteinhaus kam, stand seine Frau vorm Feuer und bügelte. Sie blickte hoch und sah sein blauweißes Gesicht und seine schneeverkrustete Joppe.

«Meine Güte, Gordon, du siehst ja ganz erfroren aus!» rief sie.

«Das bin ich auch», antwortete er. «Hilf mir mal aus diesen Sachen, mein Schatz. Meine Finger sind so steif, daß ich nichts anfassen kann.»

Sie zog ihm die Handschuhe aus, die Joppe, die Jacke, sein klammes Hemd. Sie zerrte ihm die Stiefel und die Socken von den Füßen. Sie holte ein Handtuch und rubbelte ihm kräftig die Brust und Schultern, damit sein Blut wieder in Bewegung kam. Dann rieb sie ihm die Füße warm.

«Setz dich vors Feuer», sagte sie. «Ich bring dir eine heiße Tasse Tee.»

Später, als es ihm in der Wärme wieder behaglich wurde und er trockene Kleider am Leib und den Becher mit Tee in

80

der Hand hatte, erzählte er ihr, was sich an diesem Nachmittag ereignet hatte.

«Das ist ein gerissener Fuchs, dieser Mr. Ford», sagte sie, ohne vom Bügelbrett aufzublicken. «Den hab ich nie ausstehen können.»

«Er hat sich ganz schön aufgeregt darüber, das kann ich dir sagen», sagte Gordon Butcher, «er war ganz kribbelig.»

«Kann sein», sagte sie. «Aber du mußt auch den Verstand verloren haben! Krabbelst auf Händen und Füßen im Schneesturm herum, nur weil Mr. Ford dir das sagt.»

«Hat mir nicht geschadet», sagte Gordon Butcher. «Mir ist schon wieder schön warm.»

Ob man es glaubt oder nicht, das war für die nächsten Jahre das einzige und letzte, was in der Butcher-Familie über das Schatz-Thema gesagt wurde.

Der Leser muß sich allerdings ins Gedächtnis rufen, daß diese Geschichte im Krieg spielt, 1942. England hatte alle Hände voll zu tun mit dem verzweifelten Kampf gegen Hitler und Mussolini. Die Deutschen bombardierten England, die Engländer bombardierten Deutschland, und Gordon Butcher hörte fast in jeder Nacht das Donnern der Motoren, wenn die Bombenflugzeuge von dem großen Militärflugplatz in der Nähe von Mildenhall nach Hamburg starteten oder nach Berlin, Kiel, Wilhelmshaven oder Frankfurt. Manchmal wurde er in der Morgendämmerung wach und hörte, wie sie zurückkamen. Manchmal flogen die Deutschen über ihn hinweg, um den Flugplatz anzugreifen, und wenn die Bomben in der Nähe krachten, bebte das Haus von Butchers in den Grundfesten.

Butcher selbst wurde nicht eingezogen. Er war Landarbeiter, ein erfahrener Pflüger, und als er sich 1939 freiwillig gemeldet hatte, war ihm mitgeteilt worden, daß sie ihn nicht nehmen wollten. Die Lebensmittelversorgung der Insel mußte intakt bleiben, hatten sie ihm mitgeteilt, und deshalb war es lebenswichtig, daß Männer wie er ihre Arbeit in der Landwirtschaft fortsetzten.

Ford, der dasselbe machte, war ebenfalls nicht eingezogen worden. Er war Junggeselle, lebte allein, und deshalb konnte er seine Heimlichkeiten haben und in seinen vier Wänden Dinge tun, die keiner sah.

Als sie also an diesem fürchterlichen Sturmnachmittag den Schatz ausgegraben hatten, schleppte ihn Ford nach Hause und legte in seinem Hinterzimmer alles auf einen Tisch.

Vierunddreißig Einzelstücke! Der ganze Tisch war voll. Und sie waren, genau betrachtet, in einem erstklassigen Zustand. Silber rostet nicht. Die grüne Oxydationsschicht kann sogar ein Schutz sein. Mit einiger Sorgfalt würde man das alles entfernen können.

Ford beschloß, ein ganz normales Haushalts-Silberputzmittel zu verwenden, das Silvo hieß, und kaufte eine größere Menge davon beim Eisenwarenhändler in Mildenhall. Dann nahm er als erstes die große Platte in Angriff, die über achtzehn Pfund wog. Er arbeitete immer abends daran. Er weichte sie ganz und gar mit Silvo ein, und dann begann er zu reiben. An dieser einen Platte arbeitete er geduldig mehr als sechzehn Wochen lang an jedem Abend. Endlich, an einem denkwürdigen Abend, zeigte sich ein Stück schimmernden Silbers, und, auf dem Silber, etwas erhaben und wunderschön gearbeitet, ein Stück von einem Männerkopf.

Jetzt ließ er nicht locker, und allmählich wurde der kleine blanke Metallfleck größer und größer und die blaugrüne Kruste wich zum äußeren Rand der Platte zurück, bis die Oberfläche des großen Tellers schließlich in ihrer vollen Pracht vor ihm lag, über und über von einem wunderbaren Muster aus Tieren und Menschen und allerlei sonderbaren Legendengestalten bedeckt.

Ford war von der Schönheit der großen Platte überrascht. Sie war voller Leben und Bewegung. Da war ein wildes Antlitz mit gesträubten Haaren, ein tanzender Bock mit Menschengesicht, da waren Männer und Frauen und verschiedene Tiere, die alle um den Rand herum tanzten, und zweifellos erzählten sie eine Geschichte.

Als nächstes machte er sich daran, die Rückseite der Platte zu putzen. Dazu brauchte er abermals Wochen. Und als diese Arbeit beendet war und die ganze Platte auf beiden Seiten wie ein Stern schimmerte, verwahrte er sie sicher im untersten Fach seiner großen Eichenanrichte und schloß die Tür ab.

Dann nahm er sich die restlichen dreiunddreißig Stücke vor, eines nach dem andern. Es hatte ihn gepackt wie eine Leidenschaft, es drängte ihn, jeden einzelnen Gegenstand wieder in seinem Silberglanz erstrahlen zu lassen. Er wollte alle vierunddreißig Stücke auf seinem großen Tisch liegen sehen, eine schimmernde, funkelnde Silber-Ausstellung. Das wollte er mehr als alles andere, und er arbeitete wie besessen an der Erfüllung seines Wunsches.

Zunächst putzte er die beiden kleineren Teller, dann die große, geriffelte Schüssel, dann die fünf Kellen mit den langen Stielen, die Trinkschalen, die Weinbecher und die Löffel. Er putzte alle Stücke mit der gleichen Gründlichkeit und brachte alles auf Hochglanz, und als er fertig war, waren zwei Jahre vergangen und man schrieb das Jahr 1944.

Noch hatte kein Fremder etwas zu sehen bekommen. Ford hatte mit keinem Mann und mit keiner Frau über die Angelegenheit gesprochen, und Rolfe, der Besitzer der Parzelle von Thistley Green, wo der Schatz gefunden worden war, wußte nur, daß Ford oder jemand, den Ford angestellt hatte, seinen Acker besonders gründlich und tief umgepflügt hatte.

Der Leser kann sich sicher vorstellen, warum Ford das Silber versteckte, statt es der Polizei als Schatzfund zu melden. Hätte er es nämlich gemeldet, wäre es ihm weggenommen worden, und Gordon Butcher wäre als Finder belohnt worden – und zwar mit einem Vermögen. So blieb Ford nichts anderes übrig, als es zu behalten und so lange zu verstecken, bis er es zu einem späteren Zeitpunkt in aller Ruhe und Verschwiegenheit irgendwelchen Händlern oder Sammlern anbieten und verkaufen könnte.

Man kann natürlich auch einen etwas menschenfreundlicheren Standpunkt einnehmen und davon ausgehen, daß Ford den Schatz einzig und allein behielt, weil er schöne Dinge liebte und sie um sich haben wollte. Den wahren Grund wird nie jemand erfahren.

Es verging noch ein Jahr, und der Krieg gegen Hitler war gewonnen.

Und dann, im Jahre 1946, klopfte jemand kurz nach Ostern an Fords Haustür. Ford machte auf.

«Hallo, guten Tag, Mr. Ford. Wie geht's Ihnen denn nach all diesen Jahren?»

«Guten Tag, Dr. Fawcett», sagte Ford. «Haben Sie alles gut überstanden?»

«Danke, mir geht's gut», sagte Dr. Fawcett. «Das hat lange gedauert, was?»

«Ja, ja», sagte Ford, «dieser verdammte Krieg hat uns ganz schön in Atem gehalten.»

«Darf ich reinkommen?» fragte Dr. Fawcett.

«Natürlich», sagte Ford, «treten Sie ein.»

Dr. Hugh Alderson Fawcett war ein begeisterter und

84

sehr erfahrener Archäologe, der es sich vor dem Krieg zur Gewohnheit gemacht hatte, Ford auf der Suche nach alten Steinen oder Pfeilspitzen einmal im Jahr zu besuchen. In diesen zwölf Monaten hatte Ford meistens einen Korb voller solcher Sachen zusammengesammelt und war immer bereit gewesen, sie Fawcett zu verkaufen. Die Gegenstände waren selten viel wert gewesen, aber hin und wieder war doch etwas Gutes dabei gewesen.

«Ja», sagte Fawcett und zog sich in der kleinen Diele den Mantel aus, «ja, ja. Es sind fast sieben Jahre, seit ich das letzte Mal hier gewesen bin.»

«Ja, eine lange Zeit», stimmte Ford zu.

Ford führte ihn ins Vorderzimmer und zeigte ihm eine Kiste mit Pfeilspitzen aus Feuerstein, die in der Nachbarschaft gefunden worden waren. Ein paar waren gut erhalten, andere weniger. Fawcett suchte sich ein paar Stücke aus, sortierte sie, und das Geschäft war gemacht.

«Sonst nichts?»

«Nein, ich glaube nicht.»

Ford wünschte sich aus ganzem Herzen, daß Dr. Fawcett überhaupt nicht gekommen wäre. Und er wünschte sich noch leidenschaftlicher, daß er sofort wieder ginge.

Genau in diesem Augenblick sah Ford etwas, das ihm den Angstschweiß auf die Stirn trieb. Er merkte plötzlich, daß er zwei der schönsten römischen Löffel, die der Schatz enthielt, auf dem Kaminsims hatte liegen lassen. Diese Löffel hatten ihn besonders bezaubert, weil sie Inschriften trugen, die Namen zweier kleiner römischer Mädchen, die sie wohl als Taufgeschenk von ihren zum Christentum übergetretenen römischen Eltern bekommen hatten. Der eine Name lautete Pascentia, der andere Papittedo. Richtig hübsche Namen.

Ford schwitzte vor Angst und versuchte, sich zwischen

Dr. Fawcett und dem Kamin aufzubauen. Vielleicht, dachte er, könnte er die Löffel heimlich in der Tasche verschwinden lassen.

Aber er hatte kein Glück.

Vielleicht hatte Ford die Löffel so gut geputzt, daß sich ein Funken Licht im Silber fing und das Auge des Wissenschaftlers anzog. Wer weiß? Tatsache ist jedenfalls, daß Fawcett sie erspähte. Und in dem Augenblick, in dem er sie erblickte, schoß er wie ein Tiger darauf zu.

«Grundgütiger Himmel!» rief er. «Was ist das?»

«Zinn», sagte Ford und geriet noch mehr in Schweiß. «Nur ein paar alte Zinnlöffel.»

«Zinn?» schrie Fawcett und drehte einen der Löffel zwischen seinen Fingern hin und her. «Zinn! Das nennen Sie Zinn?»

«Sicher», antwortete Ford, «das ist Zinn.»

«Wissen Sie, was das hier ist?» fragte Fawcett mit sich vor Aufregung überschlagender Stimme. «Soll ich Ihnen verraten, was das hier wirklich ist?»

«Das brauchen Sie mir nicht zu sagen», sagte Ford dickköpfig, «ich weiß, was es ist. Es ist altes Zinn. Sogar ganz hübsch.»

Fawcett entzifferte die Inschrift, die in römischen Buchstaben in der Höhlung stand. «Papittedo!» rief er.

«Was heißt denn das?» fragte ihn Ford.

Fawcett nahm den anderen Löffel hoch. «Pascentia», sagte er, «wunderschön! Das sind Namen von römischen Kindern. Und diese Löffel, mein Freund, bestehen aus echtem Silber. Aus echtem römischem Silber.»

«Ist doch nicht möglich!» sagte Ford.

«Wunderschön!» rief Fawcett, der immer mehr in Begeisterung geriet. «Sie sind vollkommen! Sie sind unglaublich! Wo, um des Himmels Willen, haben Sie die gefunden? Es

86

ist ungeheuer wichtig, zu wissen, wo Sie sie gefunden haben! War noch anderes dabei?» Fawcett ging aufgeregt in der Stube herum.

«Nun . . .» sagte Ford und fuhr sich mit der Zunge über die trockenen Lippen.

«Das müssen Sie sofort melden!» rief Fawcett. «Das ist ein Schatzfund! Das Britische Museum wird sie haben wollen, bestimmt! Wie lange haben Sie sie denn schon?»

«Ach, 'ne ganze Zeit», sagte ihm Ford.

«Und wer hat sie gefunden?» erkundigte sich Fawcett und sah ihn forschend an. «Haben Sie es selbst gefunden oder haben Sie sie von jemandem bekommen? Das ist wichtig! Der Finder könnte imstande sein, uns mehr darüber zu berichten!»

Ford hatte das Gefühl, als ob ihn die Wände seiner Stube erdrückten. Er wußte nicht, was er tun sollte.

«Raus mit der Sprache, Mann! Sie wissen doch bestimmt, wo Sie sie herhaben! Wenn Sie sie abgeben, muß jede Einzelheit notiert werden. Versprechen Sie mir, daß Sie damit sofort zur Polizei gehen?»

«Also ich . . .» begann Ford.

«Wenn Sie es nicht tun, werde ich leider gezwungen sein, den Fund selber zu melden», erklärte ihm Fawcett. «Das ist meine Pflicht.»

Jetzt war das Spiel aus, das war Ford klar. Man würde ihm tausend Fragen stellen. Wo haben Sie sie gefunden? Wann haben Sie sie gefunden? Was haben Sie dort gemacht? Wo ist die genaue Fundstelle? Wessen Land haben Sie gepflügt? Und dann würde früher oder später der Name von Gordon Butcher genannt werden müssen, das ließe sich nicht vermeiden. Und dann, wenn man Butcher befragte, würde er sich an den Umfang des Schatzes erinnern und ihnen alles erzählen.

Das Spiel war also aus. In diesem Moment konnte er nur noch eines tun: die Türen der großen Anrichte aufschließen und Dr. Fawcett den ganzen Hort zeigen.

Als Ausrede, warum er alles behalten und nicht gemeldet hatte, würde er sagen, daß er alles für Zinn gehalten hatte. Solange er darauf beharrte, sagte er sich, konnten sie ihm gar nichts anhaben.

Wenn Dr. Fawcett sah, was in der Anrichte war, würde er sicher einen Herzschlag bekommen.

«Da ist wirklich noch ein bißchen mehr», murmelte Ford.

«Wo?» schrie Fawcett und fuhr herum. «Wo denn, Mann, wo? Führen Sie mich sofort hin.»

«Ich habe wirklich gedacht, es wäre Zinn», sagte Ford und bewegte sich langsam und widerstrebend auf den Eichenschrank zu. «Sonst hätte ich es natürlich gleich gemeldet.»

Er beugte sich vor, schloß die beiden unteren Fächer der Anrichte auf und öffnete die Türen.

Dr. Hugh Alderson Fawcett bekam tatsächlich fast einen Herzschlag. Er sank auf die Knie. Er rang nach Luft. Er begann zu keuchen wie ein alter Wasserkessel. Er streckte die Hände nach der großen Silberplatte aus, hob sie heraus, hielt sie in seinen bebenden Händen, und sein Gesicht wurde schneeweiß. Er sagte kein Wort. Er konnte nicht mehr sprechen. Er war vom Anblick des Schatzes im wahrsten Sinne des Wortes mit Stummheit geschlagen.

Hier endet der eigentlich bemerkenswerte Teil der Geschichte. Danach verlief alles so, wie es verlaufen mußte. Ford ging zur Polizeistation von Mildenhall und erstattete Bericht. Die Polizei kam sofort zu ihm, sammelte alle 34 Stücke ein und transportierte sie unter Bewachung zum Britischen Museum, wo sie begutachtet wurden.

Dann kam ein Eilbrief vom Museum an die Polizeistation in Mildenhall: Es sei das bei weitem schönste römische Silber, das je auf den britischen Inseln gefunden worden sei. Es besitze einen enormen Wert. Das Museum, das ja eine öffentliche Einrichtung der Regierung sei, wünsche den Schatz zu erwerben. Präziser gesagt: Es bestehe darauf, ihn zu erwerben.

Das Räderwerk der Justiz setzte sich in Bewegung. In der nächstgelegenen größeren Stadt, in Bury St. Edmunds, wurde eine öffentliche Untersuchung anberaumt. Das Silber wurde unter besonderem Polizeischutz dort hingebracht. Ford wurde aufgefordert, vor dem Coroner und einer vierzehnköpfigen Jury zu erscheinen, und Gordon Butcher, dieser brave, ruhige Mann, wurde ebenfalls geladen, um als Zeuge auszusagen.

Die Verhandlung fand am Montag, dem 1. Juli 1946, statt, und der Coroner nahm Ford scharf ins Kreuzverhör.

«Sie haben gedacht, es wäre Zinn?»

«Ja.»

«Auch nachdem Sie alles geputzt hatten?»

«Ja.»

«Und Sie unternahmen nichts, um irgendwelche Fachleute über den Fund zu informieren?»

«Nein.»

«Was planten Sie mit den Gegenständen zu tun?»

«Nichts. Ich wollte sie nur behalten.»

Nachdem er seine Aussage gemacht hatte, bat Ford um Erlaubnis, an die frische Luft gehen zu dürfen, da er sich nicht gut fühle. Das überraschte niemanden.

Dann wurde Butcher in den Zeugenstand gerufen, und in ein paar schlichten Worten berichtete er von seiner Rolle in der Geschichte.

Schließlich machte Dr. Fawcett seine Aussage, ebenso

wie eine Reihe von anderen archäologischen Kapazitäten, die alle die außergewöhnliche Seltenheit des Schatzes bestätigten. Sie sagten, er stamme aus dem 4. Jahrhundert nach Christi, es sei das Tafelsilber einer reichen römischen Familie gewesen, das vermutlich vom Gutsverwalter des Eigentümers vergraben worden sei, um es vor den Pikten und Scoten zu retten, die zwischen 365 und 367 von Norden her ins Land einfielen und viele römische Siedlungen in Schutt und Asche legten. Vermutlich sei der Mann, der den Schatz vergraben habe, von einem Pikten oder von einem Scoten erschlagen worden, und der Schatz sei seither einen Fuß unter der Erde liegen geblieben. Die künstlerische Ausführung, sagten die Experten, sei von überragender Qualität. Einige Stücke hätten in England gearbeitet sein können, wahrscheinlich aber stammten alle Gegenstände aus Silberwerkstätten in Italien oder Ägypten. Die große Platte sei zweifelsohne das schönste Stück. Das Haupt in der Mitte stelle Neptun dar, den Meeresgott, mit Delphinen im Haar und Seetang im Bart. Um ihn herum trieben Meeresnymphen und Seeungeheuer ihr Spiel. Auf dem breiten Rand der Platte sei Bacchus mit seinem Gefolge abgebildet, bei einem Trink- und Festgelage. Auch Herkules sei zu sehen, ziemlich betrunken und von zwei Satyrn mehr getragen als gestützt, das Löwenfell halb von den Schultern geglitten. Pan sei ebenfalls abgebildet, wie er auf seinen Bocksbeinen tanzt, die Flöte in der Hand. Und dazwischen überall Mänaden, weibliche Anhängerinnen von Bacchus, recht bezechte Damen.

Das Gericht erfuhr weiter, daß mehrere der Löffel das Monogramm von Christus, Chi-Rho, trugen, und daß die beiden Löffel mit den eingravierten Namen Pascentia und Papittedo zweifellos Taufgeschenke seien.

Damit beschlossen die Fachleute ihre Aussage, und das

Gericht zog sich zur Beratung zurück. Nach kurzer Zeit erschien die Jury wieder, und ihr Urteilsspruch war ziemlich verblüffend. Es wurde niemand für schuldig befunden. Der Finder des Schatzes hatte nur das Recht auf volle Bezahlung von der Krone verwirkt, weil der Schatzfund nicht sofort gemeldet worden war. Trotzdem sollte eine Ausgleichszahlung stattfinden, und im Bezug darauf wurden Ford und Butcher gemeinsam als Finder bezeichnet.

Nicht Butcher. Ford und Butcher.

Darüber hinaus ist nur noch zu berichten, daß der Schatz vom Britischen Museum erworben worden ist, wo er jetzt stolz in einem großen Glaskasten ausgestellt ist und von allen bewundert werden kann. Und schon sind Menschen von weit her gekommen, um die Pracht zu bestaunen, die Gordon Butcher an jenem kalten, stürmischen Winternachmittag unter seinem Pflug gefunden hat. Eines Tages wird ein Buch darüber geschrieben werden, oder auch zwei, voll von gelehrten Spekulationen und abstrusen Schlußfolgerungen, und Leute, die in archäologischen Kreisen verkehren, werden endlos über den Schatz von Mildenhall reden.

Das Museum belohnte die beiden Finder je mit 1000 Pfund, als freundliche Geste. Butcher, der echte Finder, war glücklich und überrascht, daß er so viel Geld bekam. Er hatte gar nicht begriffen, daß er den Schatz, wenn er ihn damals mit zu sich nach Hause hätte nehmen können, sicher angemeldet und dann Anspruch auf die volle Bezahlung seines Wertes gehabt hätte, der vermutlich zwischen einer halben und einer ganzen Million Pfund lag.

Niemand weiß, was sich Ford bei allem gedacht hat. Er muß erleichtert und vielleicht auch etwas überrascht gewesen sein, als er hörte, daß das Gericht ihm seine Geschichte mit dem Zinn abgenommen hat. Aber trotzdem muß ihn der Verlust seines großen Schatzes tief getroffen haben. Er wird sich für den Rest seines Lebens die Haare darüber raufen, daß er die beiden Löffel auf dem Sims hat liegenlassen, so daß Dr. Fawcett sie sah.

Der Schwan

Ernie hatte zu seinem Geburtstag ein Kleinkalibergewehr geschenkt bekommen. Sein Vater, der schon um halb zehn an diesem Samstagmorgen auf dem Sofa vor dem Fernseher rumhing, sagte: «Dann sieh mal zu, was du abknallen kannst, mein Junge. Mach dich nützlich. Bring uns ein Karnickel fürs Abendbrot mit nach Hause.»

«Da sind Karnickel, auf dem großen Feld auf der anderen Seite vom See», sagte Ernie, «da hab ich schon welche gesehen.»

«Dann hau ab und schnapp dir eines», sagte sein Vater und puhlte sich mit einem durchgebrochenen Streichholz die Frühstücksreste aus den Vorderzähnen. «Hau ab und versuch, eines für uns zu erwischen.»

«Ich bring dir zwei mit», sagte Ernie.

«Und auf dem Rückweg», fuhr der Vater fort, «bringst du mir 'ne Literflasche Braunbier mit.»

«Dann brauch ich Geld», sagte Ernie.

Der Vater fummelte, ohne die Augen vom Fernsehschirm zu nehmen, in seiner Tasche herum und zog eine

93

Pfund-Note heraus. «Und versuch ja nicht wieder, das Wechselgeld zu klauen wie das vorige Mal», sagte er. «Sonst geb ich dir eins an die Ohren – Geburtstag hin, Geburtstag her.»

«Reg dich nicht auf», sagte Ernie.

«Und wenn du üben willst, damit du ein Auge für die Zweiundzwanziger kriegst», sagte der Vater, «dann sind Vögel am besten. Sieh zu, wieviel Spatzen du abknallen kannst.»

«Gut», sagte Ernie, «Spatzen gibt's da überall, den ganzen Weg entlang. Spatzen sind leicht.»

«Wenn du Spatzen leicht findest», sagte der Vater, «dann hol dir ein Zaunkönigweibchen. Zaunkönigweibchen sind halb so groß wie Spatzen und sitzen nicht eine Sekunde still. Schieß erst mal ein Zaunkönigweibchen, eh du dein Maul aufreißt und anfängst anzugeben.»

«Also, Albert», sagte seine Frau und sah vom Spülbekken auf, «das find ich nicht nett, kleine Vögel schießen, jetzt, wo sie brüten! Karnickel, die sind mir egal, aber kleine Vögel in der Brutzeit, das ist ganz was anderes.»

«Halt die Klappe», sagte der Vater, «dich hat keiner nach deiner Meinung gefragt. Und paß auf, mein Sohn», sagte er zu Ernie, «wedele mit dem Ding nicht in aller Öffentlichkeit auf der Straße herum, du hast noch keinen Jagdschein. Steck sie dir ins Hosenbein, bis du weiter draußen auf dem Land bist, kapiert?»

«Reg dich nicht auf», sagte Ernie. Er nahm das Gewehr und die Patronenschachtel und ging hinaus, um zu sehen, was er töten konnte. Er war ein ziemlich lausiger Bengel und an diesem Geburtstag gerade fünfzehn Jahre alt geworden. Sein Vater war Lastwagenfahrer, und von ihm hatte er die kleinen, schmalen, eng zusammenstehenden Augen geerbt. Sein Mund war schlaff, die Lippen waren meistens feucht. In einer Familie aufgewachsen, in der körperliche Gewalt an der Tagesordnung war, hatte er sich zu einem außergewöhnlich gewalttätigen Jungen entwickelt. Samstagnachmittags fuhr er meistens mit einer Horde von Freunden mit dem Zug oder dem Bus zu irgendwelchen Fußballspielen, und wenn sie es nicht schafften, dabei eine blutige Schlägerei anzuzetteln, bevor sie wieder nach Hause fuhren, dann war das Ganze für sie nur ein vergeudeter Tag. Ernie hatte seinen Spaß daran, sich nach der Schule kleine Jungen vorzunehmen, ihnen die Arme auf den Rükken zu drehen und sie zu zwingen, gemeine und schmutzige Sachen über ihre eigenen Eltern zu sagen.

«Aua! Bitte, nicht, Ernie! Bitte!»

«Sag es oder ich renke dir den Arm aus!»

Sie sagten es immer. Dann gab er dem Arm noch einen Extradreh und ließ sein weinendes Opfer laufen.

Ernies bester Freund hieß Raymond. Er wohnte vier Häuser weiter, und auch er war ziemlich groß für sein Alter. Aber während Ernie massig und grob war, war Raymond groß und schlank und muskulös.

Vor Raymonds Haus steckte Ernie zwei Finger in den Mund und gab einen langen, schrillen Pfiff von sich. Raymond kam heraus. «Sieh mal, was ich zum Geburtstag gekriegt hab», sagte Ernie und zeigte ihm das Gewehr.

«Klasse!» sagte Raymond. «Damit werden wir unseren Spaß haben.»

«Los, komm mit», sagte Ernie. «Wir gehen zu dem großen Feld auf der anderen Seite vom See und holen uns ein Karnickel.»

Die beiden Jungen zogen los. Es war ein Samstagmorgen im Mai, und die Landschaft um die kleine Stadt, in der die Jungen lebten, war wunderschön. Die Kastanien standen in voller Blüte, und die Weißdornhecken schimmerten wie

Schnee. Um das große Kaninchenfeld zu erreichen, mußten Ernie und Raymond erst ungefähr eine halbe Meile durch einen schmalen Heckenweg gehen. Dann mußten sie über die Eisenbahnschienen und um den See herum, an dem Wildenten und Moor-Schneehühner und Bläßhühner und Ringdrosseln lebten. Hinter dem See lag das Kaninchenfeld, man mußte nur noch einen Hügel hinauf und auf der anderen Seite wieder hinunter. Das alles war Privatbesitz von Mr. Douglas Highton, und der See selbst war Naturschutzgebiet für Wasservögel.

Im Heckenweg nahmen sie abwechselnd das Gewehr und zielten auf kleine Vögel in den Hecken. Ernie erwischte einen Buntfinken und einen Sperling. Raymond traf einen Finken, eine Grasmücke und eine Goldammer. Alle Vögel, die sie schossen, banden sie mit den Füßen an eine Schnur. Raymond hatte immer ein dickes Knäuel Strippe und ein Messer in der Jackentasche. Jetzt tanzten also fünf kleine Vögel an der Schnur.

«Weißt du was», sagte Raymond, «die kann man essen.»

«Du spinnst wohl», antwortete Ernie. «Da ist doch überhaupt kein Fleisch dran, davon wird nicht mal 'ne Holzlaus satt.»

«Doch», widersprach Raymond. «Die Franzmänner essen sie und die Spaghettifresser auch. Das hat uns Mr. Sanders in der Schule erzählt. Er hat gesagt, die Franzmänner und die Spaghettifresser spannen Netze auf und fangen sie zu Millionen, und dann essen sie sie.»

«Na, gut», sagte Ernie. «Dann wollen wir mal sehen, wie viele wir zusammenkriegen. Die nehmen wir mit nach Hause und tun sie ins Kaninchengulasch.»

Und während sie weitergingen, schossen sie auf jeden kleinen Vogel, den sie sahen. Als sie die Eisenbahn erreichten, baumelten vierzehn kleine Vögel an der Schnur.

«He!» flüsterte Ernie und streckte seinen langen Arm aus. «Guck mal da drüben!»

Neben den Gleisen wuchsen ein paar Bäume und Büsche, und vor einem dieser Büsche stand ein kleiner Junge. Er sah durch einen Feldstecher zu den Zweigen eines alten Baumes hinauf.

«Weißt du, wer das ist?» flüsterte Raymond zurück. «Das ist der kleine Watson, dieser Trottel.»

«Stimmt!» flüsterte Ernie. «Es ist Watson, dieser Abschaum der Menschheit.»

Peter Watson war immer der Feind. Ernie und Raymond verabscheuten ihn, weil er fast all das war, was sie nicht waren. Er hatte einen zierlichen, geschmeidigen Körper. Sein Gesicht war voller Sommersprossen, und er trug eine Brille mit dicken Gläsern. Er war ein ausgezeichneter Schüler und war schon in einer der obersten Klassen, obgleich er erst dreizehn Jahre alt war. Er mochte Musik und spielte gut Klavier. In Sport war er nicht so gut. Er war höflich und ruhig. Seine Kleider waren zwar meist gestopft und geflickt, aber immer sauber. Und sein Vater fuhr keinen Lastwagen und arbeitete auch nicht in der Fabrik, sondern in der Bank.

«Laß uns dem kleinen Lumpen mal einen Schrecken einjagen», flüsterte Ernie.

Die beiden größeren Jungen schlichen sich dicht an den kleinen Jungen heran. Er bemerkte sie nicht, weil er immer noch durch den Feldstecher sah.

«Hände hoch!» schrie Ernie und legte das Gewehr an.

Peter Watson fuhr zusammen. Er ließ den Feldstecher sinken und starrte die beiden Störenfriede durch seine Brille an.

«Los, los!» brüllte Ernie. «Nimm sie hoch!»

«Ich würde an deiner Stelle nicht so mit dem Gewehr herumfuchteln», sagte Peter Watson.

«Wir geben hier die Befehle!» rief Ernie.

«Also, hoch mit den Händen», sagte Raymond, «sonst hast du 'ne Ladung Blei im Bauch.»

Peter Watson stand ganz still und hielt den Feldstecher mit beiden Händen vor sich. Er sah Raymond an. Dann sah er Ernie an. Er hatte keine Angst, aber er wußte genau, daß er mit den beiden keine Possen treiben durfte. Er hatte im Laufe der Jahre genug unter ihrer Aufmerksamkeit gelitten.

«Was wollt ihr denn?» fragte er.

«Ich will, daß du die Arme hochnimmst!» brüllte ihn Ernie an. «Kannst du kein Englisch?»

Peter Watson rührte sich nicht.

«Ich zähle bis fünf», sagte Ernie. «Und wenn du sie dann nicht hoch hast, jage ich dir das in den Wanst. Eins . . . zwei . . . drei . . .»

Peter Watson hob langsam die Arme über den Kopf. Es war das einzig Vernünftige, was er tun konnte. Raymond trat vor und riß ihm den Feldstecher aus der Hand. «Was soll das?» fuhr er ihn an. «Wem spionierst du nach?»

«Niemandem.»

«Lüg nicht, Watson. Solche Dinger nimmt man zum Spionieren! Ich wette, du warst hinter uns her. Stimmt doch, oder? Gesteh!»

«Euch hab ich bestimmt nicht nachspioniert.»

«Gib ihm eins an die Ohren», sagte Ernie. «Das wird ihn lehren, uns anzulügen!»

«Mach ich gleich», sagte Raymond. «Erst muß ich ein bißchen in Stimmung kommen.»

Peter Watson erwog seine Fluchtmöglichkeiten. Er hätte sich nur umdrehen und weglaufen können, und das war sinnlos. Sie würden ihn innerhalb von Sekunden eingeholt haben. Nach Hilfe rufen konnte er auch nicht, denn es war keiner da, der ihn hätte hören können. Deshalb blieb ihm nichts anderes übrig, als die Ruhe zu bewahren und zu versuchen, sich herauszureden.

«Laß die Pfoten oben!» bellte Ernie und wedelte lässig mit dem Flintenlauf von einer Seite zur andern, wie er es bei den Gangstern im Fernsehen gesehen hatte. «Keine Müdigkeit vorschützen, mein Bürschchen. Hoch damit!»

Peter gehorchte.

«Also, wem hast du nachspioniert?» fragte Raymond. «Raus mit der Sprache!»

«Ich habe einen grünen Specht beobachtet», antwortete Peter.

«Einen was?»

«Einen männlichen grünen Specht. Er saß am Stamm dieses alten, abgestorbenen Baumes und klopfte, auf der Suche nach Raupen.»

«Wo ist er?» rief Ernie und hob die Flinte. «Den will ich haben!»

«Nein, den kriegst du nicht», sagte Peter mit einem Blick auf die Schnur mit den kleinen Vögeln, die über Raymonds Schulter hing. «Er ist in dem Augenblick, als du mich angesprochen hast, davongeflogen. Spechte sind sehr scheu.»

«Weswegen hast du ihn denn beobachtet?» erkundigte sich Raymond mißtrauisch. «Was steckt dahinter? Hast du nichts Besseres zu tun?»

«Es macht Spaß, Vögel zu beobachten», sagte Peter, «viel mehr Spaß, als sie zu schießen.»

«Du Klugscheißer!» schrie Ernie. «Es gefällt dir also nicht, daß wir Vögel schießen, nein? Oder was willst du damit sagen?»

«Ich finde es absolut sinnlos.»

«Alles, was wir machen, paßt dir nicht, stimmt's?» fragte Raymond.

Peter gab keine Antwort.

«Na schön, dann will ich mal dir was sagen», fuhr Raymond fort. «Uns paßt es auch nicht, was du machst.»

Peters Arme begannen zu kribbeln. Er beschloß, das Risiko einzugehen, und ließ sie langsam sinken.

«Hoch!» brüllte Ernie. «Laß die Hände in der Luft!»

«Und was ist, wenn ich mich weigere?»

«Verflucht noch mal! Du hast ganz schön Nerven, was?» sagte Ernie. «Ich sag es dir jetzt zum letztenmal, wenn du nicht die Hände hochnimmst, drück ich ab!»

«Das wäre eine kriminelle Handlung», sagte Peter. «Ein Fall für die Polizei.»

«Und du wärst ein Fall fürs Krankenhaus!» lachte Ernie.

«Gut, drück ab», sagte Peter. «Dann schicken sie dich nach Borstal, ins Gefängnis.»

Er sah, daß Ernie zögerte.

«Du willst es wirklich wissen, was?» fragte Raymond.

«Ich will nur in Ruhe gelassen werden», sagte Peter, «ich hab euch nichts getan.»

«Du bist ein eingebildeter kleiner Angeber», sagte Ernie, «ja, genau das: ein eingebildeter kleiner Angeber.»

Raymond beugte sich vor und flüsterte Ernie etwas ins Ohr. Ernie hörte aufmerksam zu. Dann schlug er sich auf die Schenkel und sagte: «Das find ich gut! Eine klasse Idee!»

Ernie legte sein Gewehr auf die Erde und ging auf den kleinen Jungen zu. Er packte ihn und warf ihn zu Boden. Raymond holte sein Knäuel Strippe aus der Tasche und schnitt ein Stück ab. Mit vereinten Kräften drückten sie dem Jungen die Arme vor der Brust zusammen und fesselten ihn an den Handgelenken.

«Jetzt die Beine», sagte Raymond. Peter wehrte sich und zappelte und erhielt einen Tritt in den Bauch. Das benahm

100

ihm den Atem, und er lag still. Als nächstes banden sie ihm mit einem Bindfaden die Beine zusammen. Er war jetzt wie ein Rollbraten umwickelt und vollkommen hilflos.

Ernie nahm sein Gewehr hoch und packte mit der anderen Hand einen Arm von Peter. Raymond griff sich den anderen Arm, und gemeinsam begannen sie, den Jungen durch das Gras zu den Gleisen zu schleifen.

Peter sagte kein Wort. Was sie auch vorhatten, reden half jetzt nichts mehr.

Sie zerrten ihr Opfer die Böschung runter und bis zu den Gleisen. Dann packte einer die Arme und der andere die Füße, sie hoben ihn hoch und legten ihn der Länge nach genau zwischen die Schienen.

«Ihr seid verrückt!» sagte Peter. «Das könnt ihr nicht tun!»

«Wer sagt das? Das wird dir eine kleine Lehre sein, nicht mehr so frech zu sein.»

«Ich brauch noch mehr Strippe», sagte Ernie.

Raymond zog wieder sein Knäuel vor, und die beiden Großen machten sich daran, ihr Opfer so zu fesseln, daß es sich nicht über die Schienen wegrollen konnte. Sie knoteten ein Stück Bindfaden an jedem seiner Arme fest und führten den Bindfaden unter den Schienen hindurch zu beiden Seiten. An der Taille und den Fußgelenken machten sie es ebenso. Als sie fertig waren, lag Peter Watson hilflos und reglos zwischen den Schienen. Die einzigen Körperteile, die er wenigstens noch ein bißchen bewegen konnte, waren der Kopf und die Füße.

Ernie und Raymond traten zurück, um ihre Arbeit zu begutachten. «Das haben wir gut gemacht», sagte Ernie.

«Auf dieser Strecke kommt alle halbe Stunde ein Zug», sagte Raymond. «Lange brauchen wir also nicht zu warten.»

«Das ist Mord!» rief der kleine Junge, der zwischen den Schienen lag.

«Nein, ist es nicht», sagte Raymond zu ihm. «Keine Spur.»

«Laßt mich los! Bitte, laßt mich los! Wenn ein Zug kommt, bin ich tot!»

«Wenn du wirklich tot bist, mein Junge», sagte Ernie, «dann bist du selber daran schuld, und ich sag dir auch, warum. Wenn du deinen Kopf so hochstreckst, wie du es jetzt tust, bist du hin, Kumpel! Bleib schön flach liegen, dann kannst du vielleicht noch davonkommen. Vielleicht auch nicht, denn ich weiß nicht genau, wieviel Platz unter dem Zug ist. Weißt du das, Raymond, wieviel Platz unter den Eisenbahnwaggons ist?»

«Viel nicht», sagte Raymond. «Sie werden ziemlich flach gebaut.»

«Vielleicht reicht es, vielleicht auch nicht», sagte Ernie.

«Wir wollen mal so sagen», sagte Raymond. «Für normale Leute, so wie ich oder du, Ernie, ist wahrscheinlich gerade genug Platz. Aber bei Mr. Watson hier bin ich nicht so fest überzeugt davon, und ich werde dir auch sagen, warum.»

«Dann sag es mal», feuerte ihn Ernie an.

«Also Mr. Watson hier, der hat so 'nen besonders großen Kopf, das ist der Grund. Er hat so 'nen dicken Kopf, daß ich persönlich glaube – also ich glaube, der Zug wird ihn ganz schön ankratzen, so oder so. Ich will nicht behaupten, daß er ihm den Kopf abreißt, das nicht. Ehrlich gesagt, ich bin ziemlich sicher, daß er das nicht tut. Aber sein Gesicht, das wird danach ganz schön verkratzt sein. Darauf kannst du Gift nehmen.»

«Ja, ich glaub, da hast du recht», sagte Ernie.

«Es nützt eben gar nichts», sprach Raymond weiter, «ei-

nen großen, dicken Eierkopf voll Verstand zu haben, wenn
man damit auf den Gleisen liegt und gleich ein Zug über
einen wegfährt. Stimmt's nicht, Ernie?»

«Ja, stimmt», sagte Ernie.

Die beiden Jungen kletterten die Böschung hoch und
setzten sich hinter einem Busch ins Gras. Ernie zog eine
Schachtel Zigaretten heraus, und sie steckten sich beide eine an.

Peter Watson, der hilflos zwischen den Schienen lag,
wurde es jetzt klar, daß sie nicht daran dachten, ihn loszu-
binden. Diese beiden waren gefährliche, verrückte Jungen.
Sie lebten nur für den Augenblick und dachten nie an die
Folgen. Ich muß versuchen, ruhig zu bleiben und nachzudenken, sagte sich Peter. Er lag reglos da und dachte über
seine Chancen nach. Seine Chancen waren gut. Das, was
am meisten vorragte, war sein Kopf, und am Kopf die Nase. Er schätzte, daß seine Nasenspitze ungefähr zehn Zentimeter über den Schienen lag. War das zuviel? Er wußte
nicht, wieviel Bodenfreiheit moderne Dieselloks hatten.
Bestimmt nicht sehr viel. Sein Hinterkopf lag zwischen
zwei Schwellen im losen Schotter. Er mußte versuchen, ihn
etwas tiefer in den Schotter zu graben. Er begann also, den
Kopf von einer Seite zur andern zu bewegen und schob dabei den Schotter zur Seite und machte sich so eine kleine
Kuhle, ein Loch im Schotter. Zum Schluß hatte er das Gefühl, daß sein Kopf gut fünf Zentimeter tiefer lag. Das
mußte reichen. Aber was war mit den Füßen? Auch sie
ragten in die Höhe. Er versuchte das Problem dadurch zu
lösen, daß er die beiden aneinandergefesselten Füße nach
einer Seite bog, so daß sie fast flach lagen.

Dann wartete er auf den Zug.

Ob ihn der Lokführer sehen würde? Das war sehr un-
wahrscheinlich, denn es war die Hauptstrecke London,

Doncaster, York, Newcastle, Schottland, und auf der ließen sie riesige, langgestreckte Lokomotiven laufen, in denen der Lokführer ziemlich weit hinten in einem Führerstand saß und nur noch auf die Signale achtete. Auf diesem Abschnitt der Strecke fuhren die Züge ungefähr achtzig Meilen. Peter wußte das. Er hatte oft auf der Bank gesessen und die Züge beobachtet. Als er noch kleiner war, hatte er sich die Loknummern in ein kleines Buch notiert, und manchmal hatten die Lokomotiven auch Namen, die standen dann in Goldbuchstaben an der Seite.

In jedem Fall, sagte er sich, würde es entsetzlich werden. Das Donnern war sicher ohrenbetäubend, und bei achtzig Meilen die Stunde war der Fahrtwind sicher auch nicht ohne. Er grübelte einen Augenblick darüber nach, ob unter dem Zug, wenn er über ihn hinwegbrauste, irgendein Vakuum entstehen konnte, das ihn hochriß. Das konnte gut sein. Was also auch passierte, er mußte sich vollkommen darauf konzentrieren, seinen Körper fest an den Boden zu drücken. Er durfte nicht schlapp machen. Er mußte steif und starr liegenbleiben und sich fest auf den Boden pressen.

«Wie geht's dir denn, kleine Ratte?» rief ihm einer von den beiden von den Büschen oben zu. «Wie fühlt man sich denn, wenn man auf die Hinrichtung wartet?»

Er beschloß, nicht zu antworten. Er betrachtete den blauen Himmel über sich, auf dem eine einzige riesige Kumuluswolke langsam von links nach rechts segelte. Und um sich abzulenken von dem, was gleich geschehen würde, spielte er ein Spiel, das ihm sein Vater vor langer Zeit einmal beigebracht hatte, als sie an einem heißen Sommertag oben auf den Klippen von Beachy Head nebeneinander auf dem Rücken ihm Gras gelegen hatten. Das Spiel bestand darin, daß man versuchte, in den Rinnen und Schatten einer Kumuluswolke ein Gesicht zu erkennen. Wenn man genau hinsah, hatte sein Vater gesagt, konnte man immer irgendein Gesicht entdecken. Peter ließ seine Augen langsam über die Wolke wandern. An einer Stelle stieß er auf einen einäugigen Mann mit einem Bart. An einer andern auf eine lachende Hexe mit langem, spitzem Kinn. Ein Flugzeug flog mitten durch die Wolke hindurch, von Osten nach Westen. Es war ein kleiner Hochdecker mit rotem Rumpf. Wahrscheinlich eine alte Piper, dachte er. Er schaute ihr nach, bis sie verschwand.

Und dann hörte er plötzlich einen sonderbaren, etwas vibrierenden Ton, der aus den Schienen zu beiden Seiten kam. Er war noch sehr leise, dieser Ton, kaum vernehmbar, ein schwaches, kleines summendes, brummendes Flüstern, das ganz aus der Ferne die Schienen entlang zu kommen schien.

Das ist ein Zug, sagte er sich.

Das Beben in den Schienen wurde stärker. Er hob den Kopf und schaute die lange, schnurgerade Schienenspur entlang, die sich in etwa einer Meile oder noch mehr in der Ferne verlor. Da sah er den Zug. Zuerst war es nur ein Fleck, ein ferner schwarzer Punkt, aber in den wenigen Sekunden, in denen er den Kopf hochhielt, wurde der Punkt größer, begann Gestalt anzunehmen, und sehr bald war es kein Punkt mehr, sondern die große, quadratische, stumpfe Vorderseite einer Dieselexpresslok. Peter nahm den Kopf runter und preßte ihn fest in die kleine Kuhle, die er sich in den Schotter gegraben hatte. Er kippte die Füße zur Seite und kniff die Augen so fest zusammen wie möglich und versuchte, seinen Körper in die Erde zu senken.

Der Zug donnerte wie eine Explosion über ihn weg. Es war, als ob eine Gewehrsalve in seinem Kopf losgegangen wäre. Und mit der Explosion kam ein reißender, brüllender Wind, der ihm wie ein Hurrikan in die Nasenlöcher und die Lungen fuhr. Der Lärm erschlug ihn. Der Wind erstickte ihn. Er kam sich vor, als würde er bei lebendigem Leibe verschlungen und in den Bauch eines brüllenden, mörderischen Ungeheuers hinuntergeschluckt werden.

Und dann war es vorbei. Der Zug war weg. Peter machte die Augen auf und sah den blauen Himmel und die große weiße Wolke, die immer noch über ihm hinwegzog. Es war vorbei jetzt, alles, und er hatte es geschafft. Er hatte überlebt.

«Sie hat ihn nicht erwischt», sagte eine Stimme.

«Wie schade», sagte eine zweite Stimme.

Er sah zur Seite und sah die beiden großen Lümmel, die sich über ihn beugten.

«Schneid ihn los», sagte Ernie.

Raymond schnitt die Bindfäden durch, mit denen sie ihn rechts und links an die Schienen gefesselt hatten.

«Mach ihm die Füße frei, damit er laufen kann, aber die Hände laß noch», sagte Ernie.

Raymond schnitt die Bindfäden um seine Fußgelenke durch.

«Steh auf», sagte Ernie.

Peter kam auf die Füße.

«Ein Gefangener bist du immer noch, Bürschchen», sagte Ernie.

«Was ist denn nun mit den Karnickeln?» fragte Raymond. «Ich dachte, wir wollten uns an ein paar Karnickeln versuchen.»

«Dafür haben wir immer noch Zeit», entgegnete Ernie. «Ich hab mir gerade gedacht, wir schmeißen den kleinen Mistkerl auf dem Weg dahin in den See.»

«Gut», sagte Raymond. «Das kühlt ihn ein bißchen ab.»

«Ihr habt euern Spaß gehabt», sagte Peter Watson. «Warum laßt ihr mich jetzt nicht laufen?»

«Weil du noch ein Gefangener bist», sagte Ernie. «Und du bist auch kein einfacher Gefangener. Du bist ein Spion. Und du weißt doch, was mit Spionen passiert, wenn man sie fängt, oder? Sie werden an die Wand gestellt und erschossen.»

Daraufhin sagte Peter gar nichts mehr. Es hatte keinen Sinn, die beiden zu reizen. Je weniger er zu ihnen sagte, und je weniger Widerstand er ihnen leistete, desto größer war seine Chance, heil aus dieser ganzen Geschichte herauszukommen. Er zweifelte nicht daran, daß sie in ihrer augenblicklichen Stimmung sehr wohl imstande waren, ihn ernstlich körperlich zu verletzen. Er wußte, daß Ernie dem kleinen Wally Simpson einmal nach der Schule den Arm gebrochen hatte und daß Wallys Eltern deswegen zur Polizei gegangen waren. Er hatte auch gehört, wie Raymond damit geprahlt hatte, daß sie bei den Fußballspielen, zu denen sie immer gingen, «ein bißchen Schwung in die Bude brachten», wie er es nannte. Das bedeutete, wie Peter sehr wohl wußte, jemandem, der auf dem Boden lag, ins Gesicht oder in den Bauch zu treten. Sie waren Rowdies, diese beiden, und nach dem, was Peter jeden Tag zu Hause in der Zeitung las, waren sie nicht einmal Einzelerscheinungen. Das ganze Land schien voller Rowdies zu sein. Sie schlugen die Inneneinrichtungen von Eisenbahnabteilen kaputt, sie trugen regelrechte Straßenschlachten aus, mit Messern und Fahrradketten und Metallkeulen, sie überfielen Fußgänger, mit Vorliebe kleinere Jungen, die allein gingen, und sie zertrümmerten Straßencafés. Ernie und Raymond waren vielleicht noch keine voll ausgebildeten Rowdies, aber sie marschierten geradewegs auf dieses Ziel zu.

Deshalb, sagte sich Peter, mußte er weiter passiv bleiben. Beleidige sie nicht. Verärgere sie nicht. Und vor allem versuch nicht, es körperlich mit ihnen aufzunehmen. Dann kann es sein, daß ihnen ihr gemeines kleines Spiel – hoffentlich – schließlich langweilig wird und daß sie losgehen und Karnickel abknallen.

Die beiden großen Jungen hatten Peter am Arm gepackt und marschierten mit ihm quer über das Feld zum See. Die Handgelenke des Gefangenen waren immer noch gefesselt. Ernie trug das Gewehr in der freien Hand, Raymond den Feldstecher, den er Peter abgenommen hatte. So erreichten sie den See.

Der See war an diesem goldenen Maimorgen von seltener Schönheit. Es war ein langgestreckter, ziemlich schmaler See, an dessen Ufern hier und da große Weiden wuchsen. In der Mitte war das Wasser klar und sauber, aber näher zum Land hin war ein Schilfdickicht.

Ernie und Raymond führten ihren Gefangenen zum Rand des Sees. Dort blieben sie stehen.

«Paß auf», sagte Ernie, «ich schlage folgendes vor: du nimmst seine Arme, und ich nehm seine Beine, und dann schwingen wir den Lümmel hin und her und schmeißen ihn, eins, zwei, drei, so weit raus, wie wir können, in den hübschen, dreckigen Schilfschlamm. Wie findest du das?»

«Das gefällt mir», sagte Raymond, «aber seine Hände lassen wir doch zusammengebunden, oder?»

«Klar», erwiderte Ernie. «Und wie gefällt es dir, Schnüffelnase?»

«Wenn du das vorhast, kann ich dich nicht davon abhalten», antwortete Peter und versuchte, seine Stimme kühl und gleichgültig klingen zu lassen.

«Versuch doch mal, uns davon abzuhalten», sagte Ernie und grinste, «dann wirst du schon sehen, was passiert.»

«Eine letzte Frage noch», sagte Peter. «Habt ihr euch

schon mal jemanden vorgenommen, der genauso groß ist wie ihr?»

In dem Augenblick, in dem er das sagte, wußte er, daß er einen Fehler gemacht hatte. Er sah, wie die Röte langsam in Ernies Backen kroch und wie in seinen schmalen schwarzen Augen ein gefährlicher Funke aufglomm.

Glücklicherweise rettete Raymond im gleichen Moment die Lage. «He!» rief er und deutete aufs Wasser. «Guck mal den Vogel da, den da drüben im Schilf! Los, laß uns den abknallen!»

Es war ein Stockenterich mit einem geschwungenen, löffelförmigen gelben Schnabel, einem smaragdgrünen Kopf und einem weißen Band um den Hals. «Also die kann man bestimmt essen», fuhr Raymond fort. «Das ist eine wilde Ente.»

«Den will ich haben!» schrie Ernie. Er ließ den Arm seines Gefangenen los und hob das Gewehr an die Schulter.

«Das hier ist ein Vogelschutzgebiet», sagte Peter.

«Ein was?» fragte Ernie und ließ das Gewehr sinken.

«Hier werden keine Vögel geschossen. Es ist streng verboten.»

«Wer hat gesagt, daß das verboten ist?»

«Der Eigentümer, Mr. Douglas Highton.»

«Du machst wohl Witze!» sagte Ernie und legte das Gewehr wieder an. Er schoß, und der Erpel sank im Wasser zusammen.

«Geh und hol ihn raus», sagte Ernie zu Peter. «Los, Raymond, schneid ihm die Fessel durch, dann kann er unser Jagdhund sein und die Vögel apportieren, die wir geschossen haben.»

Raymond zog sein Taschenmesser raus und schnitt die Bindfäden durch, mit denen Peters dünne Handgelenke zusammengebunden waren.

«Na, mach schon!» fuhr Ernie ihn an. «Hol ihn raus!»

Das Töten des schönen Erpels hatte Peter erschüttert.

«Ich tue es nicht», sagte er.

Ernie versetzte ihm mit der offenen Hand einen harten Schlag ins Gesicht. Peter fiel nicht hin, aber aus seinem einen Nasenloch rann etwas Blut.

«Du dreckiger kleiner Lump!» sagte Ernie. «Untersteh dich nicht, das noch mal zu tun! Dann verspreche ich dir was, und weißt du, was ich dir verspreche? Wenn du mir noch ein einziges Mal widersprichst, hau ich dir deine süßen kleinen Vorderzähne einen nach dem andern aus dem Maul, unten und oben. Kapiert?»

Peter sagte nichts.

«Antworte gefälligst!» bellte Ernie. «Hast du das kapiert?»

«Ja», sagte Peter ruhig, «ich habe es verstanden.»

«Dann los, setz dich in Bewegung!» schrie Ernie.

Peter ging zum Ufer, ins moorige Wasser, durch das Schilf. Er nahm den Erpel hoch und trug ihn zurück. Raymond nahm ihn ihm ab und band ein Stück Bindfaden um seine Füße.

«Jetzt, wo wir einen Jagdhund haben, können wir ja mal sehen, ob wir nicht noch ein paar mehr Enten erwischen», sagte Ernie. Er schlenderte mit dem Gewehr in der Hand am Ufer entlang und sah suchend ins Schilf. Plötzlich blieb er stehen. Er kauerte sich zusammen, legte einen Finger an die Lippen und sagte: «Pst!»

Raymond ging zu ihm. Peter blieb ein paar Meter hinter ihnen stehen, seine Hose warn bis zu den Knien naß und voller Schlamm.

«Guck mal da!» flüsterte Ernie und deutete auf eine Stelle, wo die Binsen besonders dicht standen. «Kannst du sehen, was ich sehe?»

«Heiliger Bimbam! Ist der schön!» sagte Raymond.

Peter, der von etwas weiter weg in das Röhricht schaute, sah sofort, was sie betrachteten. Es war ein Schwan, ein prächtiges schneeweißes Schwanenweibchen, das friedlich auf seinem Nest saß. Das Nest bestand aus aufgeschichtetem Schilf und Binsen und ragte etwa zwei Fuß aus dem Wasser heraus. Und oben auf diesem Gebäude thronte das Schwanenweibchen wie eine schöne weiße Wasserkönigin. Ihr Kopf war den Jungen am Ufer zugewandt, wachsam und auf der Hut.

«Wie wär's damit?» fragte Ernie. «Das ist noch besser als Enten, was?»

«Glaubst du, daß du die kriegen kannst?» fragte Raymond.

«Klar. Ich blas ihr einfach ein Loch durch die Gurgel.»

Peter spürte Zorn in sich aufsteigen. Er ging auf die beiden größeren Jungen zu. «An eurer Stelle würde ich den Schwan nicht schießen», sagte er und versuchte, ruhig zu sprechen, «Schwäne sind die in England am meisten geschützten Tiere.»

«Und was hat das damit zu tun?» fragte Ernie spöttisch.

«Und ich will dir noch etwas sagen», fuhr Peter fort und vergaß alle Vorsicht. «Kein Mensch schießt einen Vogel, der auf dem Nest sitzt. Kein einziger Mensch! Vielleicht hat sie ja schon Junge unter sich! Das darfst du nicht tun!»

«Wer will uns das verbieten?» sagte Raymond höhnisch. «Vielleicht Mr. Nasenbluten? Oder Schnüffelschnauze Peter Watson? Will der uns das verbieten?»

«Das ganze Land verbietet es», antwortete Peter, «das Gesetz verbietet es, und die Polizei verbietet es – jeder.»

«Aber ich lasse es mir nicht verbieten!» sagte Ernie und hob sein Gewehr.

«Nicht!» schrie Peter. «Bitte, nicht!»

Peng! Das Gewehr ging los. Die Kugel traf den schönen Kopf des Schwans, und der lange weiße Hals fiel seitlich über den Rand des Nests.

«Volltreffer!» schrie Ernie.

«Genau ins Schwarze!» rief Raymond.

Ernie wandte sich Peter zu, der klein und totenbleich und wie erstarrt dastand. «Jetzt geh und hol sie», befahl er.

Wieder rührte Peter sich nicht.

Ernie stellte sich dicht vor ihn hin, beugte sich vor und starrte ihm ins Gesicht. «Ich sage es dir zum letztenmal», sagte er leise und drohend, «hol sie!»

Tränen strömten Peter über das Gesicht. Er stolperte zum Ufer hinunter und ging zögernd ins Wasser. Er watete bis zu dem toten Schwan und nahm ihn zärtlich in beide Arme. Unter der Mutter waren zwei winzige Schwanenküken, beide noch ganz mit gelbem Flaum bedeckt. Sie kuschelten sich in der Mitte des Nests dicht aneinander.

«Sind Eier drin?» rief Ernie vom Ufer herüber.

«Nein», antwortete Peter. Er meinte, daß die Schwanenjungen noch eine Chance hatten, gerettet zu werden, wenn der Schwanenvater zurückkam und seine Jungen weiterfütterte. Peter dachte nicht daran, die beiden Küken der Gnade von Ernie und Raymond auszuliefern.

Er trug den toten Schwan zum Ufer des Sees und legte ihn auf die Erde. Dann richtete er sich auf und sah den beiden anderen ins Gesicht. Seine Augen waren immer noch feucht von Tränen, aber sie blitzten vor Zorn. «Das war eine Gemeinheit!» rief er. «Das war sinnlos und brutal! Ihr seid zwei ahnungslose Idioten! *Ihr* solltet besser tot sein! Nicht der Schwan. Ihr seid es nicht wert, daß ihr lebt!»

Er hatte sich so hoch aufgerichtet, wie er konnte, und sah die beiden größeren Jungen mit funkelnden Augen an. Es war ihm jetzt egal, was sie ihm antaten.

Diesmal schlug ihn Ernie nicht. Er war bei Peters Ausbruch unwillkürlich einen Schritt zurückgewichen, hatte sich aber schnell wieder gefangen. Und jetzt verzogen sich seine schlaffen Lippen zu einem verschlagenen Grinsen, und seine kleinen, eng zusammenstehenden Augen glitzerten boshaft. «Du hast Schwäne wohl gern, ja?» fragte er heimtückisch.

«Ich liebe Schwäne, und ich hasse euch!» rief Peter.

«Und habe ich recht», fuhr Ernie immer noch grinsend fort, «wenn ich annehme, du möchtest gern, daß der Schwan wieder lebendig wäre?»

«Das ist eine dumme Frage!» rief Peter.

«Dafür verdienst du wieder 'ne Ohrfeige», sagte Raymond.

«Immer mit der Ruhe», sagte Ernie. «Jetzt bin ich am Drücker.» Er wandte sich wieder Peter zu. «Wenn ich den Schwan wieder lebendig machen könnte, und wenn er wieder fliegen würde, dann wärst du glücklich, was?»

«Das ist auch eine dumme Frage!» rief Peter. «Wofür hältst du dich eigentlich?»

«Ich sage dir schon, wer ich bin», sagte Ernie. «Ich bin nämlich ein Zauberer, hast du gehört? Und damit du glücklich und zufrieden bist, mache ich jetzt ein Zauberkunststück. Paß mal auf, gleich ist der tote Schwan wieder lebendig und kann wieder fliegen.»

«Quatsch!» sagte Peter. «Ich gehe jetzt.» Er drehte sich um und ging los.

«Pack ihn!» befahl Ernie.

Raymond griff nach ihm.

«Laß mich in Ruhe!» schrie Peter.

Raymond schlug ihm ins Gesicht, mit aller Kraft. «Nun mal langsam», sagte er. «Wer nicht artig ist, kriegt Hiebe.»

113

«Gib mir mal dein Messer», sagte Ernie und streckte die Hand aus. Raymond gab ihm sein Taschenmesser.

Ernie kniete sich neben den toten Schwan und zog eine der großen Schwingen auseinander. «Schau dir das an», sagte er.

«Was hast du vor?» fragte Raymond.

«Abwarten und Tee trinken», sagte Ernie. Er nahm das Messer und begann dem Schwan den großen weißen Flügel abzuschneiden. Es gibt ein Gelenk, in dem der Flügelknochen sitzt. Ernie suchte diese Stelle, schob das Messer in das Gelenk und schnitt die Gelenkkapsel und die Sehnen durch. Das Taschenmesser war sehr scharf und schnitt gut, und bald war der erste Flügel abgetrennt.

Ernie drehte den Schwan um und schnitt den anderen Flügel ab.

«Bindfaden her», sagte er und streckte Raymond die Hand hin.

Raymond, der Peter immer noch am Arm gepackt hielt, hatte fasziniert zugesehen. «Wo hast du denn gelernt, wie man einen Vogel zerlegt?» fragte er.

Ernie sagte: «Wir haben früher immer oben auf Stevens' Farm Hühner geklaut. Die haben wir dann richtig, wie sich's gehört, zerlegt und in Stücke geschnitten und in einem Laden in Aylesbury verscheuert. Gib den Bindfaden her.»

Raymond gab ihm das ganze Knäuel. Ernie schnitt sechs Stücke ab, jedes ungefähr einen Meter lang.

Am oberen Rand eines Schwanenflügels läuft eine Reihe kräftiger Knochen entlang, und Ernie nahm sich einen der Flügel und fing an, jeweils das eine Ende der Schnüre am oberen Rand der großen Schwinge festzuknoten. Als er damit fertig war, hob er den Flügel mit den sechs herunterbaumelnden Bindfäden in die Höhe und sagte zu Peter: «Streck deinen Arm aus.»

«Du bist verrückt!» rief Peter. «Du mußt den Verstand verloren haben!»

«Tu was, damit er ihn ausstreckt», sagte Ernie zu Raymond.

Raymond hielt Peter seine geballte Faust vors Gesicht und stupste sie ihm leicht gegen die Nase. «Sieh sie dir an», sagte er. «Wenn du nicht tust, was man dir sagt, dann schlag ich sie dir in die Fresse, kapiert? Also los, sei ein braver kleiner Junge und streck den Arm aus.»

Peter spürte, wie sein Widerstand zusammenbrach. Er konnte den beiden nicht länger standhalten. Er starrte Ernie ein paar Sekunden lang an. Mit seinen dicht zusammenstehenden, schmalen schwarzen Augen machte Ernie den Eindruck, als ob er, wenn er richtig in Wut geriet, zu allem fähig wäre. Ernie, das spürte Peter in diesem Augenblick, würde leicht jemanden töten können, wenn er die Geduld verlor. Ernie, das gefährliche Kind, spielte jetzt ein Spiel, und es wäre sehr unklug, ihm seinen Spaß zu verderben. Peter streckte den Arm aus.

Daraufhin machte sich Ernie an die Arbeit. Er wickelte die sechs losen Bindfäden um Peters Arm und verknotete sie. Als er fertig war, saß der weiße Schwanenflügel fest an Peters Arm.

«Na, wie gefällt dir das?» Ernie trat einen Schritt zurück, um sein Werk zu begutachten.

«Jetzt den andern», sagte Raymond, der allmählich begriff, was Ernie vorhatte. «Du wirst doch nicht erwarten, daß er mit nur einem Flügel am Himmel herumfliegt, oder?»

«Jetzt kommt der zweite Flügel dran», sagte Ernie. Er kniete sich wieder hin und knüpfte sechs weitere Bindfäden an die oberen Knochen des zweiten Flügels. Dann stand er wieder auf. «Jetzt brauchen wir den zweiten Arm», sagt er. Peter fühlte sich hundeelend und kam sich lächerlich vor. Er streckte den anderen Arm aus. Ernie band den Flügel daran fest.

«Na also!» rief Ernie. Er klatschte in die Hände und tanzte einen kleinen Freudentanz. «Jetzt haben wir wieder einen richtigen, lebendigen Schwan! Hab ich dir nicht gesagt, daß ich ein Zauberer bin? Hab ich dir nicht gesagt, daß ich mit einem Zauberkunststück den toten Schwan wieder lebendig mache und durch die Luft fliegen lasse? Hab ich's dir nicht gesagt?»

Da stand Peter nun an diesem schönen Maimorgen am Rand des Sees in der Sonne, und die riesigen, schlaffen, etwas blutigen Schwingen baumelten grotesk an seinen Armen. «Bist du jetzt fertig?» fragte er.

«Schwäne sprechen nicht», sagte Ernie. «Halt deinen frechen Schnabel! Und spar dir deine Kraft, Bürschchen! Du wirst sie noch brauchen.»

Ernie hob sein Gewehr vom Boden auf, packte Peter mit der anderen Hand im Genick und befahl: «Marsch!»

Sie marschierten am See entlang, bis sie zu einer hohen, anmutigen Weide kamen. Da machten sie halt. Es war eine Trauerweide, und die langen Zweige hingen von hoch oben herab und berührten fast die Wasseroberfläche.

«Und jetzt wird uns unser Zauberschwan einen kleinen Zauberflug vorführen», verkündete Ernie. «Also, Mister Schwan, jetzt klettern Sie bitte auf diesen Baum, bis ganz oben, und wenn Sie ganz oben sind, breiten Sie bitte wie ein lieber, kluger kleiner Schwan Ihre Flügel aus und fliegen los!»

«Phantastisch!» rief Raymond. «Irre! Das gefällt mir!»

«Mir auch!» sagte Ernie. «Jetzt werden wir mal sehen, wie klug unser kluger kleiner Schwan wirklich ist. In der Schule platzt er ja vor Klugheit, das wissen wir. Und Klassenbester ist er auch. Alles schön und gut. Aber jetzt wollen wir doch mal genau sehen, wie klug er ist, wenn er da oben auf dem Baum ist. Nicht wahr, Mister Schwan?» Er stieß Peter zum Baum hin.

Wie weit mochte dieser Irrsinn noch gehen? fragte sich Peter. Allmählich kam er sich schon selber ganz verrückt vor, so als ob das alles ein Traum wäre und als ob nichts in Wirklichkeit geschähe. Trotzdem gefiel ihm der Gedanke, hoch oben im Baum zu sitzen, außer Reichweite dieser gemeinen Kerle. Wenn er erst einmal oben wäre, würde er auch dort bleiben können. Er bezweifelte sehr, daß die beiden hinter ihm her klettern würden. Und selbst wenn sie es taten, könnte er bestimmt noch in das dünne Gezweig des Baumes steigen, das keine zwei Leute tragen würde.

Der Baum war ziemlich leicht zu erklettern, da er ein paar niedrige Zweige hatte, die einem den Anfang erleichterten. Peter begann zu klettern. Die großen weißen Flügel, die von seinen Armen herabhingen, waren ihm im Weg, aber das machte nichts. Das einzige, was zählte, war, daß er seinen Peinigern mit jedem Schritt nach oben ein Stück weiter entkam. Er war nie ein großer Kletterer gewesen. Aber nichts auf der Welt konnte ihn daran hindern, die Spitze dieses Baumes zu erklimmen. Und wenn er erst einmal oben war, dachte er, würden sie ihn zwischen den Blättern nicht mehr sehen.

«Höher!» brüllte Ernie. «Weiter, los!»

Peter kletterte weiter, und schließlich erreichte er eine Stelle, wo es nicht mehr möglich war, noch höher zu klettern. Er stand jetzt mit den Füßen auf einem Ast, der nicht dicker als ein normales Handgelenk war, und dieser Ast reichte weit über den See und bog sich dann anmutig nach unten. Die Zweige über ihm waren sehr dünn und schwach, aber der, an dem er sich mit beiden Händen festhielt, war stark genug. Peter stand aufrecht da und erholte sich von der Kletterei. Er sah zum erstenmal nach unten. Er war ziemlich weit oben, mindestens fünfzehn Meter hoch. Aber er konnte die beiden Jungen nicht sehen. Sie standen nicht mehr unter dem Baum. Waren sie vielleicht weggelaufen?

«Gut gemacht, Mister Schwan!» tönte die gefürchtete Stimme von Ernie herauf. «Und jetzt hören Sie mir genau zu.»

Die beiden waren ein Stück von dem Baum weggegangen, zu einer Stelle, von der aus sie den Jungen im Wipfel deutlich sehen konnten. Als Peter zu ihnen hinunter blickte, wurde ihm klar, wie spärlich und schmal die Blätter der Weide waren. Sie gewährten ihm fast keine Deckung.

«Passen Sie gut auf, Mister Schwan!» rief die Stimme. «Gehen Sie jetzt langsam den Ast, auf dem Sie stehen, entlang. Gehen Sie, bis Sie richtig über dem schönen, schlammigen Wasser sind. Dann heben Sie ab!»

Peter rührte sich nicht. Er war jetzt fünfzehn Meter über ihnen. Sie konnten ihn nicht wieder erwischen. Lange hörte er nichts von unten. Das Schweigen dauerte etwa eine halbe Minute. Peter hielt die Augen auf die beiden fernen Gestalten gerichtet. Sie standen still da und blickten zu ihm hinauf.

«Also los, Mister Schwan!» rief Ernie. «Ich zähle jetzt bis zehn, verstanden? Und wenn du bis zehn nicht deine Flügel ausbreitest und losfliegst, hol ich dich mit diesem niedlichen kleinen Gewehr herunter. Das macht dann zwei Schwäne, die ich heute abgeknallt habe! Also nur zu, Mister Schwan! Eins . . . zwei . . . drei . . . vier . . . fünf . . . sechs . . .»

Peter rührte sich nicht. Nichts konnte ihn dazu bringen, auch nur einen Schritt zu tun.

«Sieben . . . acht . . . neun . . . zehn!»

Peter sah, wie Ernie das Gewehr zur Schulter hob. Jetzt zielte es auf ihn. Dann hörte er das Peng des Gewehrs und das Zischen der Kugel, die an seinem Kopf vorbeipfiff. Das war ein erschreckendes Geräusch. Aber er rührte sich trotzdem nicht vom Fleck. Er sah, wie Ernie das Gewehr wieder lud.

«Deine letzte Chance!» brüllte Ernie. «Die nächste Kugel trifft!»

Peter blieb wie angewurzelt stehen. Er wartete. Er beobachtete den Jungen, der unten zwischen den Butterblumen im Gras stand, neben dem anderen Jungen, und das Gewehr wieder an die Schulter hob.

Er hörte das Peng, und im selben Augenblick spürte er die Kugel im Oberschenkel. Er empfand keinen Schmerz, aber die Wucht war verheerend. Es war, als hätte ihm jemand mit einem Schmiedehammer gegen das Bein geschlagen. Es riß ihm beide Füße von dem Ast, auf dem er stand. Er krallte die Hände um den Zweig, um nicht den Halt zu verlieren, aber der Zweig gab nach und brach ab.

Manche Menschen geben auf, wenn ihnen zu viel zugemutet wird und sie es nicht mehr ertragen können. Andere, wenn auch nicht sehr viele, sind aus irgendeinem Grund unüberwindlich. Man begegnet ihnen im Krieg und auch in Friedenszeiten. Sie sind unbezwingbar, nichts, weder Schmerz noch Folter, noch der drohende Tod können sie zum Aufgeben bewegen.

Der kleine Peter Watson war einer von ihnen. Und während er kämpfte und um sich griff, um nicht von dem Baum zu fallen, wußte er plötzlich, daß er gewinnen würde. Er blickte auf und sah einen hellen Schimmer über dem Wasser, so hell und so schön, daß er die Augen nicht davon lassen konnte. Das Licht lockte ihn, es zog ihn an, und er tauchte in dieses Licht hinein und entfaltete seine Schwingen.

Drei verschiedene Personen berichteten später, daß sie an diesem Morgen einen großen weißen Schwan über der kleinen Stadt hätten kreisen sehen, eine Lehrerin, die Emily Mead hieß, ein Mann namens William Eyles, der auf dem Dach der Drogerie ein paar Schindeln auswechselte, und ein Junge, der John Underwood hieß und auf einem Feld in der Nähe sein Modellflugzeug fliegen ließ.

Und Mrs. Watson, die gerade in der Küche das Geschirr abwusch, blickte zufällig in dem Moment zum Fenster hinaus, als etwas Großes, Weißes auf den Rasen im Garten herabflatterte. Sie stürzte nach draußen, und sie warf sich auf die Knie neben der kleinen, in sich zusammengesunkenen Gestalt ihres einzigen Sohnes. «Mein Liebling!» rief sie, den Tränen nahe. Und kaum glaubend, was sie sah. «Mein lieber Junge! Was ist dir zugestoßen?»

«Mein Bein tut weh», sagte Peter und öffnete die Augen. Dann wurde er ohnmächtig.

«Du blutest ja!» rief sie und hob ihn auf und trug ihn ins Haus. Sie rief den Arzt an und ließ den Krankenwagen kommen. Und während sie wartete, nahm sie eine Schere und schnitt die Bindfäden durch, mit denen die beiden großen Schwanenflügel an die Arme ihres Sohnes gebunden waren.

Ich sehe was, was du nicht siehst

Henry Sugar war 41 Jahre alt und unverheiratet. Außerdem war er wohlhabend. Er war wohlhabend, weil er einen reichen Vater gehabt hatte, der unterdessen gestorben war. Er war unverheiratet, weil er zu eigensüchtig war, um sein Geld mit einer Frau zu teilen.

Er war etwas über einsachtzig groß, aber er sah längst nicht so gut aus, wie er sich einbildete.

Auf seine Kleidung legte er großen Wert. Die Anzüge ließ er sich von einem teuren Schneider machen, die Hemden von einem Hemdenschneider und die Schuhe von einem Schuhmacher.

Er verwendete ein kostspieliges Rasierwasser, und die Hände hielt er sich mit einer Creme, die Schildkrötenöl enthielt, glatt und geschmeidig.

Der Friseur schnitt ihm alle zehn Tage die Haare, und dabei ließ er sich auch immer maniküren.

Seine oberen Schneidezähne hatte er für eine ungeheuerliche Summe mit Jacketkronen versehen lassen, weil seine echten Zähne einen ziemlich widerwärtigen gelblichen

Schimmer angenommen hatte. Ein Schönheitschirurg hatte ihm einen kleinen Leberfleck von der rechten Backe entfernt.

Er fuhr einen Ferrari, der etwa so viel wie ein Haus auf dem Land gekostet haben mußte.

Im Sommer wohnte er in London, aber sobald die ersten Oktoberfröste nahten, verzog er sich nach Westindien oder nach Südfrankreich zu Freunden. All seine Freunde waren durch ererbte Vermögen wohlhabend.

Henry hatte noch nie in seinem Leben einen Handschlag getan, und sein Wahlspruch, den er selbst erfunden hatte, lautete: Es ist besser, sich einen milden Tadel zuzuziehen, als schwere Arbeit zu verrichten. Seine Freunde fanden das köstlich.

Männer wie Henry Sugar findet man, wie Seetang treibend, auf der ganzen Welt, besonders in London oder New York, in Paris, Nassau, Montego Bay, Cannes und Saint-Tropez. Es sind eigentlich keine schlechten Leute, aber gut sind sie auch nicht. Sie sind nicht wirklich wichtig, sie sind nur ein Teil der Dekoration.

Alle diese Leute haben nur eines gemeinsam: sie haben alle den schrecklichen Drang, noch reicher zu werden, als sie schon sind. Die eine Million ist nie genug. Noch sind es zwei Millionen. Immer haben sie das unstillbare Verlangen, mehr Geld zu bekommen. Und das hängt damit zusammen, daß sie alle in der ständigen Angst leben, sie könnten eines Morgens aufwachen und feststellen, daß sie nichts mehr auf der Bank haben.

Diese Leute versuchen alle auf die gleiche Art und Weise ihr Vermögen zu vermehren. Sie kaufen Aktien und Wertpapiere und beobachten, wie sie steigen und fallen. Sie spielen in den Casinos mit hohen Einsätzen Roulette und Siebzehn-und-vier. Sie setzen auf Rennpferde und darüber hinaus auf alles, was sich ihnen anbietet. Henry Sugar hatte einmal bei einem Schildkrötenwettrennen auf Lord Liverpools Tennisrasen 1000 Pfund gesetzt. Die doppelte Summe hatte er bei einer noch alberneren Wette mit einem Mann namens Esmond Hanbury eingesetzt: Die Wette ging darum, an welchem Gegenstand Henrys Hund im Garten wohl als erstes das Bein heben würde. An der Mauer, an einem Pfosten, einem Busch oder einem Baum? Esmond entschied sich für die Mauer. Henry, der im Hinblick auf diese spezielle Wette seit Tagen die Gewohnheiten seines Hundes studiert hatte, wählte einen Baum und gewann das Geld.

Mit lächerlichen Spielen dieser Art versuchten Henry und seine Freunde die tödliche Langeweile des Müßiggangs und zugleich des Reichtums zu besiegen.

Wie Sie vielleicht bemerkt haben, war sich Henry nicht zu schade, diese seine Freunde gelegentlich ein wenig zu beschummeln. Die Wette mit dem Hund war alles andere als korrekt. Und falls es Sie interessieren sollte: die Wette mit der Schildkröte war es auch nicht. Bei jener Wette hatte Henry der Schildkröte seines Gegners eine Stunde vor dem Rennen heimlich etwas Schlafpulver ins Maul gestopft.

Nachdem Sie nun eine ungefähre Vorstellung davon haben, was Henry Sugar für ein Mensch war, kann ich mit meiner Geschichte beginnen.

An einem Wochenende im Sommer fuhr Henry von London nach Guildford, um Sir William Wyndham zu besuchen. Das Herrenhaus war prachtvoll, der Park ebenfalls, aber als Henry an jenem Samstag eintraf, goß es in Strömen. Tennis fiel aus, Krocket fiel aus. Ebenso Schwimmen in Sir Williams Schwimmbad draußen. Der Hausherr und seine Gäste saßen trübselig im Salon und starrten in den Regen hinaus, der gegen die Fenster klatschte. Sehr reiche Leute leiden maßlos unter schlechtem Wetter. Das ist die einzige Unannehmlichkeit, gegen die sie mit ihrem Geld nichts ausrichten können.

Einer der Anwesenden schlug vor: «Laßt uns doch Canasta spielen, zu scharfen Einsätzen.»

Die anderen fanden die Idee großartig, aber da sie fünf Personen waren, mußte einer ausscheiden. Sie hoben die Karten ab, und Henry erwischte die niedrigste, die Unglückskarte.

Die anderen vier setzten sich und begannen zu spielen. Henry ärgerte sich, daß er hatte verzichten müssen. Er ging aus dem Salon in die große Halle. Er starrte ein paar Augenblicke auf die Gemälde, ging dann weiter durchs Haus, zu Tode gelangweilt, weil er nichts zu tun hatte, und kam schließlich in die Bibliothek.

Sir Williams Vater war ein berühmter Büchersammler gewesen, und an allen Wänden des großen Raumes standen bis zur Decke Bücher. Das beeindruckte Henry Sugar überhaupt nicht. Es interessierte ihn kaum. Die einzigen Bücher, die er las, waren Kriminalromane und Thriller. Er ging langsam und ziellos an den Regalen entlang, um nachzusehen, ob es hier irgendein Buch gab, das ihm gefiel. Aber in Sir Williams Bibliothek standen nur Lederbände mit Namen wie Balzac, Ibsen, Voltaire, Johnson und Pepys auf dem Rücken. Langweiliger Quatsch, das Ganze, sagte sich Henry. Und er war gerade dabei, die Bibliothek wieder zu verlassen, als sein Blick auf ein Buch fiel und dort hängenblieb, das ganz anders war als die andern. Es war so dünn, daß er es gar nicht bemerkt hätte, wenn es aus den Nachbarbüchern nicht etwas herausgeragt hätte. Und als er es aus dem Regal zog, sah er, daß es eigentlich nichts als ein Schreibheft war, zwischen dünnen Pappdeckeln, wie es die Kinder in der Schule verwenden. Der Deckel war dunkelblau, aber er trug keine Aufschrift. Henry öffnete das Heft. Auf der ersten Seite stand mit Tinte geschrieben:

Bericht über ein Interview

Mit Imhrat Khan, dem Mann,
der ohne Augen sehen konnte
von Dr. John F. Cartwright
Bombay, Indien
Dezember 1934

Das klingt einigermaßen interessant, dachte sich Henry. Er blätterte eine Seite um. Der ganze Text war handgeschrieben, mit schwarzer Tinte. Die Schrift war klar und angenehm. Die beiden ersten Seiten überflog Henry im Stehen. Plötzlich hatte er den Wunsch, weiterzulesen. Das war ein guter Text. Faszinierend. Er nahm das kleine Buch mit zu einem Ledersessel am Fenster und machte es sich darin bequem. Dann fing er noch einmal von vorn an zu lesen.

Und dies ist der Text, den Henry in dem kleinen Schreibheft vorfand:

Ich, John Cartwright, bin Chirurg im Bombay General Hospital. Am Morgen des 2. September 1934 befand ich mich im Aufenthaltsraum für Ärzte und trank eine Tasse Tee. Ich befand mich in Begleitung von drei anderen Ärzten, die ebenfalls eine wohlverdiente Teepause machten. Es waren Dr. Marshall, Dr. Philips und Dr. Macfarlane. Da klopfte es an die Tür. «Herein», sagte ich. Die Tür ging auf, und ein Inder trat herein. Er lächelte uns an und sagte:

«Entschuldigen Sie bitte. Darf ich die Herren um etwas bitten?»

Der Aufenthaltsraum für Ärzte war streng privat. Außer den Ärzten selbst durfte niemand den Raum betreten, es sei denn, es handelte sich um einen Notfall.

«Dies ist ein Privatraum», entgegnete Dr. Macfarlane scharf.

«Ja, ja», antwortete der Inder, «das weiß ich, und ich bitte um Vergebung, daß ich so einfach eingedrungen bin, meine Herren, aber ich habe Ihnen etwas überaus Interessantes zu zeigen.»

Wir fühlten uns alle sehr gestört und sagten kein Wort.

«Meine Herren», sagte er, «ich bin ein Mann, der sehen kann, ohne seine Augen zu benutzen.»

Wir forderten ihn immer noch nicht auf, fortzufahren. Wir warfen ihn aber auch nicht hinaus.

«Sie können meine Augen bedecken, mit was Sie wollen», sagte er, «Sie können meinen Kopf mit fünfzig Binden umwickeln, trotzdem werde ich Ihnen noch aus einem Buch vorlesen können.»

Er schien es vollkommen ernst zu meinen. Ich spürte, wie sich meine Neugier regte. «Kommen Sie her», sagte ich. Er kam zu mir herüber. «Drehen Sie sich um!» Er drehte sich um. Ich legte ihm fest meine Hände über die Augen und hielt seine Lider geschlossen.

«So», sagte ich, «einer von den Ärzten in diesem Raum wird jetzt die Hand heben. Sagen Sie mir, wieviel Finger er hochhält.»

Dr. Marshall hielt sieben Finger in die Luft.

«Sieben», sagte der Inder.

«Noch einmal», sagte ich.

Dr. Marshall ballte beide Fäuste und versteckte so die Finger.

126

«Keine Finger», sagte der Inder.

Ich nahm meine Hände von seinen Augen. «Nicht schlecht», sagte ich.

«Warten Sie mal», sagte Dr. Marshall, «wir wollen mal das probieren.» An einem Haken an der Tür hing ein weißer Ärztekittel. Dr. Marshall nahm ihn ab und rollte ihn zu einer Art langem Schal zusammen. Dann schlang er ihn dem Inder um den Kopf und hielt hinten beide Enden fest zusammen. «Versuchen Sie es jetzt mal», sagte Dr. Marshall.

Ich zog einen Schlüssel aus meiner Tasche. «Was ist das?» fragte ich.

«Ein Schlüssel», antwortete er.

Ich steckte den Schlüssel zurück und hielt die leere Hand hoch.

«Was ist das für ein Gegenstand?» fragte ich ihn.

«Das ist kein Gegenstand», antwortete der Inder, «Ihre Hand ist leer.»

Dr. Marshall nahm dem Mann die Binde von den Augen. «Wie machen Sie das?» fragte er. «Was ist der Trick?»

«Es ist kein Trick», sagte der Inder, «es ist eine echte Kunst, die ich nach jahrelanger Übung erlernt habe.»

«Was für eine Übung?» fragte ich.

«Ich bitte um Vergebung, mein Herr», sagte er, «aber das ist meine Privatangelegenheit.»

«Warum sind Sie dann hergekommen?» fragte ich.

«Weil ich Sie um etwas bitten möchte», antwortete er.

Der Inder war ein hochgewachsener Mann von etwa dreißig Jahren, er hatte hellbraune Haut, ungefähr von der Farbe einer Kokosnuß. Er trug einen dünnen schwarzen Schnurrbart. Sonderbare schwarze Haarbüschel wuchsen ihm rings um die Ohren herum. Er trug einen weißen Baumwollkittel, und seine nackten Füße steckten in Sandalen.

«Sie müssen wissen, meine Herren», fuhr er fort, «zur Zeit verdiene ich mir meinen Unterhalt in einem Wandertheater. Wir sind gerade in Bombay eingetroffen. Heute abend geben wir unsere Eröffnungsvorstellung.»

«Wo findet sie statt?» fragte ich.

«In der Royal Palace Hall», antwortete er, «in der Acacia Street. Ich bin der Hauptdarsteller. Auf dem Programm erscheine ich als Imhrat Khan, der Mann, der ohne Augen sieht. Und es ist meine Pflicht, für die Aufführung zu werben. Wenn wir keine Eintrittskarten verkaufen, haben wir nichts zu essen.»

«Was hat das mit uns zu tun?» fragte ich ihn.

«Es wäre sehr interessant für Sie», antwortete er. «Eine Menge Spaß. Lassen Sie mich erklären. Sehen Sie, immer wenn unser Theater in einer neuen Stadt ankommt, gehe ich geradewegs in das größte Krankenhaus und bitte die Ärzte dort, mir meine Augen zu verbinden. Ich bitte sie, es fachmännisch zu tun. Sie müssen meine Augen vollständig bedecken, mit mehreren Lagen. Es ist wichtig, daß diese Aufgabe von Ärzten ausgeführt wird, sonst denkt das Publikum, daß ich ein Schwindler bin. Dann, wenn ich vollkommen bandagiert bin, gehe ich auf die Straße hinaus und tue etwas Gefährliches.»

«Was meinen Sie damit?» fragte ich.

«Ich will damit sagen, ich unternehme etwas, was für jemanden, der nicht sehen kann, außerordentlich gefährlich ist.»

«Was haben Sie vor?» fragte ich.

«Etwas sehr Interessantes», sagte er, «wenn Sie so liebenswürdig sind, mich erst zu verbinden, werden Sie es gleich sehen. Ich wäre Ihnen sehr dankbar, meine Herren, wenn Sie mir diesen kleinen Gefallen täten.»

Ich sah die drei anderen Ärzte an. Dr. Philips sagte, er

müsse zu seinen Patienten zurück. Dr. Macfarlane sagte dasselbe. Dr. Marshall sagte: «Na gut, warum nicht? Es kann amüsant werden. Es dauert ja nur eine Minute.»

«Ich mache mit», sagte ich, «aber lassen Sie uns gründlich arbeiten. Er soll nichts sehen können.»

«Sie sind sehr liebenswürdig», sagte der Inder, «bitte, machen Sie es, wie Sie wollen.»

Dr. Philips und Dr. Macfarlane verließen das Zimmer.

«Bevor wir ihn verbinden», sagte ich zu Dr. Marshall, «wollen wir ihm die Augenlider versiegeln. Wenn das erledigt ist, füllen wir ihm die Augenhöhlen mit etwas Weichem, Festem, das gut klebt.»

«Mit was zum Beispiel?» fragte Dr. Marshall.

«Wie wär's mit Teig?»

«Das wäre genau richtig», antwortete Dr. Marshall.

«Gut», sagte ich, «dann gehen Sie bitte in die Krankenhausküche und holen etwas Teig. Ich nehme ihn inzwischen mit in die Chirurgie und versiegle seine Lider.»

Ich führte den Inder aus dem Aufenthaltsraum und durch den langen Krankenhauskorridor zur Chirurgie. «Legen Sie sich bitte hier hin», sagte ich und deutete auf die hohe Liege. Er legte sich hin. Ich nahm eine kleine Flasche aus dem Regal. Sie war mit einem Tropfaufsatz versehen. «Das ist Kollodium», erklärte ich ihm, «ich träufle es auf Ihre geschlossenen Augenlider, und es wird hart, so daß Sie die Augen nicht mehr öffnen können.»

«Wie kann ich es wieder entfernen?» fragte er mich.

«Mit Alkohol. Er löst es im Nu», sagte ich. «Es ist völlig harmlos, schließen Sie jetzt bitte Ihre Augen.»

Der Inder schloß die Augen, ich träufelte Kollodium auf beide Lider. «Halten Sie die Augen geschlossen», sagte ich, «und warten Sie, bis es fest wird.»

Nach ein paar Minuten war das Kollodium auf seinen Augen zu einem festen Film erstarrt. «Versuchen Sie, die Augen zu öffnen», befahl ich.

Er versuchte es, war aber nicht dazu imstande.

Dr. Marshall kam mit einer Schüssel voll Teig herein. Es war ganz normaler weißer Teig, wie er zum Brotbacken verwendet wird, glatt und geschmeidig. Ich rollte etwas Teig zu einer Kugel und drückte sie dem Inder auf das eine Auge. Ich füllte die ganze Augenhöhle damit aus und ließ den Teig etwas überlappen, so daß auch die Haut um die Augen herum bedeckt war. Dann drückte ich den Rand so fest wie möglich an. Mit dem anderen Auge verfuhr ich genauso.

«Es ist doch nicht unangenehm so, oder?» fragte ich.

«Nein», antwortete der Inder, «es ist gut.»

«Sie müssen das Bandagieren übernehmen», sagte ich zu Dr. Marshall. «Meine Hände kleben zu sehr.»

«Mit Vergnügen», sagte Dr. Marshall, «schauen Sie zu.» Er nahm eine dicke Schicht Watte und legte sie auf die mit Teig zugestrichenen Augen des Inders. Die Watte klebte am Teig fest und blieb an der richtigen Stelle liegen. «Setzen Sie sich bitte hin», sagte Dr. Marshall.

Der Inder richtete sich auf der Liege auf.

Dr. Marshall nahm eine breite Binde und begann, sie dem Mann um den Kopf zu wickeln. Die Binde hielt die Watte und den Teig gut fest. Dr. Marshall befestigte das Ende der Binde und griff dann nach einer zweiten, die er dem Mann nicht nur um die Augen, sondern um den ganzen Kopf wickelte.

«Wenn Sie mir bitte die Nase freiließen, damit ich atmen kann», sagte der Inder.

«Selbstverständlich», erwiderte Dr. Marshall, wickelte weiter und befestigte das Ende der Binde. «Wie ist es geworden?» fragte er mich.

«Ausgezeichnet», antwortete ich. «Da kann er bestimmt nirgends mehr durchsehen.»

Der ganze Kopf des Inders war jetzt unter dicken weißen Bandagen verschwunden, man sah nur noch seine Nasenspitze herausragen. Er sah aus wie ein Mann, der eine fürchterliche Gehirnoperation gehabt hatte.

«Wie fühlt sich das an?» fragte ihn Dr. Marshall.

«Es fühlt sich gut an», antwortete der Inder. «Ich muß Ihnen ein Kompliment machen, meine Herren, Sie haben erstklassige Arbeit geleistet.»

«Dann hinaus mit Ihnen», sagte Dr. Marshall und lächelte mich an. «Beweisen Sie uns, wie gut Sie jetzt sehen können.»

Der Inder ließ sich von der Liege gleiten und ging geradewegs zur Tür. Er machte die Tür auf und ging hinaus.

«Gütiger Himmel!» sagte ich. «Haben Sie das gesehen? Er hat die Hand genau auf die Türklinke gelegt!»

Dr. Marshall lächelte nicht mehr. Sein Gesicht war plötzlich blaß geworden. «Ich gehe hinter ihm her», sagte er und eilte zur Tür. Ich stürzte ihm nach.

Der Inder ging ganz normal den Krankenhauskorridor entlang. Dr. Marshall und ich waren etwa fünf Meter hinter ihm. Es war fast gespenstisch, zu beobachten, wie dieser Mann mit dem großen weißen, fast völlig eingewickelten Kopf selbstverständlich und sicher den Flur entlangging, wie jeder andere auch. Besonders, wenn man wußte, daß seine Augenlider versiegelt und seine Augenhöhlen mit Teig verkleistert waren und daß darüber noch eine Watteschicht und ein dicker Verband saßen.

Ich sah einen eingeborenen Krankenwärter durch den Korridor kommen. Er schob einen Essenswagen vor sich her. Als er den Mann mit dem weißen Kopf erblickte, erstarrte er. Aber der bandagierte Inder wich dem Essenswagen aus und ging seitlich an ihm vorbei.

«Er hat ihn gesehen!» rief ich. «Er muß den Essenswagen gesehen haben! Er ist drumherum gegangen. Das ist vollkommen unglaublich!»

Dr. Marshall gab mir keine Antwort. Seine Wangen waren totenblaß, sein Gesicht starr vor Schreck und Unglauben.

Der Inder hatte unterdessen die Treppe erreicht und begann sie hinabzusteigen. Ohne zu zögern. Er legte nicht einmal die Hand aufs Treppengeländer. Einige Leute kamen die Treppe herauf. Sie blieben stehen, rissen den Mund auf, starrten ihn an und machten ihm schnell Platz.

Am Fuße der Treppe wandte sich der Inder nach rechts und ging auf die Tür zu, die auf die Straße hinausführte. Dr. Marshall und ich hielten uns dicht hinter ihm.

Der Eingang unseres Krankenhauses liegt ein bißchen zurück von der Straße, und eine ziemlich pompöse Freitreppe führt vom Eingang zu einem kleinen Hof hinunter, der von Akazien umgeben ist. Dr. Marshall und ich traten in die blendende Sonne hinaus und blieben oben auf der Treppe stehen. Unten, im Hof, sahen wir eine Gruppe von vielleicht hundert Menschen, mindestens die Hälfte davon barfüßige Kinder, und als unser weißhäuptiger Inder die Freitreppe hinunterschritt, brachen alle in Hurra-Geschrei aus und redeten durcheinander und drängten sich ihm entgegen. Er grüßte sie, indem er beide Hände über den Kopf hielt.

Plötzlich sah ich das Fahrrad. Es stand unten an der Treppe, etwas seitlich. Ein kleiner Junge hielt es. Das Fahrrad selbst war ganz normal, aber hinten auf dem Gepäckträger war ein riesiges, fast zwei Quadratmeter großes Plakat montiert. Auf dem Plakat standen folgende Worte:

132

**Imhrat Khan, der Mann,
der ohne seine Augen sieht!**

Eben sind meine Augen von
Krankenhausärzten verbunden worden!
Vorführung heute abend
und die ganze Woche in der
Royal Palace Hall,
Acacia Street, 19 Uhr
Das müssen Sie sehen!
Sie werden Wunder erleben.

Unser Inder hatte den Fuß der Treppe erreicht und ging geradewegs auf das Fahrrad zu. Er sagte etwas zu dem Jungen, und der Junge lächelte. Der Inder schwang sich aufs Fahrrad. Die Menge wich zurück und machte ihm Platz. Und dann fuhr dieser Bursche mit seinen zugedeckten, verbundenen Augen doch wahrhaftig quer über den Krankenhaushof und direkt in den brausenden, lärmenden Straßenverkehr! Die Menge applaudierte laut. Die barfüßigen Kinder liefen hinter ihm her und jauchzten und lachten. Etwa eine Minute lang konnten wir ihn im Auge behalten. Wir sahen ihn gelassen durch den dichten Verkehr radeln, vorbeiflitzende Autos neben sich, die hinter ihm herrennenden Kinder im Kielwasser. Dann bog er um eine Ecke und war verschwunden.

«Mir ist ganz schwindlig», sagte Dr. Marshall. «Ich kann es einfach nicht glauben.»

«Wir müssen es glauben», sagte ich, «er kann unmöglich den Teig unter der Bandage entfernt haben. Wir haben ihn nicht einen Moment aus den Augen gelassen. Und was seine Augenlider betrifft – er hätte fünf Minuten gebraucht, um das Kollodium mit Watte und Alkohol zu entfernen.»

133

«Wissen Sie, was ich glaube», sagte Dr. Marshall. «Ich glaube, wir sind Zeugen eines Wunders gewesen.»

Wir wandten uns um und gingen langsam ins Krankenhaus zurück.

Die restlichen Stunden des Tages hatte ich mit meinen Patienten im Krankenhaus zu tun. Um 18 Uhr endete mein Dienst, und ich fuhr in meine Wohnung zurück, um zu duschen und mich umzuziehen. Es war die heißeste Jahreszeit in Bombay, und selbst nach Sonnenuntergang herrschte noch eine Gluthitze. Selbst wenn man still in einem Sessel saß und nichts tat, lief einem der Schweiß über die Haut. Man hatte den ganzen Tag lang ein schweißnasses Gesicht, und das Hemd klebte einem an der Brust. Ich nahm eine lange, kalte Dusche. Ich schlang mir nur ein Handtuch um die Hüften, setzte mich auf die Veranda und trank einen Whisky mit Soda. Dann zog ich frische Sachen an.

Zehn Minuten vor sieben war ich vor der Royal Palace Hall in der Acacia Street. Es war kein besonderes Etablissement. Es war einer von den kleinen, schäbigen Sälen, die man preiswert für Versammlungen oder Tanzvergnügen mieten kann. Vor der Kasse trieb sich eine ziemlich große Gruppe Inder aus der Umgebung herum. Ein großes Plakat über dem Eingang verkündete, daß die *Internationale Theater Company* an jedem Abend dieser Woche hier eine Vorstellung gab. Jongleure und Zauberkünstler, Akrobaten und Schwertschlucker, Feuerfresser und Schlangenbeschwörer seien zu sehen, und es gebe einen Einakter, der *Der Rajah und die Tigerdame* hieß. Ganz oben und in den weitaus größten Buchstaben stand jedoch: Imhrat Khan, der Wundermann, der ohne seine Augen sieht.

Ich kaufte mir eine Eintrittskarte und ging hinein.

Die Vorstellung dauerte zwei Stunden. Zu meiner Überraschung gefiel sie mir ohne Einschränkung. Alle Nummern waren ausgezeichnet. Ich mochte den Mann, der mit Küchengeräten jonglierte und einen Topf, eine Bratpfanne, ein Backblech, eine riesige Platte und eine Kasserolle gleichzeitig durch die Luft wirbeln ließ. Und den Schlangenbeschwörer, der eine große grüne Schlange hatte, die fast auf der Schwanzspitze stand und sich zu seinen Flötenmelodien hin und her wiegte. Der Feuerschlucker schluckte Feuer, und der Schwertschlucker stieß sich einen dünnen spitzen Degen mindestens eineinhalb Meter tief durch die Gurgel und in den Magen. Schließlich ertönte ein Fanfarentusch, und unser Freund Imrhat Khan trat auf. Die Bandagen, die wir ihm im Krankenhaus angelegt hatten, waren jetzt entfernt worden.

Leute aus dem Publikum wurden auf die Bühne gebeten, um ihm mit Tüchern und Schals und Turbanen die Augen zu verbinden. Nach einer Weile hatte er so viel Zeug um den Kopf gewickelt, daß er sich kaum noch im Gleichgewicht halten konnte. Dann wurde ihm ein Revolver in die Hand gedrückt. Ein kleiner Junge trat aus der Kulisse und stellte sich links auf die Bühne. Ich erkannte ihn wieder, es war der Junge, der am Morgen vor dem Krankenhaus gewartet und das Fahrrad gehalten hatte. Der Junge stellte sich eine Konservendose auf den Kopf und stand ganz ruhig da. Todesstille senkte sich über das Publikum, während Imrhat Khan zielte. Er feuerte. Der Knall ließ uns zusammenfahren. Die Konservendose flog vom Kopf des Jungen und fiel scheppernd auf den Boden. Der Junge hob sie auf und zeigte dem Publikum das Einschußloch. Alle klatschten und jubelten. Der Junge lächelte.

Dann stellte sich der Junge vor eine Holzwand, und Imrhat Khan warf mit Messern nach ihm, die meist ziem-

135

lich knapp neben seinem Körper ins Holz schlugen. Das war eine großartige Nummer. Nicht viele Leute könnten – selbst mit unverbundenen Augen – Messer so akkurat werfen. Und da stand dieser außergewöhnliche Bursche, dessen Kopf so dick umwickelt war, daß er aussah wie ein Schneeball am Stiel, und pflanzte seine Messer mit traumhafter Sicherheit haarscharf neben dem Kopf des Jungen ins Holz. Der Junge lächelte dabei die ganze Zeit, und als die Vorstellung vorbei war, trampelte das Publikum mit den Füßen und schrie vor Begeisterung.

Imhrat Khans letzte Nummer war fast noch eindrucksvoller, wenn auch nicht so spektakulär. Ein Metallfaß wurde auf die Bühne gerollt. Das Publikum wurde eingeladen, zu prüfen, ob es auch keine Löcher hätte. Es hatte keine Löcher. Dann wurde das Faß über Imhrat Khans bandagierten Kopf gestülpt. Es reichte ihm bis zu den Ellbogen, drückte ihm also die Oberarme an den Rumpf. Die Unterarme und die Hände konnte er jedoch frei bewegen. Jemand gab ihm eine Nähnadel in die eine und einen Faden in die andere Hand. Ohne die geringste Unsicherheit fädelte er den Faden genau durch das Nadelöhr. Ich war platt.

Sobald die Vorstellung vorüber war, ging ich hinter die Bühne. Ich fand Mr. Imhrat Khan in einer kleinen, sauberen Garderobe, wo er ruhig auf einem Holzstuhl saß. Der kleine indische Junge wickelte ihm die Schals und Tücher vom Kopf.

«Ah», sagte er, «da ist ja mein Freund, der Doktor aus dem Krankenhaus. Treten Sie ein, Sir, treten Sie ein.»

«Ich habe die Vorstellung gesehen», sagte ich.

«Und was halten Sie davon?»

«Sie hat mir sehr gefallen. Sie waren wunderbar.»

«Danke», erwiderte er, «das ist ein großes Kompliment.»

«Ich muß auch Ihrem Assistenten gratulieren», fuhr ich fort und nickte dem kleinen Jungen zu. «Er ist sehr tapfer gewesen.»

«Er kann kein Englisch», sagte der Inder, «aber ich werde ihm übersetzen, was Sie gesagt haben.» Er sprach rasch auf Hindustani auf den Jungen ein, und der Junge nickte ernst, sagte aber nichts.

«Hören Sie», sagte ich, «heute früh habe ich Ihnen einen kleinen Gefallen getan. Würden Sie mir jetzt auch einen tun? Würden Sie die Freundlichkeit besitzen, mit mir zu Abend zu speisen?»

Sein Kopf war jetzt frei von Tüchern und Wickeln. Er lächelte mich an und antwortete: «Ich glaube, Sie sind neugierig, Herr Doktor. Habe ich recht?»

«Sehr neugierig», gestand ich. «Ich möchte mich gern mit Ihnen unterhalten.»

Wieder war ich über die außergewöhnlich dicken schwarzen Haarbüschel verwundert, die ihm um die Ohren herumwuchsen. So etwas hatte ich noch nie gesehen.

«Ich bin noch nie von einem Arzt ausgefragt worden», sagte er. «Aber ich habe nichts dagegen. Es ist mir ein Vergnügen, mit Ihnen zu Abend zu essen.»

«Soll ich im Wagen warten?»

«Ja, bitte», antwortete er. «Ich muß mich nur noch waschen und die Kleidung wechseln.»

Ich beschrieb ihm mein Auto und sagte, ich würde draußen warten.

Fünfzehn Minuten später erschien er in einem sauberen weißen Baumwollkittel und mit den üblichen Sandalen an den nackten Füßen. Bald darauf saßen wir gemütlich in einem kleinen Restaurant, das ich manchmal besuchte, weil sie dort den besten Curry in der ganzen Stadt machten. Ich trank Bier zu meinem Curry, Imhrat Khan trank Limonade.

«Ich bin kein Schriftsteller», sagte ich zu ihm, «ich bin Arzt. Aber wenn Sie mir Ihre Geschichte erzählen wollen, von Anfang an, wenn Sie mir erklären wollen, wie Sie diese Zauberkräfte entwickelt haben, ohne Augen sehen zu können, dann werde ich das so getreulich aufschreiben, wie es mir möglich ist. Und vielleicht wird es dann im *British Medical Journal* oder sogar in einer noch angeseheneren Fachzeitschrift veröffentlicht. Gerade *weil* ich Arzt bin und kein Schriftsteller, der seine Geschichten verkaufen muß, werden die Leute bereitwilliger sein, zu glauben, was ich schreibe. Es würde Ihnen helfen, bekannter zu werden, nicht wahr?»

«Es wäre sehr hilfreich für mich», sagte er. «Aber warum wollen Sie das für mich tun?»

«Weil ich wahnsinnig neugierig bin», antwortete ich. «Das ist der einzige Grund.»

Imhrat Khan schob sich einen Löffel Curryreis in den Mund und kaute ihn bedächtig. Dann sagte er: «Nun gut, mein Freund. Ich bin einverstanden.»

«Großartig!» rief ich. «Wir wollen gleich nach dem Essen in meine Wohnung gehen, dort können wir uns unterhalten, ohne gestört zu werden.»

Wir beendeten unsere Mahlzeit. Ich zahlte die Rechnung. Dann fuhr ich Imhrat Khan in meine Wohnung.

Im Wohnzimmer holte ich mir Papier und Bleistifte, um mir Notizen machen zu können. Ich habe eine Art persönlicher Kurzschrift entwickelt, die ich immer verwende, wenn ich die Krankengeschichte meiner Patienten festhalte. Wenn jemand nicht zu schnell spricht, kann ich damit das meiste gut mitschreiben. Ich glaube, mir ist fast nichts von dem entgangen, was Imhrat Khan mir an jenem Abend berichtete. Ich habe es Wort für Wort notiert. Hier ist es.

Ich gebe es genauso wieder, wie er es gesagt hat:

«Ich bin Inder, Hindu», begann Imhrat Khan. «Ich bin im Jahre 1905 in Akhnur geboren, in Kaschmir. Meine Familie ist arm, mein Vater arbeitete bei der Bahn, als Fahrkartenkontrolleur. Als ich ein kleiner Junge von dreizehn Jahren war, kam ein indischer Zauberer in unsere Schule und gab eine Vorstellung. Ich kann mich noch an seinen Namen erinnern, Professor Moor – in Indien nennen sich alle Zauberkünstler Professor. Seine Tricks waren sehr gut. Ich war ungeheuer beeindruckt. Ich hielt es wirklich für Zauberei. Ich spürte – wie soll ich das nennen –, ich fühlte einen mächtigen Drang, selber zaubern zu lernen, deshalb lief ich zwei Tage später zu Hause fort, entschlossen, meinen neuen Helden, Professor Moor, zu suchen und ihm zu folgen. Ich nahm meine ganzen Ersparnisse mit, vierzehn Rupien, und nur die Kleider, die ich am Leibe trug: ein weißes Lendentuch und Sandalen. Das war im Jahre 1918, und ich war dreizehn Jahre alt.

Ich bringe in Erfahrung, daß Professor Moor nach Lahore gegangen ist, zweihundert Meilen entfernt. Also kaufe ich mir, allein wie ich bin, eine Fahrkarte dritter Klasse, ich steige in den Zug und folge ihm. In Lahore finde ich den Professor. Er führt seine Zauberkunststücke in einer sehr billigen Schau vor. Ich gestehe ihm meine Bewunderung und biete mich ihm als Assistent an. Er nimmt mich an. Mein Lohn? Ah ja, mein Lohn beträgt acht Annas am Tag.

Der Professor bringt mir den Trick mit den ineinander verschlungenen Ringen bei, und es ist meine Aufgabe, vor dem Theater auf der Straße zu stehen, das Zauberkunststück vorzuführen und die Leute aufzufordern, einzutreten und sich die Vorstellung anzusehen.

Sechs Wochen lang finde ich das sehr gut. Viel besser, als

zur Schule zu gehen. Aber dann bricht die Welt für mich zusammen: mir wird plötzlich klar, daß Professor Moor keine wahren Zauberkräfte besitzt, daß alles nur Geschicklichkeit ist und Schnelligkeit der Finger. Damit hört der Professor auf, mein Held zu sein. Ich verliere vollständig das Interesse an meiner Arbeit. Aber zugleich entsteht in mir ein übermächtiger Wunsch: das Verlangen, das Geheimnis der wahren Zauberkunst zu finden, etwas über die sonderbare Kraft zu erfahren, die Yoga heißt.

Dazu muß ich einen Yogi finden, der bereit ist, mich als seinen Schüler anzunehmen. Das ist nicht leicht. Wahre Yogis wachsen nicht auf Bäumen. Es gibt in ganz Indien nur einige wenige. Außerdem sind sie fanatisch religiös. Wenn ich also bei der Suche nach einem Lehrer Erfolg haben will, muß ich so tun, als ob auch ich sehr religiös wäre.

Nein, eigentlich bin ich nicht fromm. Und deshalb bin ich das, was Sie einen Schwindler nennen würden. Ich wollte aus rein egoistischen Gründen Yogakräfte erwerben. Ich wollte diese Kräfte dazu benutzen, Ruhm und Reichtum zu gewinnen.

Das war nun etwas, was der wahre Yogi mehr als alles andere auf der Welt verachtet. Der wahre Yogi glaubt sogar, daß jeder Yogi, der seine Kräfte mißbraucht, eines frühen und plötzlichen Todes sterben wird. Ein Yogi darf niemals in der Öffentlichkeit auftreten. Er darf seine Kunst nur in vollkommener Abgeschiedenheit und als Gottesdienst ausüben, sonst verfällt er dem Tod.

So also beginnt meine Suche nach einem Yogalehrer. Ich verlasse Professor Moor und gehe in eine Stadt namens Amritsar im Pundschab, wo ich mich einem Wandertheater anschließe. Ich muß ja meinen Lebensunterhalt verdienen, während ich auf der Suche nach dem Geheimnis bin, und ich hatte schon bei den Theateraufführugen in meiner

140

Schule erfolgreich mitgewirkt. Drei Jahre lang ziehe ich mit dieser Theatergruppe durch die Provinz, und am Ende dieser Zeit, als ich sechzehneinhalb Jahre alt bin, gehöre ich zu den bestbezahlten Schauspielern. Während der ganzen Zeit sparte ich mein Geld, und jetzt habe ich eine sehr große Summe zusammen, 2000 Rupien.

Zu dieser Zeit erfuhr ich von einem Mann namens Banerjee. Dieser Banerjee, so heißt es, sei einer von den wahrhaft großen Yogis in Indien und besitze außergewöhnliche Kräfte. Die Leute erzählen sich allerlei Geschichten darüber, wie er die seltene Kraft des Schwebens erworben hätte. Wenn er betete, erhob sich sein Körper vom Boden, und er schwebte einen halben Meter hoch in der Luft.

Das ist sicher der Mann für mich, denke ich. Dieser Banerjee ist der, den ich aufsuchen muß. Ich nehme also auf der Stelle meine Ersparnisse, verlasse die Theatergesellschaft und mache mich auf den Weg nach Rischikesch, am Ufer des Ganges, wo Banerjee dem Hörensagen nach lebt.

Sechs Monate lang suche ich nach Banerjee. Wo ist er? Wo? Wo ist Banerjee? Ah ja, sagen sie in Rischikesch, Banerjee ist in der Stadt gewesen, aber das ist eine Weile her, und seitdem hat ihn niemand mehr gesehen. Und jetzt? Jetzt ist Banerjee woanders hingegangen! Wohin? Nun ja, sagen sie, wer kann das wissen. Ja, wer? Wer kann etwas über die Wege eines Banerjee wissen. Lebt er nicht ein Leben in tiefer Abgeschiedenheit? Ist es nicht so? Und ich sage ja. Ja, ja, ja. Natürlich. Das ist klar, selbst mir ist das klar.

Um diesen Banerjee zu finden, gebe ich all meine Ersparnisse aus, alles, bis auf 35 Rupien. Aber ohne Erfolg. Ich bleibe jedoch in Rischikesch und bestreite meinen Lebensunterhalt dadurch, daß ich vor ein paar Leuten meine

Zauberkunststücke vorführe und ähnliches. All die Tricks, die ich von Professor Moor gelernt habe und die ich meiner angeborenen Fingerfertigkeit wegen sehr gut kann.

Eines Tages sitze ich in dem kleinen Hotel in Rischikesch und höre abermals etwas über den Yogi Banerjee. Ein Reisender berichtet, er habe gehört, daß Banerjee jetzt im Dschungel lebe, nicht sehr weit entfernt, aber im tiefsten Dschungel und ganz allein.

Aber wo?

Der Reisende weiß es nicht genau. Vielleicht dort, sagte er, in dieser Richtung, nördlich von der Stadt, und er weist mit dem Finger nach Norden.

Nun, für mich ist das Hinweis genug. Ich gehe auf den Markt und fange an zu handeln. Ich will eine Tonga mieten, das ist ein Pferd und ein Wagen, und als der Handel mit dem Fahrer gerade abgeschlossen ist, kommt ein Mann auf mich zu, der in der Nähe gestanden und zugehört hat, und sagt, er will auch in diese Richtung, ob er nicht eine Strecke des Weges mit mir reisen und die Hälfte der Kosten übernehmen kann? Ich bin natürlich erfreut, und wir fahren los. Der Mann und ich sitzen im Wagen, und der Fahrer lenkt das Pferd. Wir fahren einen sehr schmalen Pfad entlang, der direkt durch den Dschungel führt.

Und dann habe ich ein wahrhaft phantastisches Glück! Ich unterhalte mich mit meinem Weggefährten und erfahre, daß er ein Schüler ausgerechnet des großen Banerjee persönlich ist und daß er seinen Meister besuchen will. Deshalb erzähle ich ihm frank und frei, daß auch ich Schüler des Yogi werden möchte.

Er dreht sich zu mir und schaut mich lange und bedächtig an. Etwa drei Minuten lang spricht er kein Wort. Dann sagt er ruhig: ‹Nein, das ist unmöglich.›

Gut, denke ich mir, wir werden ja sehen. Ich frage ihn, ob es wirklich stimmt, daß Banerjees Körper schwebt, wenn er betet.

‹Ja›, antwortet er, ‹das ist wahr. Aber niemand darf zuschauen, wenn das geschieht, wenn Banerjee betet, darf niemand in seine Nähe kommen.›

Wir fahren noch ein Stück in der Tonga zusammen und sprechen die ganze Zeit über Banerjee. Es gelingt mir, durch sehr vorsichtige, beiläufige Fragen ein paar Kleinigkeiten über ihn herauszubekommen, zum Beispiel, zu welcher Tageszeit er mit seinen Gebeten beginnt. Kurz darauf sagt der Mann: ‹Hier werde ich dich verlassen. Dies ist die Stelle, wo ich aussteige.›

Ich setze ihn ab und gebe vor, meine Reise fortzusetzen, aber nach der nächsten Wegbiegung sage ich dem Fahrer, er solle anhalten und warten. Ich springe rasch ab und schleiche den Weg zurück und halte Ausschau nach diesem Mann, dem Schüler von Banerjee. Er ist nicht mehr auf dem Weg zu sehen, er ist schon im Dschungel verschwunden. Aber in welche Richtung? Auf welcher Seite der Straße? Ich bleibe stehen und lausche.

Ich höre im Unterholz ein Rascheln. Das muß er sein, sage ich mir. Wenn er es nicht ist, dann ist es ein Tiger. Aber er ist es, ich sehe ihn, ein Stück vor mir. Er arbeitet sich durch den dichten Dschungel. Wo er geht, gibt es nicht einmal eine Trampelspur, er muß sich zwischen hohem Bambus und dichten Ranken hindurchzwängen. Ich krieche hinter ihm her. Ich halte mich etwa hundert Meter hinter ihm, denn ich habe Angst, er könnte mich hören. Ich höre ihn jedenfalls. Es ist unmöglich, ohne jedes Geräusch durch dichten Dschungel zu gehen, und wenn ich ihn aus den Augen verliere, was immer wieder geschieht, folge ich seinen Geräuschen.

Dieses spannende Verfolgungsspiel dauert etwa eine halbe Stunde. Dann kann ich den Mann vor mir plötzlich nicht mehr hören. Ich bleibe stehen und lausche. Der Dschungel schweigt. Ich habe Angst, ihn verloren zu haben. Ich krieche ein kleines Stück weiter, und plötzlich sehe ich durch das dicke Unterholz eine kleine Lichtung vor mir liegen, auf der zwei Hütten stehen. Es sind kleine Hütten, die nur aus den Zweigen und dem Laub des Dschungels gebaut sind. Mein Herz klopft, und ich spüre eine große Erregung in mir aufsteigen, denn ich weiß genau, dies ist der Platz von Banerjee, dem Yogi.

Der Schüler ist bereits verschwunden. Er muß in eine der Hütten gegangen sein. Alles ist ruhig. Ich beginne also vorsichtig, die Bäume und das Gebüsch und alles andere ringsherum gründlich zu untersuchen. Neben der nächstgelegenen Hütte ist ein kleines Wasserloch, und daneben sehe ich eine Gebetsmatte liegen. Das ist die Stelle, sage ich mir, wo Banerjee meditiert und betet. In der Nähe des Wasserlochs, keine dreißig Meter davon entfernt, wächst ein hoher Baum, ein großer Affenbrotbaum mit prachtvollen dicken Zweigen, die so gewachsen sind, daß man sich ein Lager auf ihnen bauen und auf dem Lager liegen kann und trotzdem nicht von unten gesehen wird. Das wird mein Baum werden, sage ich mir. Ich werde mich in diesem Baum verstecken und warten, bis Banerjee zum Beten herauskommt. Dann werde ich alles sehen können.

Aber der Schüler hat mir erzählt, daß die Stunde für das Gebet nicht vor fünf oder sechs Uhr abends ist, so daß ich noch mehrere Stunden Zeit habe. Deshalb gehe ich durch den Dschungel zurück zur Straße und rede mit dem Tonga-Fahrer. Ich sage ihm, daß er auch warten muß. Dafür muß ich ihm einen Extralohn zahlen, aber das kümmert mich nicht, denn ich bin jetzt so aufgeregt, daß ich an nichts anderes denken kann, nicht einmal an Geld.

Und ich warte in der großen Mittagshitze des Dschungels neben der Tonga, ich warte in der schweren, feuchten Hitze des Nachmittags, und dann, als es auf fünf Uhr zugeht, mache ich mich leise wieder auf, krieche durch den Dschungel zur Hütte, und mein Herz schlägt so schnell, daß mein ganzer Körper bebt. Ich klettere meinen Baum hinauf und verstecke mich so im Laubwerk, daß ich wohl sehen, aber nicht gesehen werden kann. Und ich warte. Ich warte 45 Minuten.

Eine Uhr? Ja, ich habe eine Armbanduhr. Ich kann mich noch gut an sie erinnern. Es war eine Uhr, die ich in der Lotterie gewonnen hatte, und ich war stolz, daß ich eine besaß. Auf dem Zifferblatt stand der Name des Herstellers, *The Islamia Watch Co., Ludhiana*. Mit meiner Uhr kann ich also genau alle Vorgänge zeitlich bestimmen, denn ich will mich an jede Einzelheit dieser Erlebnisse erinnern können.

Ich sitze oben im Baum und warte.

Plötzlich kommt ein Mann aus der Hütte. Der Mann ist hochgewachsen und dünn. Er trägt einen orangefarbenen Lendenschurz und ein Tablett mit Messingtöpfen und Räucherstäbchen. Er geht zum Wasserloch hinüber und setzt sich im Yogasitz auf die Matte. Er stellt das Tablett neben sich auf die Erde, und seine Bewegungen wirken irgendwie sehr ruhig und sanft. Er beugt sich vor, schöpft eine Handvoll Wasser aus dem Becken und gießt es sich über die Schulter. Er greift nach den Räucherstäbchen und bewegt sie vor seiner Brust hin und her, langsam, in einer anmutigen, fließenden Gebärde. Er legt seine Hände mit der Innenseite nach unten auf die Knie. Er hält inne. Er atmet tief durch die Nase ein. Ich kann sehen, wie tief er einatmet, und plötzlich sehe ich, wie sich sein Antlitz verändert, wie eine Helligkeit sein Gesicht erfüllt, etwas wie . . . ja, eine Art Glanz auf seiner Haut . . . ich sehe genau, wie sich sein Antlitz verändert.

Etwa fünfzehn Minuten bleibt er in dieser Haltung, ganz ruhig. Dann, als ich ihn anschaue, sehe ich, ich habe es ganz deutlich gesehen, wie sich sein Körper langsam . . . langsam . . . langsam vom Boden hebt. Er sitzt immer noch ruhig da mit gekreuzten Beinen, die Handflächen auf den Knien, und der ganze Körper hebt sich langsam vom Boden hoch und schwebt in der Luft. Jetzt kann ich sehen, wie Tageslicht unter ihm auf die Matte fällt. Er sitzt dreißig Zentimeter über dem Boden in der leeren Luft . . . vierzig Zentimeter . . . fünfzig . . . fünfundfünfzig . . . und bald schwebt er mindestens sechzig Zentimeter über der Gebetsmatte.

Ich verhalte mich mucksmäuschenstill oben im Baum. Ich nehme alles wahr, und ich sage immer wieder zu mir: Sieh ganz genau hin, vergewissere dich, überzeuge dich, daß du richtig siehst. Da vor dir, keine dreißig Schritte entfernt, sitzt ein Mann in aller Seelenruhe in der Luft. Siehst du ihn? Ja, ich sehe ihn. Bist du auch sicher, daß es keine Illusion ist? Bist du sicher, daß es kein Schwindel ist? Bist du sicher, daß du es dir nicht nur einbildest? Ja, ich bin ganz sicher, sage ich. Ich bin sicher. Ich starre ihn voller Bewunderung an. Ich starre und starre, eine lange Zeit, und dann senkt sich der Körper langsam wieder auf die Erde. Ich sehe ihn sinken. Ich sehe, wie er sich ganz sacht abwärts bewegt, wie er sich langsam der Erde nähert, bis sein Hintern wieder auf der Matte ruht.

Nach meiner Uhr hat der Körper 46 Minuten in der Luft geschwebt. Ich habe genau auf die Uhr gesehen.

Dann blieb der Mann sehr lange Zeit vollkommen reglos sitzen, über zwei Stunden, wie ein Mann aus Stein und ohne die leiseste Bewegung. Es schien mir fast so, als ob er nicht atmete. Seine Augen waren geschlossen, und es lag immer noch der Glanz auf seinem Antlitz und auch das leichte Lächeln, so, wie ich es seither in meinem ganzen Leben nie wieder auf einem Menschenantlitz gesehen habe. Schließlich rührt er sich. Er bewegt seine Hände. Er steht auf. Er beugt sich nieder, hebt das Tablett auf und geht langsam in die Hütte zurück. Ich fühle mich wie in einen Zauber geschlagen. Ich bin außer mir. Ich vergesse alle Vorsicht, klettere vom Baum herab und renne spornstreichs zur Hütte hinüber und stürze durch die Tür. Banerjee steht vornübergebeugt da, er wäscht sich die Füße und die Hände in einer Schüssel. Er wendet mir den Rükken zu, aber er hört mich, wendet sich sofort um und richtet sich auf. Auf seinem Gesicht zeigt sich tiefe Bestürzung, und er fragt sogleich: ‹Wie lange bist du hier gewesen?› Er fragt es streng, nicht gerade erfreut.

Ich platze sofort mit der ganzen Wahrheit heraus, erzähle die ganze Geschichte, daß ich oben im Baum gesessen und ihn beobachtet habe, und zum Schluß sage ich ihm, daß ich nichts sehnlicher wünsche, als sein Schüler zu werden. Ob er mich nicht, bitte, als seinen Schüler annehmen würde?

Plötzlich scheint er zu zerspringen. Er wird zornig, und er beginnt mich anzuschreien. ‹Hinaus!› ruft er. ‹Scher dich davon! Hinaus! Hinaus! Hinaus!› Und in seiner Wut hebt er einen kleinen Stein und wirft ihn nach mir und trifft mich am rechten Bein, gerade unter dem Knie, und verletzt mich. Die Narbe habe ich immer noch. Ich zeige sie Ihnen. Hier, sehen Sie? Gerade unter dem Knie.

Banerjees Zorn ist furchtbar, und ich bekomme große

Angst. Ich drehe mich um und laufe weg. Ich laufe durch den Dschungel zu der Stelle, wo der Tonga-Fahrer wartet, und wir fahren heim nach Rischikesch. Aber in der Nacht fasse ich wieder Mut. Ich beschließe, jeden Tag zur Hütte von Banerjee zurückzukehren und hartnäckig zu bleiben und mich nicht abweisen zu lassen, bis ihm – um wieder Ruhe zu haben – nichts anderes übrigbleibt, als mich zu seinem Schüler zu machen.

Das tue ich also. Ich besuche ihn jeden Tag, und jeden Tag ergießt er wie ein Vulkan seinen Zorn auf mich. Er schreit und brüllt, und ich stehe da, zitternd vor Angst, aber unerschütterlich, und wiederhole meinen Wunsch, sein Schüler zu werden. Fünf Tage lang geht das so. Dann, bei meinem sechsten Besuch, scheint Banerjee plötzlich ganz ruhig zu werden, ganz höflich. Er erklärt, er selber könne mich nicht als Schüler nehmen. Aber er will mir einen Brief geben, sagt er, für einen anderen Mann, einen Freund, einen großen Yogi, der in Hardwar lebt. Dort soll ich hingehen, dort wird mir Hilfe und Unterrichtung zuteil werden.»

Imhrat Khan unterbrach sich und fragte mich, ob er ein Glas Wasser haben könne. Ich brachte es ihm. Er nahm einen großen Schluck und fuhr dann mit seiner Geschichte fort.

«Das war im Jahre 1922, und ich war fast siebzehn Jahre alt. Ich gehe also nach Hardwar, finde den Yogi, und da ich einen Brief vom großen Banerjee habe, ist er bereit, mich zu unterrichten.

Worin besteht nun diese Unterrichtung?

Das war natürlich der entscheidende Teil der ganzen Angelegenheit. Danach hatte ich mich gesehnt, danach hatte ich gesucht, Sie können also sicher sein, daß ich ein fleißiger Schüler war.

Die erste und wichtigste Lehre besteht darin, überaus schwierige körperliche Übungen auszuführen, die die Muskelbeherrschung und das Atmen betreffen. Aber wenn er sich einige Wochen damit beschäftigt hat, wird selbst ein eifriger Schüler ungeduldig. Ich sage dem Yogi, es seien meine Geisteskräfte, die ich zu entwickeln wünschte, nicht meine Körperkräfte.

Er erwidert: ‹Wenn du die Herrschaft über deinen Körper erwirbst, dann ergibt sich die Herrschaft über deinen Geist von selber.›

Aber ich wollte beides, sofort. Und ich hörte nicht auf, mit Fragen in ihn zu dringen, und schließlich sagte er: ‹Gut, ich will dir einige Übungen nennen, die dir helfen, deinen bewußten Geist zu stärken.›

‹Meinen bewußten Geist?› fragte ich. ‹Warum sprichst du vom bewußten Geist?›

‹Weil der Mensch beides besitzt, das Bewußte und das Unbewußte. Das Unbewußte ist überaus stark, aber der bewußte Geist, das, was jeder benutzt, ist ein zerfahrenes, haltloses Ding. Er beschäftigt sich mit tausend verschiedenen Dingen, mit Einzelheiten, mit Gegenständen, die du mit den Sinnen wahrnimmst, mit Dingen, über die du nachdenkst. Du mußt also lernen, ihn so zu konzentrieren, daß du nur einen Gegenstand wahrnimmst, einen einzigen Gegenstand und sonst nichts. Wenn du unablässig daran arbeitest, dann solltest du imstande sein, deinen Geist, deinen bewußten Geist, auf jeden beliebigen Gegenstand zu konzentrieren, mindestens drei und eine halbe Minute lang. Aber dazu wirst du fünfzehn Jahre brauchen.›

‹Fünfzehn Jahre!› rief ich aus.

‹Es kann auch länger dauern›, antwortete er, ‹fünfzehn Jahre sind die übliche Zeit.›

‹Aber dann werde ich ein alter Mann sein!›

‹Du mußt nicht verzweifeln›, sagte der Yogi, ‹es dauert bei verschiedenen Menschen verschieden lange. Manche brauchen zehn Jahre, ein paar kommen mit weniger aus, und es tritt auch einmal der seltene Fall ein, daß eine besondere Person auftaucht, die imstande ist, diese Kraft in einem oder in zwei Jahren zu entwickeln. Aber das ist einer unter Millionen.›

‹Wer sind denn diese besonderen Leute?› erkundige ich mich. ‹Sehen sie anders aus als normale Leute?›

‹Sie sehen aus wie jeder›, antwortet er, ‹ein bescheidener Straßenkehrer kann eine besondere Person sein oder ein Fabrikarbeiter. Es kann auch ein Fürst sein. Das kann man erst sagen, wenn das Training beginnt.›

‹Ist es wirklich so schwer›, frage ich, ‹den Geist drei und eine halbe Minute auf einen einzigen Gegenstand zu konzentrieren?›

‹Es ist fast unmöglich›, antwortet er, ‹versuch es selbst einmal. Schließ deine Augen und denk an etwas. Denk nur an einen einzigen Gegenstand. Stell ihn dir vor. Laß ihn vor deinem inneren Auge erscheinen. Nach ein paar Sekunden wird dein Geist zu wandern beginnen. Andere Gedanken werden sich einstehlen. Andere Bilder werden dich überkommen. Es ist wahrhaftig sehr schwierig.›

So sprach der Yogi von Hardwar.

Und damit beginnt mein eigentlicher Unterricht. Jeden Abend setze ich mich nieder und schließe meine Augen und stelle mir das Gesicht des Menschen vor, den ich am meisten liebe, das ist mein Bruder. Ich konzentriere mich darauf, sein Gesicht zu sehen. In dem Augenblick, in dem mein Geist abzuschweifen beginnt, unterbreche ich die Übung und ruhe mich ein paar Minuten aus. Dann versuche ich es wieder.

Nach drei Jahren täglicher Übung bin ich imstande,

mich anderthalb Minuten lang vollkommen auf das Gesicht meines Bruders zu konzentrieren. Ich mache Fortschritte. Aber es ereignet sich etwas Merkwürdiges. Während dieser Übungen verliere ich vollständig meinen Geruchssinn. Er ist bis zum heutigen Tage nicht wieder erwacht.

Und dann zwingt mich die Notwendigkeit, Geld zu verdienen, um Essen zu kaufen, Hardwar zu verlassen. Ich gehe nach Kalkutta, wo es mehr Möglichkeiten gibt, und dort verdiene ich bald recht gut, indem ich Zaubervorstellungen gebe. Aber ich übe immer weiter, wo ich auch bin. Ich lasse mich jeden Abend in einem ruhigen Winkel nieder und übe es, den Geist auf das Antlitz meines Bruders zu konzentrieren. Gelegentlich wähle ich einen anderen Gegenstand, der nicht so persönlich ist, wie zum Beispiel eine Orange oder eine Brille, und das macht die Aufgabe wesentlich schwerer.

Eines Tages reise ich von Kalkutta nach Dacca in Ostbengalen, um an einer dortigen Schule eine Zaubervorstellung zu geben. Und während ich in Dacca bin, erlebe ich zufällig die Vorführung eines Mannes, der über glühende Kohlen schreitet. Es schauen viele Menschen zu. Am Fuße eines Rasenstückes, das sich leicht senkt, ist ein großer Graben ausgehoben. Die Zuschauer sitzen zu Hunderten auf dem Rasenhang und schauen zum Graben hinunter.

Der Graben ist vielleicht 25 Fuß lang. Er ist mit Holzscheiten und Reisig und Holzkohle ausgefüllt, und man hat ziemlich viel Heizöl darübergegossen. Das Paraffin wurde angesteckt, und nach einer Weile verwandelte sich der Graben in ein rotglühendes Feuerband. Es ist so heiß, daß die Männer, die im Feuer stochern, Schutzbrillen tragen. Es geht ein starker Wind, und er facht die Holzkohle fast zur Weißglut an.

Der Inder, der über die Glut gehen will, tritt vor. Er ist

bis auf ein schmales Lendentuch nackt, und er ist barfuß. Die Menschenmenge wird still. Der Mann betritt den Graben und schreitet über die weißglühende Holzkohle, den ganzen Graben entlang. Er hält nicht inne, aber er beeilt sich auch nicht. Er geht einfach über die weißglühenden Kohlen und kommt am anderen Ende wieder heraus, und seine Füße sind nicht einmal angesengt. Er zeigt der Menge seine Fußsohlen. Die Leute starren sie fassungslos an.

Dann geht der Mann ein zweites Mal über die Glut, diesmal fast noch langsamer. Und während er das tut, sehe ich auf seinem Gesicht einen Ausdruck reinster, vollkommenster Konzentration. Dieser Mann, sage ich mir, hat Yoga gelernt. Er ist ein Yogi.

Nach der Vorstellung ruft der Mann in die Menge und fragt, ob jemand Mut habe, durch die Glut zu gehen. Ein Raunen geht durch die Menge. Ich spüre eine plötzliche Erregung in mir aufsteigen. Dies ist meine Chance. Ich muß sie ergreifen. Ich muß Mut und Vertrauen haben. Ich muß es wagen. Ich habe meine Konzentrationsübungen jetzt drei Jahre lang betrieben, und es ist Zeit, daß ich mich einer ernsthaften Prüfung unterziehe.

Während ich noch so dastehe und diese Gedanken denke, schiebt sich ein Freiwilliger durch die Menge nach vorn, ein junger Inder. Er verkündet, daß er gern versuchen wolle, durch das Feuer zu schreiten. Das festigt meinen Entschluß, und ich trete ebenfalls vor und melde mich. Die Menge klatscht uns beiden Beifall.

Jetzt übernimmt der echte Feuerschreiter die Aufsicht. Er sagt dem anderen Mann, er solle zuerst gehen. Er läßt ihn das Lendentuch ablegen, weil sonst der Saum, wie er sagt, Feuer fangen könnte, und er läßt ihn die Sandalen ausziehen.

Der junge Inder tut, was ihm gesagt wird. Aber als er

dicht vor dem Graben steht und die schreckliche Hitze spürt, die von ihm aufsteigt, schleicht sich Angst in sein Gesicht. Er geht ein paar Schritte zurück und schlägt die Hände vor die Augen, um sie vor der Hitze zu schützen.

‹Wenn du es nicht willst, mußt du es nicht tun›, sagt der echte Feuerschreiter.

Die Menschenmenge wartet und beobachtet, sie spürt die Spannung.

Der junge Mann, obwohl fast von Sinnen vor Angst, möchte seine Tapferkeit beweisen und sagt: ‹Natürlich werde ich es tun.›

Mit diesen Worten geht er auf den Graben zu. Er tritt mit dem einen Fuß hinein, dann mit dem anderen. Er stößt einen gellenden Schrei aus, springt wieder heraus und stürzt zu Boden. Der arme Mann liegt dort und schreit vor Schmerzen. Seine Fußsohlen sind schlimm verbrannt, an einigen Stellen ist die Haut ab. Zwei seiner Freunde stürzen nach vorn und tragen ihn weg.

‹Jetzt bist du an der Reihe›, sagt der Feuerschreiter. ‹Bist du bereit?›

‹Ich bin bereit›, sage ich. ‹Aber ich bitte um Schweigen, während ich mich vorbereite.›

Atemlose Stille senkt sich auf die Menge. Sie haben gesehen, wie ein Mann sich fürchterlich verbrannt hat. Ist der zweite etwa so verrückt, das auch zu tun?

Jemand aus der Menge schreit: ‹Tu es nicht! Du mußt den Verstand verloren haben!› Andere nehmen den Ruf auf und bitten mich, aufzugeben. Ich wende mich zu ihnen, sehe sie an und hebe meine Hände, damit es still wird. Sie hören auf zu schreien und starren mich an. Alle Augen sind jetzt auf mich gerichtet.

Ich fühle mich außerordentlich ruhig.

Ich lege mein Lendentuch ab. Ich ziehe meine Sandalen

aus. Ich bin bis auf meine Unterhose nackt. Ich stehe ganz still und schließe die Augen. Ich beginne mich zu konzentrieren. Ich konzentriere mich auf das Feuer. Ich sehe nichts als die weißglühenden Kohlen, und ich konzentriere mich darauf, daß sie nicht heiß, sondern kalt sind. Die Kohlen sind kalt, sage ich mir. Sie können mich nicht verbrennen. Es ist ihnen unmöglich, mich zu verbrennen, weil nie keine Hitze enthalten. Ich lasse eine halbe Minute verstreichen. Ich weiß, daß ich nicht zu lange warten darf, denn ich kann mich nur anderthalb Minuten vollkommen auf einen Gedanken konzentrieren.

Ich konzentriere mich weiter, so sehr, daß ich in eine Art Trance gerate. Ich mache einen Schritt in die Glut. Ich gehe ziemlich schnell durch den ganzen Graben. Und wahrhaftig, ich verbrenne mich nicht.

Die Menge gerät außer sich. Die Menschen schreien und jubeln. Der echte Feuerschreiter stürzt auf mich zu und untersucht meine Fußsohlen. Er kann nicht glauben, was er sieht. Sie zeigen keine Brandspur.

‹Ayeee!› ruft er. ‹Was ist das? Bist du ein Yogi?›

‹Ich bin auf dem Weg dazu, mein Herr›, antworte ich stolz. ‹Ich bin erst auf dem Weg.›

Danach ziehe ich mich an und gehe rasch fort, gehe den Menschen aus dem Weg.

Natürlich bin ich erregt. ‹Endlich kommt sie›, sage ich, ‹endlich beginnt die Kraft zu mir zu kommen.› Und die ganze Zeit muß ich an etwas denken. Ich denke an einen Satz, den der alte Yogi von Hardwar zu mir gesagt hat. Er sagte: ‹Einige heilige Personen haben eine so große Konzentration erlangt, daß sie sehen konnten, ohne ihre Augen zu gebrauchen.› Ich behielt diesen Satz im Gedächtnis, und ich sehne mich danach, diese Kraft auch zu erlangen. Nach meinem Erfolg, nachdem ich durch die Glut gegangen bin, fasse ich den Entschluß, mich ganz auf dieses einzige Ziel zu konzentrieren – ohne Augen zu sehen.»

Imhrat Khan unterbrach zum zweitenmal seine Geschichte, nahm einen Schluck Wasser, lehnte sich wieder in seinen Sessel zurück und schloß die Augen.

«Ich versuche, alles in der richtigen Reihenfolge darzustellen», sagte er. «Ich möchte nichts vergessen oder auslassen.»

«Sie erzählen sehr gut», sagte ich zu ihm. «Fahren Sie fort.»

«Gut», sagte er. «Ich bin also noch in Kalkutta und gerade mit Erfolg durch die Glut gegangen. Und dann beschloß ich, meine ganzen Kräfte nur auf eines zu konzentrieren – ohne Augen zu sehen!

Dazu muß ich die Übungen etwas ändern. Ich zünde jetzt jeden Abend eine Kerze an und blicke in die Flamme. Sie wissen sicher, eine Kerzenflamme besitzt drei verschiedene Teile, das Gelb an der Spitze, das Blau am unteren Rand und das Schwarz genau in der Mitte. Ich stelle die Kerze 40 Zentimeter von meinem Gesicht entfernt auf, die Flamme genau in der Höhe meiner Augen. Nicht höher und nicht tiefer. Die Linie muß genau waagrecht verlaufen, denn dann brauchen sich die Augenmuskeln kein bißchen zu bewegen. Ich setze mich entspannt hin und beginne, in den schwarzen Teil der Flamme zu starren, geradewegs in den Kern. All dies geschieht nur, um meinen bewußten Geist zu sammeln, um ihn von allem zu entleeren, was mich umgibt. So starre ich in den schwarzen Kern der Flamme, bis alles um mich verschwunden ist und ich sonst nichts mehr sehe. Dann schließe ich langsam die Augen und beginne, mich wie üblich auf einen einzigen Gegenstand meiner Wahl zu konzentrieren, was, wie Sie wissen, meist das Antlitz meines Bruders ist.

Das mache ich jeden Abend, bevor ich zu Bett gehe, und

im Jahre 1929, als ich 24 Jahre alt bin, kann ich mich drei Minuten lang auf einen Gegenstand konzentrieren, ohne daß mein Geist abschweift. Und in dieser Zeit, also als ich 24 Jahre alt bin, beginne ich auch eine leichte Fähigkeit an mir wahrzunehmen, einen Gegenstand mit geschlossenen Augen zu sehen. Es ist eine noch sehr schwache Fähigkeit, nur ein sonderbares, flüchtiges Gefühl, daß ich, wenn ich meine Augen schließe und etwas sehr konzentriert ansehe, diesen Gegenstand in seinen Umrissen erkennen kann.

Langsam fange ich damit an, meine innere Wahrnehmungsfähigkeit zu entwickeln.

Sie werden mich fragen, was ich damit meine. Ich werde versuchen, es so genau zu erklären, wie es mir der Yogi von Hardwar erklärt hat.

Wir alle haben zwei Sinne zum Sehen, genauso wie wir einen doppelten Geruchssinn, einen doppelten Tastsinn und ein zweifaches Gehör besitzen. Es gibt den äußeren Sinn, den hochentwickelten, den wir alle benutzen, und es gibt auch einen inneren Sinn. Wenn wir nur unsere inneren Sinne entwickeln könnten, wären wir imstande, ohne unsere Ohren zu hören und ohne unsere Augen zu sehen. Sie verstehen nicht? Spüren Sie denn nicht, daß unsere Nasen und Zungen, Ohren und Augen nur . . . wie soll ich es ausdrücken? . . . nur Instrumente sind, die der Empfindung auf dem Weg zum Gehirn weiterhelfen?

Deshalb habe ich die ganze Zeit versucht, meine innere Wahrnehmungsfähigkeit zu entwickeln. Jede Nacht habe ich meine üblichen Übungen mit der Kerzenflamme und dem Antlitz meines Bruders gemacht. Danach ruhte ich mich etwas aus, braute eine Tasse Kaffee. Dann verband ich mir die Augen, setzte mich in meinen Sessel und versuchte wahrzunehmen, versuchte zu sehen, versuchte, mir nicht nur etwas vorzustellen, sondern tatsächlich ohne meine Augen jeden Gegenstand im Zimmer zu sehen.

Und allmählich stellt sich der Erfolg ein.

Bald arbeite ich mit einem Kartenspiel. Ich nehme die oberste Karte und halte sie vor mich, die Rückseite zu mir, und versuche, durch die Karte hindurchzuschauen. Dann schreibe ich mit einem Bleistift auf, was ich zu sehen vermeine. Ich nehme die nächste Karte und verfahre genauso. Ich gehe auf diese Weise das ganze Spiel durch, und wenn ich damit fertig bin, vergleiche ich meine Notizen mit dem Kartenspiel neben mir. Fast von Anfang an hatte ich sechzig bis siebzig Prozent Erfolg.

Ich versuche es mit anderen Dingen. Ich kaufe Landkarten und komplizierte Seekarten und hefte sie in meinem Zimmer an die Wand. Ich verbringe Stunden damit, sie mit verbundenen Augen zu betrachten, ich versuche sie zu erkennen, ich versuche die kleine Schrift der Ortsnamen und der Flüsse zu lesen. Das tue ich in den folgenden vier Jahren an jedem Abend, und ich mache bei diesen Übungen Fortschritte.

Seit dem Jahre 1933 – das ist also erst ein Jahr her –, als ich 28 Jahre alt bin, kann ich ein Buch lesen. Ich kann meine Augen vollkommen bedecken, und ich kann ein Buch lesen, von Anfang bis Ende.

Jetzt habe ich sie endlich erworben, diese Macht. Ich bin mir ihrer sicher, und da ich ungeduldig bin und nicht warten kann, beschließe ich plötzlich, die Nummer mit den verbundenen Augen sofort in mein normales Zauberprogramm aufzunehmen.

Meinem Publikum gefällt es. Sie klatschen lange und laut. Aber nicht ein einziger glaubt daran, daß meine Fähigkeit echt ist. Alle halten sie nur für einen schlauen Trick. Und die Tatsache, daß ich ein Zauberkünstler bin, bestärkt sie noch in der Annahme, daß ich ihnen etwas vormache. Zauberkünstler sind Männer, die einen beschwindeln, die einen mit ihrer Schlauheit reinlegen. Und deshalb glaubt mir keiner. Selbst die Ärzte, die mir fachmännisch die Augen verbinden, weigern sich zu glauben, daß jemand ohne seine Augen sehen kann. Sie vergessen, daß es andere Möglichkeiten geben könnte, dem Gehirn ein Bild zu schicken.»

«Was sind das für Möglichkeiten?» fragte ich ihn.

«Ehrlich gesagt, weiß ich nicht genau, wie ich ohne meine Augen sehen kann. Ich weiß nur dies: wenn meine Augen verbunden sind, so benutze ich nicht die Augen, sondern das Sehen wird dann von einem anderen Teil meines Körpers ausgeführt.»

«Von welchem Teil?» fragte ich.

«Von jedem beliebigen Teil – wenn nur die Haut frei bleibt. Wenn Sie zum Beispiel eine Metallwand vor mich schieben und mir hinter diesem Metall ein Buch hinhalten, so kann ich es nicht lesen. Aber wenn Sie mir gestatten, meine Hand um das Metall zu strecken, so daß die Hand das Buch sieht, dann kann ich es lesen.»

«Hätten Sie etwas dagegen, wenn ich das bei Ihnen ausprobiere?» fragte ich.

«Überhaupt nicht», antwortete er.

«Ich habe keine Metallscheibe», sagte ich. «Aber die Tür wird es auch tun.»

Ich stand auf und ging zum Bücherschrank. Ich zog das erste Buch heraus, das mir in die Hand kam. Es war *Alice im Wunderland*. Ich machte die Tür auf und bat meinen Besucher, sich dahinter zu stellen. Ich schlug das Buch an einer beliebigen Stelle auf und klemmte es an die Lehne eines Stuhls, den ich von meinem Besucher aus gesehen hinter die Tür schob. Dann ging ich an einen Platz, von wo aus ich beide beobachten konnte, ihn und das Buch.

«Können Sie das Buch lesen?» fragte ich ihn.

«Nein», antwortete er. «Natürlich nicht.»

«Gut. Dann strecken Sie jetzt Ihre Hand um die Tür, aber nur die Hand.»

Er ließ seine Hand um die Türkante herumgleiten, bis sie in Sichtweite des Buches war. Dann sah ich, wie sich die Finger der Hand voneinander trennten, wie sie sich ausbreiteten, wie sie leicht zu beben begannen und wie Insektenfühler in der Luft herumtasteten. Dann drehte sich die Hand so, daß ihr Rücken dem Buch zugewandt war.

«Versuchen Sie, die linke Seite von oben nach unten zu lesen», sagte ich.

Es folgte ein Schweigen von ungefähr zehn Sekunden, dann begann er glatt und ohne Stocken vorzulesen: «Hast du das Rätsel jetzt geraten?› fragte der Hutmacher und wandte sich wieder an Alice. ‹Nein, ich bekomme es nicht heraus?» erwiderte Alice, ‹wie ist denn die richtige Antwort?› – ‹Ich hab keine Ahnung›, sagte der Hutmacher. ‹Ich auch nicht›, sagte der Märzhase. Alice seufzte müde. ‹Ich finde, Sie könnten mit Ihrer Zeit auch etwas Vernünftigeres anfangen›, sagte sie, ‹als sie mit Rätseln vergeuden, die keine Lösung haben.›»

«Richtig!» rief ich. «Jetzt glaube ich Ihnen! Sie sind ein Wunder!» Ich war ganz aus dem Häuschen.

«Vielen Dank, Herr Doktor», sagte er ernst. «Ihre Worte bereiten mir großes Vergnügen.»

«Nur noch eine Frage», fuhr ich fort. «Es ist wegen der Spielkarten. Als Sie sie mit der Rückseite zu sich hielten, haben Sie Ihre Hand da vor die andere Seite gehalten, damit sie Ihnen lesen half?»

«Sie sind sehr aufmerksam», erwiderte er. «Nein, das habe ich nicht getan. Bei den Karten war es mir tatsächlich

möglich, auf eine gewisse Art und Weise durch sie hindurchzuschauen.»

«Wie erklären Sie sich das?» fragte ich.

«Ich erkläre es mir gar nicht», antwortete er. «Oder vielleicht, weil eine Karte ein so leichter Gegenstand ist, sie ist
so dünn, nicht so hart wie Metall oder so dick wie eine
Tür. Das ist die einzige Erklärung, die ich bieten könnte.
Es gibt viele Dinge auf dieser Welt, Herr Doktor, die wir
nicht erklären können.»

«Ja», sagte ich, «die gibt es gewiß.»

«Ich wäre Ihnen jetzt sehr verbunden, wenn Sie mich
nach Hause brächten», sagte er, «ich fühle mich sehr er-
schöpft.»

Ich brachte ihn in meinem Auto heim.

In jener Nacht ging ich nicht zu Bett. Ich war viel zu aufgeregt, um schlafen zu können. Ich war gerade Zeuge eines
Wunders gewesen. Dieser Mann könnte die Ärzte der ganzen Welt in Aufregung versetzen. Er wäre imstande, die
gesamte Schulmedizin auf den Kopf zu stellen. Vom ärztli-
chen Standpunkt aus war er der wertvollste lebende
Mensch! Wir Ärzte müßten ihn eigentlich in Gewahrsam
nehmen und in Sicherheit bringen. Wir müßten uns um ihn
kümmern. Wir dürften ihn nicht einfach laufenlassen. Wir
müßten genau feststellen, wie es sein kann, daß ein Bild
zum Gehirn geschickt werden kann, ohne daß dabei die
Augen gebraucht werden. Wenn uns das gelingen sollte,
dann würden Blinde wieder sehen können und Taube würden hören können. Vor allem durfte man diesen unglaubli-
chen Mann nicht unbeaufsichtigt in Indien herumwandern
und in billigen Buden wohnen und in zweitklassigen Thea-
tern spielen lassen.

Als ich darüber nachdachte, regte ich mich wieder so

160

auf, daß ich nach einer Weile nach Notizbuch und Feder griff und begann, alles sehr sorgfältig und genau aufzuschreiben, was mir Imhrat Khan an jenem Abend erzählt hatte. Ich benutzte dazu die Notizen, die ich mir während seiner Erzählung gemacht hatte. Ich schrieb fünf Stunden, ohne Pause, und am nächsten Morgen um acht Uhr, als es Zeit war, ins Krankenhaus zu gehen, hatte ich den wichtigsten Teil beendet, die Blätter, die Sie gerade gelesen haben.

An jenem Morgen im Krankenhaus sah ich Dr. Marshall erst, als wir uns in unserer Teepause im Aufenthaltsraum trafen. In den zehn Minuten, die uns zur Verfügung standen, berichtete ich ihm so viel, wie ich konnte. «Ich gehe heute abend wieder in das Theater», sagte ich. «Ich muß unbedingt mit ihm sprechen. Ich muß ihn überreden, hier zu bleiben. Wir dürfen ihn jetzt nicht verlieren.»

«Ich werde mit Ihnen kommen», sagte Dr. Marshall.

«Gut», antwortete ich. «Wir sehen uns zuerst die Vorstellung an, und dann gehen wir mit ihm essen.»

Am Abend fuhr ich Dr. Marshall um Viertel vor sieben in meinem Wagen zur Acacia Street. Ich parkte, und wir schlenderten zur Royal Palace Hall hinüber.

«Irgend etwas stimmt hier nicht», sagte ich. «Wo sind denn die Leute alle?»

Vor dem Saal war keine Menschenmenge zu sehen, und die Türen waren geschlossen. Das Plakat, das die Vorstellung ankündigte, war noch an Ort und Stelle, aber ich sah, daß jemand mit schwarzer Farbe in großen Druckbuchstaben folgende Worte quer darüber geschrieben hatte: HEUTE KEINE VORSTELLUNG.

Neben den geschlossenen Türen stand ein alter Torhüter.

«Was ist geschehen?» fragte ich ihn.

«Es ist jemand gestorben», antwortete er.

«Und wer?» fragte ich, obgleich ich die Antwort kannte.

«Der Mann, der ohne Augen sieht», antwortete der Torhüter.

«Wie ist er gestorben?» rief ich. «Wann? Und wo?»

«Sie sagen, er ist im Bett gestorben», sagte der Torhüter. «Er ist schlafen gegangen und nicht aufgewacht. So was passiert ja.»

Wir gingen langsam zum Wagen zurück. Kummer und Ärger überwältigten mich fast. Ich hätte diesen kostbaren Mann gestern nacht nicht nach Hause gehen lassen sollen. Ich hätte ihn bei mir behalten müssen. Ich hätte ihm mein Bett geben und ihn in meine Obhut nehmen müssen. Ich hätte ihn nicht aus den Augen lassen dürfen. Imhrat Khan war ein Mann, der Wunder zustande brachte. Er hatte mit geheimnisvollen und gefährlichen Kräften im Bunde gestanden, die für normale Menschen außer Reichweite sind. Er hatte zudem alle Regeln gebrochen. Er hatte in aller Öffentlichkeit Wunder gewirkt. Er hatte dafür Geld genommen. Und, was das Schlimmste war, er hatte einige dieser Geheimnisse an einen Außenseiter verraten – er hatte mir davon erzählt. Jetzt war er tot.

«Das wäre es also», sagte Dr. Marshall.

«Ja», sagte ich, «es ist vorbei. Keiner wird erfahren, wie er es gemacht hat.»

Dies ist ein wahrheitsgetreuer und ausführlicher Bericht über alles, was bei meinem zweimaligen Zusammentreffen mit Imhrat Khan stattgefunden hat.

Unterzeichnet: John F. Cartwright, M. D.

Bombay, 4. Dez. 1934

«Donnerwetter!» sagte Henry Sugar. «Also wenn das nicht interessant ist!»

Er klappte das Schulheft zu, blieb sitzen und starrte in den Regen hinaus, der gegen die Bibliotheksfenster klatschte.

«Dies hier», fuhr Henry Sugar fort und sprach dabei laut mit sich selber, «ist eine ungeheuerliche Information. Sie könnte mein ganzes Leben ändern.»

Die Information, auf die sich Henry bezog, war jener Teil des Berichts, in dem Imhrat Khan sagt, er habe sich durch lange Übung dazu gebracht, eine Spielkarte von der Rückseite her abzulesen. Und Henry, der Spieler, der etwas unehrliche Spieler, hatte sofort begriffen, daß er ein Vermögen machen konnte, wenn er das auch zu lernen vermochte.

Ein paar Augenblicke lang gab er sich dem Gedanken an die herrlichen Dinge hin, die er sich gönnen könnte, wenn es ihm gelänge, verdeckte Karten zu lesen. Er würde immer gewinnen, bei Canasta, Poker und Bridge. Und was noch besser war, er würde in jedes Casino der Welt gehen und gründlich abräumen – bei Blackjack und bei Baccara und bei all den anderen hochkarätigen Kartenspielen, die sie dort spielten.

Wie Henry sehr genau wußte, hing in Spielcasinos zum Schluß fast alles von der letzten Karte ab, und wenn man vorher wußte, was das für eine Karte war, dann hatte man wahrhaftig das Spiel gemacht.

Aber wie sollte er das anstellen? Ob er es wirklich durch hartes Training schaffen würde?

Andererseits sah er nicht ein, warum es nicht klappen sollte. Diese Geschichte mit der Kerzenflamme schien nicht besonders schwierig zu sein. Und wenn man dem Heft Glauben schenken konnte, dann brauchte man nur in

den Kern der Flamme zu starren und zu versuchen, sich
auf das Gesicht der Person zu konzentrieren, die man am
meisten liebte.

Es würde ihn wahrscheinlich ein paar Jahre kosten, bis
er soweit war, aber wer war in aller Welt nicht gern bereit,
ein paar Jahre lang zu trainieren, wenn man dann bei jedem
Besuch die Bank sprengen konnte?

«Verflixt», sagte er laut, «das mach ich. Genau das werd
ich machen!»

Er blieb still in seinem Sessel in der Bibliothek sitzen und
arbeitete sich einen Schlachtplan aus. Vor allem wollte er
keiner Menschenseele verraten, was er vorhatte. Er würde
das kleine Heft aus der Bibliothek mitgehen heißen, damit
nicht von seinen Freunden jemand zufällig auf die Geschichte stoßen und das Geheimnis lüften konnte. Er würde das Heft auf Schritt und Tritt bei sich tragen. Es würde
seine Bibel sein. Er konnte ja nicht losziehen und sich einen echten, lebendigen Yogi als Lehrer suchen, deshalb
mußte das Heft sein Lehrer sein.

Henry stand auf und ließ das dünne blaue Übungsheft in
seine Jacke gleiten. Er verließ die Bibliothek und ging
schnurstracks in das Schlafzimmer hinauf, das ihm für das
Wochenende zugeteilt war. Er öffnete seinen Koffer und
versteckte das Heft unter seinen Kleidern. Dann ging er
wieder hinunter und suchte sich den Weg zum Anrichte-
raum.

«John», sagte er zum Butler, «ob Sie mir eine Kerze
raussuchen könnten? Eine einfache weiße Haushalts-
kerze.»

Butler haben gelernt, nie nach Gründen zu fragen. Sie
führen nur Befehle aus. «Wünschen Sie auch einen Kerzenhalter, Sir?»

«Ja, eine Kerze und einen Kerzenhalter.»

«Sehr wohl, Sir. Soll ich sie in Ihr Zimmer hinaufbringen?»

«Nein. Ich treibe mich hier unten rum, bis Sie was gefunden haben.»

Der Butler hatte nach kurzer Zeit eine Kerze und einen Kerzenhalter beschafft. Henry sagte: «Und ob Sie auch noch ein Lineal auftreiben könnten?» Der Butler trieb ein Lineal auf. Henry bedankte sich und kehrte in sein Schlafzimmer zurück.

Als er im Schlafzimmer war, verriegelte er die Tür und zog alle Gardinen zu, so daß der Raum im Zwielicht lag. Er stellte den Kerzenhalter mit der Kerze auf den Frisiertisch und zog sich einen Stuhl heran. Als er sich setzte, stellte er mit Befriedigung fest, daß sich seine Augen genau in der gleichen Höhe befanden wie der Kerzendocht. Dann stellte er die Kerze mit Hilfe des Lineals genau 40 Zentimeter vor seinem Gesicht auf, so wie es dem Bericht nach zu geschehen hatte.

Der Bursche aus Indien hatte sich das Gesicht der Person vorgestellt, die er am meisten liebte, was in seinem Fall sein Bruder gewesen war. Henry hatte keinen Bruder. Er beschloß, sich statt dessen sein eigenes Gesicht vorzustellen. Das war eine gute Wahl, denn wenn man so selbstsüchtig und egozentrisch ist wie Henry, dann ist es auch das eigene Gesicht, das man am meisten liebt. Es war darüber hinaus das Gesicht, das er am besten kannte. Er verbrachte immer so viel Zeit vor dem Spiegel, daß er jede Linie und jede Falte genau kannte.

Er zündete den Docht mit seinem Feuerzeug an. Eine gelbe Flamme sprang auf und brannte stetig.

Henry saß ganz still und starrte in die Kerzenflamme. Es war richtig, was im Heft stand. Wenn man sich die Flamme genau betrachtete, merkte man, daß sie aus drei verschiede-

nen Teilen bestand: die gelbe Spitze, der blaue untere
Saum, und genau in der Mitte war der winzige Zauberbe-
reich absoluter Schwärze. Er sah in den kleinen schwarzen
Kern, fixierte seinen Blick darauf und starrte ihn unablässig
an. Und als er das tat, geschah etwas Außerordentliches
mit ihm. Sein Kopf wurde vollkommen leer, seine Gedanken hörten auf umherzuirren, und er hatte plötzlich das
Gefühl, als ob er selber, sein Ich, sein ganzer Körper buch-
stäblich von der Flamme umschlossen wäre und warm und
behaglich mitten in dem kleinen schwarzen Raum aus
Nichts säße.

Es bereitete Henry keine Schwierigkeiten, das Abbild
seines eigenen Gesichts vor sich auftauchen zu lassen. Er
konzentrierte sich auf das Gesicht, nur auf das Gesicht, alle
anderen Gedanken schloß er aus. Es gelang ihm gut, aber
nur fünfzehn Sekunden lang. Dann kamen ihm wieder die
Gedanken, und er merkte, daß er über Spielcasinos nachdachte und darüber, wieviel Geld er wohl gewinnen könne. In diesem Augenblick schaute er von der Flamme fort
und gönnte sich etwas Erholung.

Dies war sein allererster Versuch. Er war begeistert. Er
hatte es geschafft. Zugegeben, er hatte es nicht sehr lange
durchgehalten. Aber das hatte dieser Inder beim ersten
Versuch auch nicht getan.

Nach ein paar Minuten versuchte er es wieder. Es ging
gut. Er hatte keine Stoppuhr, um die Zeit zu messen, aber
er hatte das Gefühl, daß es ihm entschieden länger geglückt
war als beim erstenmal.

«Das ist fabelhaft!» rief er. «Ich bin auf dem Wege zum
Erfolg! Ich werd's schaffen.» Er war noch nie in seinem
Leben so aufgeregt gewesen.

Von diesem Tag an mochte Henry sein, wo er wollte,
und machen, was er wollte: er ließ sich nicht davon abbrin-

gen, jeden Morgen und jeden Abend mit der Kerze zu üben. Oft trainierte er auch mittags. Zum erstenmal in seinem Leben hatte er etwas, auf das er sich mit echter Begeisterung stürzte. Und die Fortschritte, die er machte, waren bemerkenswert. Nach sechs Monaten konnte er sich nicht weniger als drei Minuten lang auf sein Gesicht konzentrieren, ohne daß ihm auch nur ein Nebengedanke durch den Kopf geschossen wäre.

Der Yogi von Hardwar hatte dem indischen Burschen gesagt, daß ein Mann fünfzehn Jahre lang üben müsse, um zu diesem Ergebnis zu kommen.

Aber der Yogi hatte auch noch etwas anderes gesagt. Er hatte gesagt (und hier zog Henry das kleine blaue Schulheft zum hundertstenmal zu Rate), er hatte gesagt, daß in höchst seltenen Fällen eine besondere Person auftaucht, die die Kraft in nur einem oder zwei Jahren entwickeln kann.

«Das bin ich!» rief Henry. «Das muß ich sein! Ich bin der eine unter einer Million, der die Fähigkeit hat, in unglaublich kurzer Zeit Yogakräfte zu erwerben! Hipphipphurra! Jetzt dauert es nicht mehr lange, und ich sprenge die Banken in allen Casinos Europas und Amerikas!»

Henry entwickelte jedoch eine in diesem Punkt ungewöhnliche Geduld und behielt klaren Verstand. Er stürzte sich nicht auf das nächstbeste Kartenspiel, um zu prüfen, ob er es schon von hinten erkennen konnte. Er hielt sich vielmehr von allen Kartenspielen fern. Er hatte Bridge und Canasta und Poker aufgegeben, als er mit der Kerze zu arbeiten begann. Er hatte es darüber hinaus aufgegeben, mit seinen reichen Freunden von einer Party und einem Wochenende zum andern zu sausen. Er hatte sich einem einzigen Ziel verschrieben, nämlich Yogakräfte zu erwerben, und alles andere mußte warten, bis ihm das gelungen war.

Ungefähr nach zehn Monaten bemerkte Henry, genau

wie Imhrat Khan vor ihm, eine flüchtige Fähigkeit, einen Gegenstand mit geschlossenen Augen zu sehen. Wenn er seine Augen schloß und etwas unverwandt und mit äußerster Konzentration anstarrte, konnte er tatsächlich den Umriß des Gegenstandes erkennen, den er betrachtete.

«Es geht voran!» rief er. «Ich schaffe es! Es ist phantastisch!»

Nun widmete er sich seinen Übungen mit der Kerze verbissener denn je, und am Schluß des ersten Jahres konnte er sich tatsächlich nicht weniger als fünfeinhalb Minuten auf das Abbild seines eigenen Gesichts konzentrieren.

Als er diesen Punkt erreicht hatte, schien ihm der richtige Zeitpunkt gekommen, es mit den Karten zu versuchen. Als er diesen Entschluß faßte, befand er sich im Salon seiner Londoner Wohnung, und es war kurz vor Mitternacht. Er holte sich ein Kartenspiel und einen Bleistift und Papier. Er bebte vor Erregung. Er legte das Spiel vor sich, mit der Rückseite nach oben, und konzentrierte sich auf die oberste Karte.

Zuerst sah er nur das Muster auf der Rückseite der Karte, ein ganz normales Muster aus dünnen roten Linien, das einfachste Spielkartenmuster der Welt. Dann verlagerte er seine Konzentration von diesem Muster auf die andere Seite der Karte. Er konzentrierte sich mit großer Eindringlichkeit auf die unsichtbare Unterseite der Karte, und er gestattete keinem einzigen fremden Gedanken, sich in seinen Kopf zu schleichen.

Dreißig Sekunden verstrichen.

Dann eine Minute . . .

Zwei Minuten . . .

Drei Minuten . . .

Henry bewegte sich nicht. Seine Konzentration war intensiv und vollkommen. Er war dabei, sich ein Bild von der Unterseite der Spielkarte zu machen. Kein anderer Gedanke durfte in seinen Kopf eindringen.

Innerhalb der vierten Minute begann etwas zu geschehen. Langsam, und wie durch Zauber, aber sehr deutlich, tauchten schwarze Zeichen auf, nahmen die Form von Piksymbolen an, und daneben erschien die Zahl fünf. Die Pik-Fünf!

Henry schaltete die Konzentration ab. Dann hob er mit zitternden Fingern die Karte auf und drehte sie um.

Es war tatsächlich die Pik-Fünf.

«Ich hab's geschafft!» rief er laut und sprang vom Sessel hoch. «Ich habe durch sie hindurchgesehen! Ich bin auf dem richtigen Weg!»

Nach einer Ruhepause versuchte er es wieder, und diesmal benutzte er eine Stoppuhr, um genau festzustellen, wie lange er brauchte. Nach drei Minuten und achtundfünfzig Sekunden konnte er sehen, daß die Karte ein Karo-König war. Und es stimmte.

Das nächste Mal stimmte es wieder, und er brauchte drei Minuten und vierundfünfzig Sekunden dazu, also vier Sekunden weniger.

Er schwitzte vor Aufregung und Erschöpfung.

«Es ist genug für heute», sagte er sich, stand auf, goß sich einen mächtigen Whisky ein und setzte sich wieder hin, um sich auszuruhen und an seinem Erfolg zu weiden.

Seine Aufgabe war jetzt, überlegte er, unablässig mit den Karten weiterzuüben, bis er imstande war, auf Anhieb durch sie hindurchzusehen. Er war davon überzeugt, daß man das schaffen konnte. Er hatte sich ja schon beim zweiten Versuch um vier Sekunden übertroffen. Er wollte die Arbeit mit der Kerze aufgeben und sich einzig und allein auf die Karten konzentrieren. Er wollte sich ihnen Tag und Nacht widmen.

Und genau das tat er. Jetzt, wo er den Erfolg fast mit Händen greifen konnte, wurde er besessener denn je. Er verließ seine Wohnung nur noch, um sich etwas zu essen und zu trinken zu kaufen. Den ganzen Tag, oft bis in die tiefe Nacht hinein, hockte er mit der Stoppuhr neben sich über den Karten und versuchte, die Zeit zu verkürzen, die er fürs Entziffern der Vorderseite brauchte.

Innerhalb eines Monats war er auf anderthalb Minuten gekommen.

Und nach einem halben Jahr konzentriertester Arbeit schaffte er es in zwanzig Sekunden. Aber selbst das war noch zu lang. Wenn man in einem Casino am Spieltisch sitzt, und die Bank darauf wartet, ob man die nächste Karte haben will oder nicht, kann man sie nicht zwanzig Sekunden lang anstarren, ehe man sich entschließt. Drei oder vier Sekunden wären vertretbar. Aber mehr nicht.

Henry ließ nicht locker. Von jetzt an wurde es jedoch immer schwerer, das Tempo zu verbessern. Es kostete ihn eine Woche schwerer Arbeit, um von zwanzig Sekunden auf neunzehn zu kommen. Von neunzehn auf achtzehn brauchte er fast zwei Wochen. Und es vergingen sieben weitere Monate, ehe er dazu fähig war, eine Karte in genau zehn Sekunden von hinten zu lesen.

Sein Ziel waren vier Sekunden. Er wußte, wenn er nicht in weniger als vier Sekunden durch eine Karte hindursehen konnte, würde er keinen Erfolg haben in den Spielcasinos. Je mehr er sich jedoch seinem Ziel näherte, desto schwerer ließ es sich erreichen. Er brauchte vier Wochen, um seine Zeit von zehn Sekunden auf neun zu drücken, und weitere fünf Wochen, um von neun auf acht zu kommen. Zu dieser Zeit machte ihm schwere Arbeit aber schon nichts mehr aus. Er hatte seine Konzentrationsfähigkeit in einem solchen Grade gesteigert, daß er imstande war,

170

zwölf Stunden ohne Pause durchzuarbeiten. Er wußte mit absoluter Sicherheit, daß er sein Ziel irgendwann erreichen würde. Und er würde nicht aufhören, ehe er es erreicht hatte. Er saß Tag für Tag und Nacht für Nacht über den Karten, die Stoppuhr neben sich, und kämpfte mit geradezu fürchterlicher Entschlossenheit um die paar letzten lächerlichen Sekunden, die ihn noch von seiner Idealzeit trennten.

Die letzten drei Sekunden waren die ärgsten von allen. Um von sieben Sekunden auf die angestrebten vier herunterzukommen, brauchte er genau elf Monate!

An einem Samstagabend kam es zu dem großen Moment. Vor ihm lag eine verdeckte Karte auf dem Tisch. Er drückte die Stoppuhr und begann sich zu konzentrieren. Fast sofort sah er einen roten Fleck. Der Fleck nahm rasch Form an und wurde ein Karo. Und fast gleichzeitig erschien die Zahl sechs in der linken oberen Ecke. Er drückte wieder auf die Stoppuhr und las die Zeit ab. Es waren vier Sekunden! Er drehte die Karte um. Es war die Karo-Sechs. Er hatte es geschafft! Er hatte sie in genau vier Sekunden gelesen!

Er versuchte es sofort mit der nächsten Karte. Nach vier Sekunden konnte er ablesen, daß es die Pik-Dame war. Er ging ein ganzes Spiel durch und stoppte sich bei jeder Karte. Vier Sekunden! Vier Sekunden! Vier Sekunden! Immer die gleiche Zeit! Er hatte es endlich geschafft! Es war vorbei! Er konnte weitermachen!

Und wie lange hatte er dazu gebraucht? Es hatte ihn genau drei Jahre und drei Monate konzentrierter Arbeit gekostet.

Und jetzt auf in die Casinos!

Wann sollte er anfangen?

Warum nicht heute abend?

Es war Samstagabend, und an den Samstagabenden sind alle Casinos voll. Um so besser. Da konnte so leicht keiner mißtrauisch werden. Er ging in sein Schlafzimmer, um sich den Smoking anzuziehen, denn in den Londoner Casinos war es an Samstagen Sitte, in Gesellschaftskleidung zu erscheinen.

Er beschloß, ins *Lord's House* zu gehen. Es gab in London sicher über hundert zugelassene Spielcasinos, sie waren jedoch nicht öffentlich. Wenn man ein Casino betreten wollte, mußte man Mitglied sein. Henry war in mindestens zehn Casinos Mitglied. *Lord's House* war sein Lieblingscasino. Es war das schönste und exklusivste im ganzen Land.

Lord's House war ein prachtvolles georgianisches Herrenhaus mitten in London, das einem Herzog über zweihundert Jahre lang als Stadthaus gedient hatte. Jetzt hatten es die Buchmacher übernommen, und die erlesenen hohen Gesellschaftsräume, in denen sich der Adel und oft auch Mitglieder des Königshauses zu treffen und eine fromme Partie Whist zu spielen pflegten, waren heute gefüllt von einer ganz anderen Art von Leuten, die sich auch einer ganz anderen Art von Spielen widmeten.

Henry fuhr zum *Lord's House* und bog in die großartige Einfahrt ein. Er stieg aus dem Auto, ließ aber den Motor laufen. Sofort erschien ein Angestellter in einer grünen Uniform und parkte den Wagen für ihn.

In den Parkbuchten an beiden Seiten der Straße standen vielleicht ein Dutzend Rolls-Royces. In diesem Club waren nur sehr wohlhabende Leute Mitglied.

«Oh, hallo, Mr. Sugar!» sagte der Mann hinter dem Empfangstisch, dessen Job es war, nie ein Gesicht zu vergessen. «Wir haben Sie ja seit Jahren nicht mehr gesehen!»

«Ich hatte zu tun», erwiderte Henry.

Er ging die wunderschöne breite Treppe mit dem geschnitzten Mahagonigeländer hinauf und trat an die Kasse. Dort schrieb er einen Scheck auf 1000 Pfund aus. Der Kassierer gab ihm zehn große rosafarbene, rechteckige Jetons aus Plastik. Auf jedem stand: PF 100. Henry steckte sie in die Tasche und schlenderte ein paar Minuten ziellos durch die verschiedenen Spielsäle, um nach seiner langen Abwesenheit wieder ein Gefühl für alles zu bekommen. An diesem Abend waren ziemlich viele Besucher da. Um den Roulette-Tisch standen wohlgenährte Damen, dicht geschart wie fette Hennen um einen Futternapf. Gold und Edelsteine rieselten ihnen über die Busen und baumelten an ihren Handgelenken. Viele hatten blauschimmerndes Haar. Die Herren waren im Smoking, und nicht ein hochgewachsener Mann war unter ihnen. Warum, überlegte sich Henry, hat diese spezielle Art von reichen Männern immer kurze Beine? Ihre Beine schienen alle bei den Knien aufzuhören, Oberschenkel gab es nicht. Die meisten Männer hatten dicke Bäuche, violette Gesichter und Zigarren zwischen den Zähnen. Ihre Augen glitzerten vor Gier.

Alles dies fiel Henry auf. Es war das erste Mal in seinem Leben, daß der Typ des reichen Spielers Ekel und Verachtung in ihm auslöste. Bis jetzt hatte er sie immer als seinesgleichen betrachtet, als Mitglieder seiner eigenen Gesellschaftsklasse. Heute abend erschienen sie ihm vulgär.

Könnte es sein, überlegte er weiter, daß die Yoga-Kräfte, die er im Laufe der letzten drei Jahre erworben hatte, auch ihn selbst ein wenig verändert hatten?

Er blieb stehen und schaute beim Roulette zu. Die Spieler legten ihre Marken auf den langen grünen Tisch und suchten zu erraten, in welches Fach die kleine weiße Kugel beim Auslaufen der Scheibe springen würde. Henry betrachtete die Scheibe. Und plötzlich merkte er, daß er begann – vermutlich aus reiner Gewohnheit –, sich darauf zu konzentrieren. Es war nicht besonders schwierig. Er hatte die Kunst der vollkommenen Konzentration so lange geübt, daß sie ihm in Fleisch und Blut übergegangen war. Im Bruchteil einer Sekunde hatte sich sein Geist vollständig und absolut auf das Rad konzentriert. Alles andere im Raum, der Lärm, die Leute, die Lichter, der Geruch des Zigarrenrauchs, alles war aus seinem Bewußtsein gelöscht, und er sah nur die runde, blanke Roulettescheibe mit den kleinen weißen Zahlen am Rand. Die Zahlen gingen von eins bis sechsunddreißig, und zwischen der Eins und der Sechsunddreißig lag eine Null. Plötzlich verschwammen alle Zahlen vor seinen Augen, alle außer einer, außer der achtzehn. Das war die einzige Zahl, die er sehen konnte. Zuerst etwas verzerrt und unklar, dann klar und deutlich, im leuchtenden, glänzenden Weiß, das so strahlte, als ob ein helles Licht dahinter brannte. Die Zahl wurde größer. Sie schien auf ihn zuzuspringen. In diesem Augenblick gab Henry die Konzentration auf. Der Raum kam wieder auf ihn zu.

«Haben alle gesetzt?» fragte der Croupier.

Henry zog einen Hundert-Pfund-Chip aus der Tasche und legte ihn auf den grünen Filz, mitten in das Rechteck mit der Zahl 18. Obgleich die übrigen Felder mit Spielmarken nur so gepflastert waren, war sein Jeton das einzige, das auf der 18 lag.

Der Croupier setzte die Scheibe in Bewegung. Die kleine weiße Kugel hüpfte und tanzte am Rand entlang. Die Leute schauten zu. Alle Augen waren auf die kleine Kugel geheftet. Die Scheibe wurde langsamer, kam zum Stehen. Die Kugel hüpfte noch ein paarmal, zögerte und sprang dann genau in das Fach der 18.

«Achtzehn!» rief der Croupier.

Die Menge seufzte. Der Assistent des Croupiers fegte die Jetonstöße der Verlierer mit einem langstieligen Holzrechen ein. Nur Henrys Jeton ließ er liegen. Es brachte ihm den sechsunddreißigfachen Einsatz. 3600 Pfund für seine 100 Pfund Einsatz. Sie schoben ihm den Gewinn in drei Eintausend-Pfund-Jetons und sechs Hundertern zu.

In Henry stieg ein außerordentliches Machtgefühl hoch. Wenn er wollte, könnte er diesen Club zum Platzen bringen. Er könnte das aufgeblasene, hochkarätige, teure Etablissement ruinieren. Es wäre nur eine Frage von ein paar Stunden. Er könnte ihnen eine Million aus der Nase ziehen, und all die schlauen Herren mit den undurchdringlichen Gesichtern, die überall herumstanden und verfolgten, wie der Rubel rollte, würden wie aufgescheuchte Ratten durch die Gegend rennen.

Sollte er das tun?

Es war eine große Versuchung.

Aber das wäre das Ende für ihn. Er würde berühmt werden, und man würde ihn in keinem Casino der Welt mehr dulden. Er durfte es also nicht tun. Er mußte sehr vorsichtig sein und acht geben, daß er keine Aufmerksamkeit auf sich zog.

Henry schlenderte gleichgültig aus dem Roulette-Saal und ging in den Nachbarraum, wo Blackjack gespielt wurde. Er blieb in der Tür stehen, um sich einen Überblick zu verschaffen. Es gab vier Tische, vier von diesen sonderbar geformten Blackjack-Tischen, die wie ein Halbmond aussehen, an denen die Spieler auf hohen Stühlen an der Außenseite sitzen und der Bankhalter im inneren Bogen steht.

Die Spielkarten – in *Lord's House* benutzten sie vier zusammengemischte Spiele – waren in einem Kasten mit einer offenen Schmalseite, den man Schuh nannte, und der Bankhalter zog die Karten immer einzeln mit den Fingern aus diesem Schuh. Es war also stets die Rückseite der vordersten Karte zu sehen, sonst nichts.

Blackjack, wie das Spiel in den Casinos genannt wird, hat sehr einfache Spielregeln. Sie und ich kennen dieses Spiel vermutlich unter einem der drei anderen Namen: Pontoon, Siebzehn-und-Vier oder Vingt-et-un. Der Spieler muß versuchen, mit zwei oder mehr Karten genau einundzwanzig Augen zu erreichen oder doch so nah wie möglich an die einundzwanzig heranzukommen. Wenn er die einundzwanzig überschreitet, hat er sich überkauft und ist «tot». Er hat verloren, und die Bank streicht seinen Einsatz ein. Bei fast jedem Blatt steht der Spieler also vor dem Problem, ob er sich noch eine Karte geben lassen soll und damit riskiert, daß er sich überkauft, oder ob er es bei dem belassen soll, was er hat. Für Henry würde es dieses Problem nicht geben. Er hätte die Karte, die ihm der Bankhalter anbot, innerhalb von vier Sekunden «durchschaut» und würde wissen, ob er ja oder nein sagen sollte. Für Henry wäre das ganze Spiel ein Farce.

In englischen Casinos gibt es beim Blackjack eine unangenehme Regel, die man, wenn man es zu Hause spielt, nicht kennt. Zu Hause schaut man sich seine erste Karte an und macht dementsprechend seinen Einsatz. Wenn die Karte gut ist, setzt man hoch. In den Spielcasinos ist einem das nicht erlaubt. Dort besteht man darauf, daß alle Spieler am Tisch ihre Einsätze placieren, dann erst verteilt der Bankhalter die Karten. Es wird einem darüber hinaus auch nicht erlaubt, vor dem Kauf der letzten Karte den Einsatz zu verdoppeln.

Das alles brauchte Henry nicht zu stören. Solange er links vom Bankhalter saß, würde er bei jedem Spiel immer die erste Karte aus dem Schuh bekommen. Und da diese Karte für ihn sichtbar war, konnte er durch sie hindurchlesen, bevor er seinen Einsatz machte.

Henry blieb an der Tür stehen und wartete gelassen darauf, daß an einem der vier Tische ein Platz links vom Bankhalter frei wurde. Er mußte etwa zwanzig Minuten warten, aber schließlich bekam er den gewünschten Platz.

Er setzte sich auf einen der hochbeinigen Stühle und reichte dem Bankhalter einen von den Tausend-Pfund-Chips, die er beim Roulette gewonnen hatte. «Bitte, alles in Fünfundzwanzigern», sagte er.

Der Bankhalter war ein jüngerer Mann mit schwarzen Augen und grauer Haut. Er lächelte nie und sprach nur, wenn es unbedingt nötig war. Seine Hände waren außergewöhnlich dünn, und die Rechenkunst saß ihm in den Fingerspitzen. Er nahm Henrys Spielmarke und ließ sie in einen Schlitz in der Tischfläche gleiten. Vor ihm lagen verschiedenfarbige runde Chips auf einem Tablett, säuberlich aufgetürmt, Chips im Wert von 25 Pfund, 10 Pfund und 5 Pfund, jeweils etwa hundert Stück. Mit Daumen und Zeigefinger teilte der Bankhalter ein Stück von den Fünfundzwanzig-Pfund-Chips ab und kippte sie als hohen Turm auf den Tisch. Er brauchte sie nicht nachzuzählen, er wußte genau, daß der Turm aus zwanzig Chips bestand. Seine Spinnenfinger konnten mit untrüglicher Sicherheit jede beliebige Menge Spielmarken zwischen eins und zwanzig abmessen, ohne sich zu irren. Der Bankhalter teilte noch einmal zwanzig Chips ab, so daß es alles in allem vierzig waren. Er schob sie Henry über den Tisch hinweg zu.

Henry baute die Jetons vor sich auf, und während er das tat, betrachtete er die oberste Karte im Schuh. Er konzentrierte sich, und in vier Sekunden hatte er die Kar-

177

te als einen Zehner erkannt. Er schob acht von seinen Spielmarken auf den Tisch, 200 Pfund. Das war der Höchsteinsatz, der in *Lord's House* für Blackjack erlaubt war. Er bekam die Zehn und als zweite Karte eine Neun, zusammen neunzehn.

Bei neunzehn kauft man meist nicht weiter, man sitzt nur gespannt da und hofft, daß die Bank nicht zwanzig oder einundzwanzig hat.

Als der Bankhalter der Reihe nach fragte und zu Henry kam, sagte er: «Neunzehn» und wandte sich an den nächsten Spieler. «Warten Sie», sagte Henry.

Der Bankhalter stutzte und kam zu Henry zurück. Er zog die Augenbrauen hoch und sah ihn mit kalten schwarzen Augen an. «Sie wollen zur Neunzehn kaufen?» fragte er, mit Spott in der Stimme. Er sprach mit einem italienischen Akzent, und in seiner Stimme war nicht nur Spott, sondern auch Ärger. Es gab nur zwei Karten im Spiel, mit denen man sich bei einer Neunzehn nicht überkauft: das As, das als Eins gilt, und die Zwei. Nur ein Narr würde riskieren, zur Neunzehn noch eine Karte dazuzukaufen, besonders wenn er 200 Pfund eingesetzt hat.

Die Karte, die als nächstes gegeben würde, lag gut sichtbar vorn im Schuh. Zumindest die Rückseite war deutlich zu erkennen. Der Bankhalter hatte sie noch nicht einmal berührt.

«Ja», sagte Henry, «ich glaube, ich möchte noch eine Karte haben.»

Der Bankhalter zuckte die Schultern und nahm die Karte aus dem Schuh. Genau vor Henry landete die Pik-Zwei und legte sich neben die Zehn und die Neun.

«Danke», sagte Henry, «das reicht.»

«Einundzwanzig», sagte der Bankhalter. Seine schwarzen Augen hefteten sich wieder auf Henrys Gesicht und blieben dort ruhen, schweigend, wachsam, verwirrt. Henry hatte ihn aus dem Gleichgewicht gebracht. Er hatte noch nie erlebt, daß jemand zu einer Neunzehn noch eine Karte dazukaufte. Und dieser Bursche hatte es mit verblüffender Gelassenheit und Sicherheit getan. Und er hatte gewonnen.

Henry begegnete dem Blick des Bankhalters, und ihm war sofort klar, daß er einen törichten Fehler begangen hatte. Er war zu gescheit gewesen. Er hatte die Aufmerksamkeit auf sich gezogen. Das durfte er nie wieder tun. Er mußte in Zukunft sehr vorsichtig vorgehen, wenn er seine Kräfte einsetzte. Er mußte sich auch gelegentlich verlieren lassen und von Zeit zu Zeit etwas ausgesprochen Dummes tun.

Das Spiel ging weiter. Henrys Vorteil war so ungeheuerlich, daß er Schwierigkeiten hatte, seine Gewinne in vernünftigen Grenzen zu halten. Hin und wieder bat er um eine dritte Karte, wenn er ganz genau wußte, daß er sich damit überkaufte. Und einmal, als er sah, daß seine erste Karte ein As sein würde, setzte er die kleinste Spielmarke ein, die er besaß, und machte dann ein großes Theater und klagte lauthals darüber, daß er nicht einen höheren Einsatz gewagt hatte.

Innerhalb einer Stunde hatte er genau 3000 Pfund gewonnen und machte Schluß. Er steckte seine Jetons ein und ging zur Kasse, um sie sich in Geld umwechseln zu lassen.

Beim Blackjack hatte er 3000 Pfund gewonnen und beim Roulette 3600, insgesamt also 6600 Pfund. Es hätten ebensogut 660000 Pfund sein können. Tatsache war, wie er sich eingestehen mußte, daß er jetzt schneller Geld verdienen konnte als irgendein anderer Mensch in der Welt.

Der Mann an der Kasse nahm Henrys Spielmarkenberg entgegen, ohne mit der Wimper zu zucken. Er trug eine

Stahlbrille, und die blassen Augen hinter den Brillengläsern waren nicht an Henry interessiert. Sie betrachteten nur die Jetons auf der Theke. Auch dieser Mann konnte mit den Fingerspitzen rechnen. Aber mehr noch – jede Faser seines Körpers war Arithmetik, Trigonometrie, Kalkül und Algebra. Er war eine menschliche Rechenmaschine mit hunderttausend elektrischen Leitungen im Hirn. Er brauchte fünf Sekunden, um Henrys 120 Chips zusammenzurechnen.

«Möchten Sie einen Scheck dafür haben, Mr. Sugar?» fragte er. Der Kassierer kannte, ebenso wie der Mann am Empfang, jedes Mitglied mit Namen.

«Nein, danke», sagte Henry, «ich nehme es bar.»

«Wie Sie wünschen», sagte die Stimme hinter der Brille, und er drehte sich um und ging nach hinten zum Safe, der Millionen enthalten mußte.

Nach den Maßstäben von *Lord's House* war Henrys Gewinn nur ein kleiner Fisch. Die arabischen Ölknaben waren jetzt in London, und sie spielten sehr gern. Ebenso die undurchsichtigen Diplomaten aus dem Fernen Osten und die japanischen Geschäftsleute und die steuerhinterziehenden englischen Grundstücksmakler. In den großen Londoner Spielcasinos wurden Tag für Tag atemberaubende Geldsummen gewonnen und verloren, meist verloren.

Der Kassierer kam mit Henrys Geld zurück und legte das Notenbündel auf die Theke. Obgleich die Summe ausgereicht hätte, ein kleines Haus oder ein großes Auto zu kaufen, war der Hauptkassierer von *Lord's House* nicht im geringsten beeindruckt. Er schenkte dem Geld so wenig Beachtung, als überreiche er Henry ein Päckchen Kaugummi.

«Warte nur, mein Freund», dachte sich Henry im stillen, während er das Geld einsteckte. «Warte nur ab.» Damit ging er davon.

«Ihren Wagen, Sir?» fragte der Türhüter in der grünen Uniform.

«Noch nicht», antwortete ihm Henry, «ich glaube, ich werde erst noch etwas frische Luft schnappen.»

Er bummelte die Straße entlang. Es war fast Mitternacht. Der Abend war kühl und angenehm. Die große Stadt war immer noch hellwach. Henry konnte in der inneren Smokingtasche die Ausbuchtung spüren, dort wo das dicke Geldbündel steckte. Er legte die eine Hand auf die Stelle und beklopfte sie sanft. Für eine Stunde Arbeit ein ganz schönes Stück Geld!

Und wie sollte es weitergehen?

Was sollte er als nächstes tun?

Er konnte innerhalb eines Monats eine Million machen. Wenn er Lust hatte, auch mehr. Es gab fast keine Grenzen für ihn.

Während er in der Nachtkühle durch die Straßen von London wanderte, dachte Henry über seine nächsten Schritte nach.

Wenn dies nun eine erfundene Geschichte wäre und nicht eine wahre Begebenheit, hätte ich mir ein verblüffendes, spannendes Ende ausdenken müssen. Das wäre nicht sehr schwer gewesen. Irgend etwas Dramatisches, Ungewöhnliches. Ehe ich Ihnen also weitererzähle, was Henry im wirklichen Leben tatsächlich zugestoßen ist, wollen wir hier einen Augenblick unterbrechen und überlegen, was sich ein begabter Romanschriftsteller wohl ausgedacht hätte, um seine Geschichte ein wenig aufzuputzen. Seine Notizen hätten vielleicht folgendermaßen gelautet:

1. Henry muß sterben. Wie auch Imhrat Khan hat er das Gesetz der Yogi verletzt und seine Kräfte für persönlichen Gewinn eingesetzt.

2. Am besten wäre es, ihn auf schauerliche, ungewöhnliche Art und Weise umkommen zu lassen. Das wird den Leser verblüffen.

3. Zum Beispiel: Er könnte nach Hause kommen, in seine Wohnung, und dort beginnen, sein Geld zu zählen und sich diebisch darüber zu freuen. Dabei könnte er sich plötzlich unwohl fühlen, einen Schmerz in der Brust empfinden . . .

4. Er bekommt Angst, faßt den Entschluß, sofort ins Bett zu gehen und sich auszuruhen. Er entledigt sich seiner Kleider, geht nackt zum Schrank, um sich einen Schlafanzug zu holen, kommt am mannshohen Spiegel vorbei, der an der Wand hängt, bleibt stehen und starrt sein nacktes Abbild an. Automatisch beginnt er sich zu konzentrieren. Und dann . . .

5. Plötzlich sieht er durch seine eigene Haut hindurch, genau so, wie er vor kurzem durch die Spielkarten gesehen hat. Es ist wie ein Röntgenbild, nur viel besser. Röntgenstrahlen zeigen nur Knochen und sehr kompakte Gewebe. Henry kann alles sehen. Er sieht seine Arterien und Venen, sieht das Blut pulsieren. Er kann seine Leber sehen, seine Nieren, seine Eingeweide, und er kann sein Herz schlagen sehen.

6. Er sucht die Stelle in seiner Brust, wo der Schmerz sitzt . . . Und er sieht . . . oder glaubt zu sehen . . . eine schwache dunkle Schwellung in der großen Vene, die rechts ins Herz führt. Was hat eine kleine dunkle Schwellung in der Ader zu suchen? Es muß sich um irgendeine Verstopfung handeln. Ein Pfropfen. Ein Blutgerinnsel!

7. Das Gerinnsel scheint fest zu sitzen. Dann beginnt es zu wandern. Sehr, sehr langsam, nicht mehr als ein bis zwei Millimeter. Das Blut in der Ader staut sich hinter dem Pfropfen, übt Druck auf ihn aus, und schon bewegt er sich

182

wieder. Er springt einen Fingerbreit vorwärts. Diesmal die Vene hinauf, zum Herzen hin. Henry verfolgt es mit Entsetzen. Er weiß, wie fast jeder in der Welt, daß ein Blutgerinnsel, das sich gelöst hat und durch eine Ader wandert, früher oder später das Herz erreicht. Wenn es ein großer Blutpfropf ist, bleibt er im Herzen stecken, und man muß vermutlich sterben . . .

Das wäre gar kein schlechtes Ende für einen Roman, aber diese Geschichte ist kein Roman. Sie ist wahr. Die einzigen Dinge, die nicht stimmen, sind Henrys Name und der Name des Spielcasinos. Henry heißt nicht Henry Sugar. Sein Name muß geheim bleiben. Immer noch. Und auch den Namen des Casinos kann man nicht nennen. Abgesehen davon ist es aber eine wahre Geschichte.

Und da es eine wahre Geschichte ist, muß sie auch das wahre Ende haben. Dieses wahre Ende ist vielleicht nicht ganz so dramatisch oder schaurig wie ein erdachtes, aber interessant ist es trotzdem. Hier folgt nun, was wirklich geschah.

Nachdem Henry eine Stunde lang durch die Straßen von London gestreift war, kehrte er zum *Lord's House* zurück und holte seinen Wagen ab. Er wollte in seine Wohnung fahren. Er war verwirrt. Er konnte nicht begreifen, warum er so wenig erregt war über seinen ungeheuerlichen Erfolg. Wenn ihm so etwas vor drei Jahren passiert wäre, bevor er sich mit Yoga beschäftigt hatte, wäre er vor Aufregung verrückt geworden. Er wäre durch die Straßen getanzt und im nächsten Nachtclub verschwunden, um das Ereignis mit Strömen von Champagner zu feiern.

Das Kuriose war aber, daß er überhaupt nicht freudig erregt war. Er fühlte sich eher niedergeschlagen. Es war irgendwie alles zu leicht gewesen. Bei jedem Einsatz hatte er genau gewußt, daß er gewinnen würde. Es war keine Aufregung dabei gewesen, keine Spannung, keine Gefahr zu verlieren. Er wußte natürlich, daß er von jetzt an durch die Welt reisen und Millionen einkassieren konnte. Aber würde ihm das überhaupt Spaß machen?

Langsam begann es Henry zu dämmern, daß überhaupt nichts mehr Spaß macht, wenn man so viel, wie man will, davon bekommen kann. Das gilt besonders für Geld.

Und noch etwas: war es nicht möglich, daß sich bei der Entwicklung, die er durchgemacht hatte, um Yogakräfte zu erwerben, seine Ansichten über das Leben verändert hatten? Sicher war das möglich.

Henry fuhr nach Hause und ging sofort ins Bett.

Am nächsten Vormittag wachte er erst spät auf. Er fühlte sich nicht die Spur vergnügter als am Abend zuvor. Und als er aus dem Bett aufstand und das dicke Geldbündel sah, das immer noch auf seinem Ankleidetisch lag, spürte er einen plötzlichen und sehr starken Widerwillen in sich aufsteigen. Er wollte es nicht haben. Er hätte um sein Leben nicht erklären können, warum das so war, aber die Tatsache blieb bestehen, daß er einfach nichts davon haben wollte.

Er nahm das Bündel auf. Es bestand aus lauter Zwanzig-Pfund-Noten, aus genau 330 Geldscheinen. Henry ging auf den Balkon und stand dort in seinem dunkelroten Seidenpyjama und schaute auf die Straße hinunter.

Henry wohnte in der Curzon Street, die mitten im besonders eleganten und teuren Londoner Stadtteil Mayfair liegt. Das eine Ende der Curzon Street mündet in den Berkeley Square, das andere in die Park Lane. Henry wohnte im dritten Stockwerk, und vor seinem Schlafzimmer war ein kleiner Balkon mit einem Eisengeländer zur Straße hinaus.

Es war Juni, der Vormittag war sonnig, und es mochte gegen elf Uhr sein. Obgleich es Sonntag war, sah man ein paar Menschen durch die Straße gehen.

Henry zog eine Zwanzig-Pfund-Note aus dem Geldbündel, hielt sie über das Balkongeländer und ließ sie los. Ein Windstoß ergriff sie und blies sie Richtung Park Lane fort. Henry stand da und beobachtete sie. Sie tanzte und drehte sich in der Luft, und nach einer Weile sank sie auf der gegenüberliegenden Straßenseite nieder, direkt vor einem alten Mann. Der alte Mann trug einen langen braunen, schäbigen Mantel und einen Schlapphut, und er ging langsam und allein für sich hin. Er sah den Geldschein an seinem Gesicht vorbeiflattern und blieb stehen und hob ihn auf. Er hielt ihn mit beiden Hände fest und starrte ihn an. Er drehte ihn um. Er beäugte ihn genau. Dann hob er den Kopf und sah nach oben.

«He, Sie da drüben!» rief Henry, die Hand um den Mund gelegt. «Das ist für Sie! Es ist ein Geschenk!»

Der alte Mann stand ganz still, er hielt die Banknote vor sich und sah zu der Gestalt oben auf dem Balkon hoch.

«Stecken Sie es in Ihre Tasche!» schrie Henry. «Nehmen Sie es mit nach Hause!» Seine Stimme schallte laut durch die Straße, und viele Leute blieben stehen und sahen zu ihm hoch.

Henry zog eine zweite Banknote aus dem Bündel und warf sie hinunter. Die Zuschauer unten regten sich nicht. Sie beobachteten nur, was er tat. Sie hatten keine Ahnung, was da vor sich ging. Da oben stand ein Mann auf dem Balkon, er hatte etwas gerufen, und jetzt warf er etwas herunter, was wie ein Stück Papier aussah. Alle verfolgten, wie das Papier herabflatterte und in der Nähe eines jungen Paares, das eingehakt auf dem gegenüberliegenden Bürgersteig stand, auf die Erde sank. Der Mann machte seinen Arm frei und versuchte,

185

das Papier im Vorbeiflattern zu erwischen, verfehlte es aber und hob es vom Boden auf. Er untersuchte es mißtrauisch. Die Zuschauer auf den beiden Straßenseiten blickten alle zu dem jungen Mann hin. Vielen von ihnen war das Stück Papier wie eine Banknote oder so etwas Ähnliches vorgekommen, und sie warteten jetzt, ob das stimmte.

«Es sind zwanzig Pfund!» schrie der junge Mann und sprang in die Luft. «Es ist eine Zwanzig-Pfund-Note!»

«Behalten Sie sie!» rief ihm Henry von oben zu. «Sie gehört Ihnen!»

«Ehrlich?» rief der junge Mann und hielt den Geldschein mit ausgestrecktem Arm in die Höhe. «Kann ich ihn wirklich behalten?»

Plötzlich rauschte die ganze Straße vor Aufregung, und alle auf einmal fingen an, sich in Bewegung zu setzen. Sie rannten auf die Fahrbahn und scharten sich unter dem Balkon zusammen. Sie reckten die Arme in die Höhe und schrien durcheinander. «Ich! Ich möchte auch einen! Werfen Sie uns noch einen runter, Chef! Schicken Sie noch was runter!»

Henry zog fünf oder sechs Banknoten heraus und ließ sie herabflattern.

Als die Scheine vom Wind auseinandergetrieben wurden und nach unten schwebten, ertönte Geschrei und Gekreisch. Und als sie in Reichweite der Leute kamen, entstand eine richtige Straßenschlacht. Aber alles war bester Laune. Die Leute lachten, sie hielten das Ganze für einen phantastischen Spaß. Da stand ein Mann im Pyjama im dritten Stock und warf ungeheuer wertvolle Banknoten in die Luft. Eine ganze Menge von diesen Leuten hatte noch nie in ihrem Leben eine Zwanzig-Pfund-Note gesehen.

Aber jetzt veränderte sich die Szene.

Es ist immer wieder erstaunlich, mit welcher Geschwin-

186

digkeit sich in einer Stadt Neuigkeiten verbreiten. Die Nachricht von dem, was Henry tat, zischte wie ein Blitz durch die Curzon Street und in die kleinen und großen Straßen der Umgebung. Von allen Seiten kamen Leute angerannt. Innerhalb weniger Minuten verstopften ungefähr tausend Männer und Frauen und Kinder die Straße unter Henrys Balkon. Autofahrer, die nicht mehr weiterkamen, stiegen aus ihren Fahrzeugen aus und gesellten sich der Menschenmenge zu. Und plötzlich war in der Curzon Street ein Chaos.

In diesem Augenblick hob Henry einfach den Arm, holte aus und warf das ganze Geldbündel in die Luft. Mehr als 6000 Pfund flatterten auf die schreiende Menschenmenge unten herab.

Die Balgerei, die dann folgte, war wirklich sehenswert. Menschen sprangen hoch, um die Geldscheine zu erwischen, ehe sie den Boden berührten, und alle drängelten und schubsten und kreischten und fielen übereinander, und bald war die ganze Straße ein heilloses Durcheinander ineinander verkeilter, schreiender und um sich schlagender Menschen.

Durch all diesen Lärm hörte Henry plötzlich hinter sich die Wohnungsklingel läuten, lange und laut. Er verließ den Balkon und öffnete die Wohnungstür. Vor ihm stand ein großer Polizist mit schwarzem Schnurrbart, die Hände in die Hüften gestemmt. «Sie!» bellte er wütend. «Sie sind also derjenige welcher! Was, zum Teufel, bilden Sie sich eigentlich ein?»

«Guten Morgen, Sir», sagte Henry. «Das mit der Menschenmenge tut mir leid. Ich hatte keine Ahnung, daß es sich so entwickeln würde. Ich habe nur etwas Geld verschenkt.»

«Sie haben öffentliches Ärgernis erregt!» schnauzte ihn

der Polizist an. «Sie haben eine Obstruktion verursacht. Sie haben zum Aufruhr angestiftet, und Sie haben den gesamten Straßenverkehr lahmgelegt!»

«Ich habe schon gesagt, es tut mir leid», antwortete Henry. «Ich verspreche Ihnen, daß ich es nicht wieder tun werde. Die Leute werden sicher gleich weitergehen.»

Der Polizeibeamte nahm eine Hand von der Hüfte und hielt Henry in der offenen Handfläche eine Zwanzig-Pfund-Note hin.

«Aha!» rief Henry. «Sie haben auch eine erwischt! Da bin ich aber froh! Es freut mich für Sie.»

«Jetzt hören Sie mal auf, herumzufaseln!» sagte der Polizist. «Ich muß Ihnen ein paar ernsthafte Fragen stellen wegen dieser Zwanzig-Pfund-Noten.» Er zog ein Notizbuch aus seiner Brusttasche. «Erstens», fuhr er fort, «woher haben Sie das Geld?»

«Ich habe es gewonnen», sagte Henry. «Ich hatte eine Glücksnacht.» Er gab den Namen des Clubs an, in dem er das Geld gewonnen hatte, und der Polizeibeamte notierte ihn sich in seinem kleinen Buch. «Sie können es überprüfen», fügte Henry hinzu. «Man wird Ihnen bestätigen, daß es wahr ist.»

Der Polizist ließ sein Notizbuch sinken und sah Henry in die Augen. «Um ehrlich zu sein», sagte er, «ich glaube Ihnen Ihre Geschichte. Ich glaube, Sie sagen die Wahrheit. Aber das ist überhaupt keine Entschuldigung für das, was Sie getan haben.»

«Ich habe nichts Böses getan», antwortete Henry.

«Sie sind ein verdammter Vollidiot, ein Trottel, der hinter den Ohren noch nicht trocken ist!» rief der Polizist und fing wieder an, sich fürchterlich aufzuregen. «Ein Esel sind Sie, und dumm noch dazu! Wenn Sie schon mehr Glück als Verstand besitzen und so ein sagenhaftes Vermögen gewinnen, dann schmeißen Sie es doch, wenn Sie es schon wieder los sein wollen, wenigstens nicht zum Fenster raus!»

«Warum denn nicht?» fragte Henry lächelnd. «Das ist ein ebenso guter Weg, es loszuwerden, wie jeder andere.»

«Es ist ein verdammt blöder und dämlicher Weg, es loszuwerden!» rief der Polizist. «Warum geben Sie es nicht irgendwo hin, wo es Gutes stiftet? Zum Beispiel an ein Krankenhaus? Oder an ein Waisenhaus? Im ganzen Land gibt es Waisenhäuser, und sie haben nicht mal genug Geld, um den Kindern Weihnachten ein Geschenk zu kaufen! Und dann kommt da so ein kleines Rindvieh wie Sie, der keine Ahnung hat, was es heißt, im Dreck zu stecken, und schmeißt das Geld auf die Straße! Das macht mich krank, wirklich!»

«Ein Waisenhaus?» fragte Henry.

«Jawohl, ein Waisenhaus!» schrie der Polizist. «Ich bin in einem Waisenhaus groß geworden, deshalb weiß ich, wie es dort zugeht!» Damit machte der Polizist kehrt und ging die Treppe hinunter zur Straße.

Henry rührte sich nicht. Die Worte des Polizisten, und vor allem der Zorn, mit dem sie gesprochen worden waren, hatten unseren Helden voll getroffen.

«Ein Waisenhaus», sagte er laut. «Das ist gar keine schlechte Idee. Aber warum nur *ein* Waisenhaus? Warum nicht viele?» Und plötzlich kam ihm eine große und wunderbare Idee, die alles ändern sollte.

Henry machte die Wohnungstür zu und ging in die Wohnung zurück. Er spürte plötzlich, wie ihn eine mächtige Erregung ergriff. Er begann hin und her zu laufen und die Punkte zu bedenken, auf die es bei der Verwirklichung seiner grandiosen Idee ankam.

«Erstens», murmelte er, «kann ich an jedem Tag meines Lebens zu einer großen Summe Geldes kommen. Zweitens: ich darf innerhalb eines Jahres nicht mehr als einmal

in ein und demselben Casino auftauchen. Drittens: ich
darf in jedem einzelnen Casino nicht zu viel Geld verdienen, sonst werden sie mißtrauisch. Ich schätze, daß ich
pro Nacht 20000 Pfund nicht überschreiten darf. Vier-
tens: 20000 Pfund pro Nacht an 365 Tagen pro Jahr ergibt wieviel?»

Henry griff nach Bleistift und Papier und rechnete es
aus. «Es bringt sieben Millionen dreihunderttausend
Pfund.

Sehr gut. Punkt Nummer fünf. Ich werde immer in Bewegung bleiben müssen. Nicht mehr als zwei oder drei
Nächte hintereinander in ein und derselben Stadt, sonst
fängt das Gerede an. Zuerst von London nach Monte Carlo. Dann nach Cannes. Nach Biarritz. Nach Deauville.
Nach Las Vegas. Nach Mexico City. Nach Buenos Aires.
Nach Nassau. Und so weiter. Sechstens: Mit dem Geld,
das ich gewinne, werde ich in jedem Land, das ich besuche,
ein absolut erstklassiges Waisenhaus gründen. Ich werde
ein Robin Hood werden. Ich nehme das Geld von den
Buchmachern und den Spielbankbesitzern und gebe es den
Kindern. Klingt das kitschig und sentimental? Als Traum
tut es das wohl. Aber als Wirklichkeit, wenn ich es tatsächlich zustande bringe, ist es nicht die Spur kitschig oder sentimental. Da ist es einfach großartig. Siebtens: Ich werde
jemanden brauchen, der mir hilft, einen Mann, der hier zu
Hause bleibt, der das ganze Geld verwaltet und die Häuser
kauft und die ganze Sache organisiert. Einen Mann, der etwas von Geld versteht. Jemanden, dem ich vertrauen kann.
Wie wäre es mit John Winston?»

John Winston war Henrys Finanzberater. Er regelte für
ihn die Steuerangelegenheiten, die Anlagen und alle anderen Probleme, die etwas mit Geld zu tun hatten. Henry

kannte ihn jetzt seit achtzehn Jahren, und zwischen den beiden Männern hatte sich eine Freundschaft entwickelt. Wir müssen allerdings im Auge behalten, daß John Winston Henry bis zu diesem Augenblick nur als reichen, müßigen Playboy kannte, der in seinem ganzen Leben noch keinen einzigen Tag gearbeitet hatte.

«Du mußt verrückt sein», sagte John Winston, als ihm Henry seinen Plan erklärte. «Bisher hat noch keiner ein System gefunden, mit dem man Spielbanken sprengen kann.»

Henry zog ein funkelnagelneues Kartenspiel aus der Tasche, das er noch gar nicht geöffnet hatte. «Los, komm», sagte er, «wir spielen ein bißchen Blackjack. Du bist die Bank. Und sag bloß nicht, daß die Karten gezinkt sind. Es ist ein neues Spiel.»

Ernst saßen die beiden Männer in Winstons Büro, dessen Fenster zum Berkeley Square hinausgingen, und spielten fast eine Stunde lang Blackjack. Als Spielmarken benutzten sie Streichhölzer, wobei jedes Streichholz einen Wert von 25 Pfund darstellte. Nach 50 Minuten hatte Henry nicht weniger als 35 000 Pfund gewonnen.

John Winston konnte es nicht glauben. «Wie hast du das gemacht?» fragte er.

«Leg die Karten auf den Tisch, den ganzen Stoß», befahl Henry, «Farbe nach unten.»

Winston gehorchte.

Henry konzentrierte sich vier Sekunden lang auf die oberste Karte. «Das ist ein Herz-Bube», sagte er. Es stimmte.

«Die nächste Karte ist . . . eine Karo-Drei.» Es stimmte. So ging er durch das ganze Spiel und nannte den Wert jeder Karte.

«Los», sagte John Winston, «sag mir, wie du das machst.»

Dieser gewöhnlich ruhige und so logisch denkende Mann beugte sich über seinen Schreibtisch vor und starrte Henry mit Augen an, die so groß und glänzend waren wie zwei Sterne. «Bist du dir darüber klar, daß du da etwas tust, was vollkommen unmöglich ist?» fragte er.

«Es ist nicht unmöglich», widersprach Henry. «Es ist nur sehr schwierig. Ich bin der einzige Mann auf der Welt, der es kann.»

Das Telefon auf John Winstons Schreibtisch läutete. Er hob den Hörer ab und sagte zu seiner Sekretärin: «Stellen Sie bitte keine Anrufe mehr durch, Susan, bis ich wieder Bescheid sage. Nicht einmal meine Frau.»

Er schaute auf und wartete darauf, daß Henry weitersprach. Henry begann nun, John Winston genau zu erklären, wie er diese Kraft erworben hatte. Er erzählte ihm, wie er das Schulheft gefunden und den Bericht über Imhrat Khan gelesen hatte und schilderte, wie er während der letzten drei Jahre pausenlos gearbeitet hatte, um seinen Geist in Konzentration zu üben.

Als er fertig war, sagte John Winston: «Hast du versucht, durchs Feuer zu gehen?»

«Nein», erwiderte Henry, «das werde ich auch nie tun.»

«Wie kommst du auf den Gedanken, daß du das da mit den Karten in einem Casino machen könntest?»

Daraufhin berichtete ihm Henry von seinem Besuch in *Lord's House* am vergangenen Abend.

«6600 Pfund!» rief John Winston. «Du hast wirklich so viel Geld gewonnen?»

«Hör mal», sagte Henry, «ich hab doch auch gerade von dir in einer knappen Stunde 35 000 gewonnen.»

192

«Ja, das stimmt.»

«Sechstausend war die kleinste Summe, die ich gewinnen konnte», sagte Henry. «Es war unglaublich schwer, nicht mehr zu gewinnen.»

«Du wirst der reichste Mann der Welt werden.»

«Ich will nicht der reichste Mann der Welt werden», antwortete Henry. «Jetzt nicht mehr.» Und er erzählte ihm von seinem Plan mit den Waisenhäusern.

Als er fertig war, fragte er: «Willst du mit mir zusammenarbeiten, John? Als mein Geldmann, Bankier, Verwalter und was sonst noch? Es werden jedes Jahr Millionen reinkommen.»

John Winston, ein vorsichtiger und kluger Finanzberater, stimmte nie spontan einem Einfall zu. «Ich möchte dich zuerst einmal im Einsatz sehen», sagte er.

So suchten sie an diesem Abend gemeinsam den *Ritz Club* in der Curzon Street auf. «In *Lord's House* kann ich jetzt eine Weile nicht spielen», sagte Henry.

Beim ersten Lauf der Roulette-Scheibe setzte Henry 100 Pfund auf die Nummer 27. Sie kam. Beim nächsten Spiel setzte er auf Nummer vier; auch die Vier kam. Ein Gesamtgewinn von 7500 Pfund.

Ein Araber, der neben Henry stand, sagte: «Ich habe gerade 55000 Pfund verloren. Wie machen Sie das?»

«Glück», antwortete Henry, «einfach Glück.»

Sie zogen in den Blackjack-Saal um, und dort gewann Henry in einer halben Stunde weitere 10000 Pfund. Dann hörte er auf.

Draußen auf der Straße sagte John Winston: «Jetzt glaube ich dir. Ich werde mitmachen.»

«Morgen fangen wir an», sagte Henry.

«Hast du wirklich vor, jede Nacht zu spielen?»

«Ja», antwortete Henry. «Ich werde sehr schnell von

Ort zu Ort reisen und von Land zu Land. Und ich werde dir jeden Tag die Gewinne durch eine Bank überweisen lassen.»

«Ist dir klar, wieviel in einem Jahr zusammenkommen wird?»

«Millionen», sagte Henry vergnügt, «ungefähr sieben Millionen pro Jahr.»

«Dann kann ich nicht in diesem Land bleiben und arbeiten», sagte John Winston, «hier frißt die Steuer alles auf.»

«Geh, wohin du willst», sagte Henry, «für mich spielt das keine Rolle. Ich vertraue dir vollkommen.»

«Ich werde in die Schweiz ziehen», sagte John Winston, «aber nicht von heute auf morgen. Ich kann hier nicht einfach alles dichtmachen und wegfliegen. Ich bin kein ungebundener Junggeselle wie du, der keine Verantwortungen hat. Ich muß erst mit meiner Frau und den Kindern sprechen. Ich muß mich von meinen Partnern in der Firma lösen. Ich muß mein Haus verkaufen. Ich muß ein neues Haus in der Schweiz finden. Ich muß die Kinder aus der Schule nehmen. Mein lieber Mann, solche Sachen kosten Zeit.»

Henry zog die 17 500 Pfund, die er gerade gewonnen hatte, aus der Tasche und drückte sie dem Freund in die Hand. «Hier ist ein bißchen Betriebskapital, damit du über die Runden kommst, bis du alles eingerichtet hast», sagte er. «Aber beeil dich. Es juckt mich, die Kassen zu knacken.»

Innerhalb einer Woche war John Winston in Lausanne, in einem Büro oben am schönen Berghang über dem Genfer See. Seine Familie wollte ihm sobald wie möglich folgen.

Und Henry begann, in den Casinos zu arbeiten.

Ein Jahr später hatte er John Winston etwas über acht Millionen Pfund nach Lausanne geschickt. Das Geld lief an fünf Tagen der Woche bei einer Schweizer Gesellschaft namens WAISENHÄUSER e. V. ein. Außer John Winston und Henry wußte niemand, woher das Geld kam und was damit geschehen sollte. Und was die Schweizer Behörden anbelangt – die wollen nie wissen, woher irgendwelche Gelder kommen. Henry ließ das Geld durch Banken überweisen. Die Montagsüberweisung war immer am größten, weil sie Henrys Einnahmen von Freitag, Samstag und Sonntag umfaßte, Tage, an denen die Banken geschlossen sind. Er reiste mit außerordentlicher Geschwindigkeit, und oft konnte John Winston nur aus den Namen der Banken, von denen an den betreffenden Tag Geld überwiesen wurde, auf seinen derzeitigen Aufenthalt schließen. An einem Tag kam das Geld zum Beispiel von einer Bank in Manila, am nächsten Tag schon aus Bangkok. Es kam aus Las Vegas, aus Curaçao, aus Freeport, aus Grand Cayman, aus San Juan, aus Nassau, aus London, aus Biarritz. Es kam aus allen Himmelsrichtungen und von allen Orten, in denen es ein großes Spielcasino gab.

Sieben Jahre lang lief alles gut. In Lausanne hatten sich fast fünfzig Millionen Pfund angesammelt und waren klug und weise angelegt worden. John Winston hatte bereits drei Waisenhäuser eingerichtet, eines in Frankreich, eines in England und eines in den Vereinigten Staaten. Fünf weitere waren in Arbeit.

Dann gab es etwas Ärger. Manche Casino-Besitzer tauschen untereinander gewisse Erfahrungen aus, und obgleich Henry immer sehr darauf bedacht war, den Gewinn in einem Spielcasino während der Nacht nicht allzu hoch werden zu lassen, war es nicht zu vermeiden, daß sich die Sache schließlich herumsprach.

Sie wurden eines Nachts in Las Vegas auf Henry aufmerksam, als er ziemlich gedankenlos je 100000 Dollar in drei verschiedenen Casinos einnahm, die zufällig ein und derselben Bande gehörten.

Daraufhin geschah folgendes: Als sich Henry am folgenden Morgen noch in seinem Hotelzimmer befand und packte, weil er zum Flugplatz fahren wollte, klopfte es an seine Tür. Ein Hotelpage kam herein und flüsterte Henry zu, daß ihn zwei Männer unten in der Empfangshalle erwarteten. Andere Männer, sagte der Hotelpage, bewachten den Hinterausgang. Es seien recht harte Burschen, und wenn Henry jetzt hinunterginge, gäbe er ihm keine große Chance zu überleben, sagte der Hotelpage.

«Warum sind Sie hergekommen und erzählen mir das?» fragte ihn Henry. «Warum stellen Sie sich auf meine Seite?»

«Ich bin auf gar keiner Seite», sagte der Hotelpage. «Aber wir wissen alle, daß Sie gestern nacht eine Masse Geld gewonnen haben, und ich habe mir gedacht, wenn ich es sage, könnte es sein, daß Sie mir ein nettes Trinkgeld geben.»

«Vielen Dank», sagte Henry. «Und wie komme ich hier weg? Wenn Sie mir heraushelfen, bekommen Sie 1000 Dollar.»

«Das ist ganz einfach», erwiderte der Page. «Legen Sie Ihre eigenen Kleider ab und ziehen Sie meine Uniform an. Und dann gehen Sie mit Ihrem Koffer durch die Halle. Aber vorher müssen Sie mich fesseln. Ich muß hier auf dem Fußboden liegen, an Händen und Füßen gefesselt, damit niemand auf den Gedanken kommt, daß ich Ihnen geholfen habe. Ich werde sagen, Sie haben eine Kanone gehabt, und ich konnte nichts machen.»

«Und womit soll ich Sie fesseln?» fragte Henry.

«Die Kordel steckt hier in meiner Tasche», sagte der Page und grinste.

Henry zog die grün-goldene Uniform des Hotelpagen an, die ihm gar nicht so schlecht paßte. Dann fesselte er den Mann fachgerecht mit der Kordel und stopfte ihm ein Taschentuch in den Mund. Zum Schluß schob er zehn Hundert-Dollar-Scheine unter den Teppich, die konnte sich der Page später holen.

Unten in der Halle lungerten zwei kurzbeinige, feiste, schwarzhaarige Halsabschneider herum und beobachteten die Leute, die aus den Aufzügen kamen. Dem Mann in der grün-goldenen Pagenuniform, der mit einem Koffer aus dem Aufzug trat, schnell durch die Halle und durch die Drehtür auf die Straße ging, warfen sie kaum einen Blick zu.

Am Flugplatz buchte Henry um und nahm die nächste Maschine nach Los Angeles. Von jetzt ab, sagte er sich, würde die Arbeit nicht mehr ganz so glatt vonstatten gehen. Aber der Hotelpage hatte ihn auf einen Gedanken gebracht.

In Los Angeles und im nahegelegenen Hollywood und Beverly Hills, wo die Filmstars leben, suchte sich Henry den besten Maskenbildner aus, den es gab. Es war Max Engelman. Henry suchte ihn auf und mochte ihn sofort leiden.

«Wieviel verdienen Sie?» fragte ihn Henry.

«Oh, ungefähr 40000 Dollar im Jahr», antwortete Max.

«Ich zahle Ihnen 100000», sagte Henry, «wenn Sie mich begleiten und mein Maskenkünstler sein wollen.»

«Und was steckt dahinter?» fragte ihn Max.

«Ich werde es Ihnen erzählen», sagte Henry, und er tat es.

Max war der zweite Mensch, der alles erfuhr. John Winston war der erste gewesen. Und als Henry Max zeigte, wie er die Karten lesen konnte, geriet Max völlig aus dem Häuschen.

«Gott der Gerechte, Mann!» rief er. «Sie könnten ja ein Vermögen machen!»

«Das hab ich bereits getan», sagte Henry. «Ich habe zehn Vermögen gemacht. Aber ich will noch zehn weitere machen.»

Und er berichtete Max von den Waisenhäusern. Mit Hilfe von John Winston hatte er bereits drei gegründet und weitere waren geplant.

Max war ein zierlicher dunkelhäutiger Mann, der aus Wien geflohen war, als die Nazis einmarschierten. Er hatte sich nie verheiratet. Er hatte keinerlei Bindungen. Er platzte fast vor Begeisterung. «Das ist verrückt!» rief er. «Das ist die verrückteste Geschichte, die ich je in meinem Leben gehört habe. Ich komme mit Ihnen, Mann! Auf, lassen Sie uns gehen!»

Von nun an begleitete Max Engelman Henry bei allen Reisen auf Schritt und Tritt. Er schleppte in einem Schrankkoffer eine so große Kollektion von Perücken, falschen Bärten, Backenbärten, Schnurrbärten und Make-up-Materialien mit, wie man es sich kaum vorstellen kann. Er konnte seinen Herrn in dreißig, vierzig verschiedene Personen verwandeln, und die Geschäftsführer der Casinos, die jetzt alle auf Henry lauerten, bekamen ihn nie mehr als Mr. Henry Sugar zu Gesicht.

Tatsache ist, daß Henry und Max ein Jahr nach der Episode in Las Vegas in diese lebensgefährliche Stadt zurückkehrten und daß Henry in einer milden, sternenklaren Nacht in dem ersten der drei großen Casinos, die er damals besucht hatte, in aller Seelenruhe 80 000 Dollar einstrich, und zwar in der Verkleidung eines älteren brasilianischen Diplomanten. Sie haben nie herausbekommen, wer ihnen diesen Schlag versetzte.

Da Henry nicht mehr als er selbst in den Casinos auftauchte, achtete man natürlich auf eine Reihe von anderen Einzelheiten, wie zum Beispiel falsche Ausweispapiere und Pässe. In Monto Carlo muß ein Besucher immer seinen Paß zeigen, ehe er das Casino betreten darf. Mit Hilfe von Max tauchte Henry noch elfmal in Monte Carlo auf, jedesmal mit einem anderen Paß und in einer anderen Verkleidung.

Max liebte diese Arbeit. Es war sein schönstes, für Henry neue Charaktere zu entwerfen. «Ich habe heute etwas völlig Neues für Sie!» pflegte er zu verkünden. «Warten Sie nur, bis Sie es sehen! Heute werden Sie ein Araber-Scheich aus Kuwait sein!»

«Haben wir denn arabische Pässe?» fragte Henry. «Und arabische Papiere?»

«Wir haben alles», antwortete Max. «John Winston hat mir einen entzückenden Paß geschickt – er lautet auf den Namen Seiner Königlichen Hoheit Scheich Abu Bin Bey!»

Und so ging es weiter. Im Laufe der Jahre wurden Max und Henry so vertraut wie Brüder, wie Raubritterbrüder, zwei Männer, die durch den Himmel flogen, die Casinos der Welt anzapften und das Geld auf dem kürzesten Weg zu John Winston schickten, in die Schweiz, wo die Gesellschaft, bekannt unter dem Namen WAISENHÄUSER e. V., reicher und reicher wurde.

Henry ist voriges Jahr gestorben, im Alter von 63 Jahren.
Er starb, nachdem sein Werk vollendet war. Er hatte dieser
Aufgabe zwanzig Jahre gewidmet.

In seinem Notizbuch stehen 371 größere Spielbanken in 21
verschiedenen Ländern oder Inselstaaten. Er hat sie alle
mehrmals besucht, und er hat nie verloren.

Nach den Aufzeichnungen von John Winston hat er insgesamt 144 Millionen Pfund zusammengebracht.

Er hinterließ 21 tadellos ausgestattete und tadellos ge-
führte Waisenhäuser an allen möglichen Orten der Welt,
eines in jedem Land, das er besucht hat. All diese Einrich-
tungen werden von Lausanne aus von John und seinem
Stab verwaltet und finanziert.

Aber woher weiß ich das alles? Ich bin schließlich weder
Max Engelman noch John Winston. Und wie bin ich dazu
gekommen, diese Geschichte aufzuschreiben?

Ich werde es Ihnen sagen.

Kurz nach Henrys Tod rief mich John Winston von der
Schweiz aus an. Er stellte sich als Leiter einer Gesellschaft
vor, die sich WAISENHÄUSER e. V. nannte, und fragte
mich, ob ich ihn in Lausanne aufsuchen würde, um eine
kurze Geschichte der Organisation zu schreiben.

Ich hatte keine Ahnung, wie er auf meinen Namen gestoßen war. Wahrscheinlich ist ihm irgendeine Liste von
Schriftstellern in die Hände geraten, und er hat einfach mit
dem Finger auf einen gezeigt. Er sagte, er wolle ein gutes
Honorar zahlen, und setzte hinzu: «Vor kurzem ist ein
sehr bemerkenswerter Mann gestorben. Er hieß Henry Sugar. Ich finde, die Menschen sollten ein bißchen von dem
wissen, was er getan hat.»

In meiner Ahnungslosigkeit erkundigte ich mich, ob die
Geschichte wirklich interessant genug sei, um zu Papier
gebracht zu werden.

«Na, gut», sagte der Mann, der jetzt 144 Millionen Pfund kontrollierte. «Vergessen Sie es. Ich werde jemanden anderen fragen. Schriftsteller gibt's ja wie Sand am Meer.»

Das traf mich. «Nein», sagte ich, «warten Sie! Könnten Sie mir nicht wenigstens verraten, wer dieser Henry Sugar war und was er getan hat? Ich habe noch nie etwas von ihm gehört.»

In fünf Minuten erzählte mir John Winston etwas von Henry Sugars geheimer Karriere. Es war kein Geheimnis mehr. Henry war tot und würde nie wieder spielen. Ich hörte fasziniert zu.

«Ich komme mit dem nächsten Flugzeug», sagte ich.

«Danke», antwortete John Winston. «Ich bin froh darüber.»

In Lausanne traf ich John Winston, der jetzt über siebzig war, und auch Max Engelman, der ungefähr im gleichen Alter stand. Sie waren von Henrys Tod immer noch erschüttert. Max fast noch mehr als John Winston, denn Max hatte über dreizehn Jahre lang mit ihm zusammen gelebt.

«Ich habe ihn geliebt», sagte Max, und ein Schatten glitt über sein Gesicht. «Er ist ein großer Mann gewesen. Er hat nie an sich selbst gedacht. Er hat keinen Penny von dem Geld behalten, das er gewonnen hat, nur das, was er zum Reisen und zum Essen brauchte. Wissen Sie, einmal waren wir in Biarritz, und er hatte gerade eine Million Francs eingezahlt für John. Es war Mittagszeit, und wir gingen in irgendein Restaurant und bestellten uns ein einfaches Mittagessen, eine Omelette und eine Flasche Wein. Und als die Rechnung kam, hatte Henry kein Geld mehr in der Tasche. Ich auch nicht. Er war ein großartiger Mann.»

John Winston erzählte mir alles, was er wußte. Er zeigte mir das dunkelblaue Schulheft mit der Geschichte von Dr. John Cartwright in Bombay aus dem Jahre 1934, und ich schrieb sie mir wortwörtlich ab.

«Das hat Henry immer bei sich getragen», sagte John Winston. «Zum Schluß hat er das ganze Ding auswendig gekonnt.»

Er zeigte mir die Rechnungsbücher der WAISENHÄU-SER e. V., in die zwanzig Jahre lang Tag für Tag Henrys Spieleinnahmen eingetragen worden waren – wirklich ein aufregender Anblick!

Als er mit der Geschichte fertig war, sagte ich zu ihm: «In dieser Geschichte klafft eine große Lücke, Mr. Winston. Sie haben mir fast nichts über Henrys Reisen und über seine Abenteuer in den Casinos der ganzen Welt berichtet.»

«Das ist Max' Geschichte», wehrte John Winston ab. «Das weiß nur Max, weil er immer bei ihm war. Aber er sagt, er will es selber aufzuschreiben versuchen. Er hat schon damit angefangen.»

«Warum lassen Sie Max dann nicht die ganze Geschichte schreiben?» fragte ich.

«Das will er nicht», antwortete John Winston. «Er will nur über Henry und sich schreiben. Wenn er je damit fertig werden sollte, kann das eine phantastische Geschichte werden. Aber er ist alt, genau wie ich, und ich habe meine Zweifel, ob er es schafft.»

«Eine letzte Frage», sagte ich. «Sie nennen ihn immer Henry Sugar. Sie haben mir aber gesagt, das sei nicht sein wahrer Name. Wollen Sie mir nicht für meine Geschichte verraten, wer er wirklich gewesen ist?»

«Nein», erwiderte John Winston. «Max und ich haben geschworen, es nie zu verraten. Sicher, früher oder später wird es bekannt werden. Er stammte schließlich aus einer recht bekannten englischen Familie. Es wäre mir aber lieb, wenn Sie nicht versuchten, es herauszubekommen. Nennen Sie ihn einfach Mr. Henry Sugar.»

Und das habe ich getan.

Wie ich Schriftsteller wurde

Ein Schriftsteller ist ein Mensch, der Geschichten erfindet. Aber wie kommt man zu diesem Beruf? Wie wird man ein professioneller Geschichtenerfinder?

Für Charles Dickens war es kein Problem. Er setzte sich im Alter von 24 Jahren einfach hin und schrieb *Die Pickwickier*, die sofort ein Bestseller wurden. Aber Dickens war ein Genie, und zwischen Genies und uns übrigen Schriftstellern besteht ein gewisser Unterschied.

In unserem Jahrhundert – im letzten war es nicht immer so – hat fast jeder Schriftsteller, der zu literarischem Erfolg kam, in einem ganz anderen Beruf begonnen, als Lehrer zum Beispiel, als Arzt, Journalist oder Rechtsanwalt. *Alice im Wunderland* ist von einem Mathematiker geschrieben worden und *Der Wind in den Weiden* von einem Beamten. Die ersten Schreibversuche sind also immer nach Feierabend gemacht worden, meist in der Nacht.

Der Grund liegt auf der Hand. Wenn man erwachsen ist, muß man Geld verdienen. Um Geld zu verdienen, muß

203

man sich einen Beruf suchen. Wenn möglich einen Beruf, der einem einen bestimmten Wochen- oder Monatsverdienst garantiert. Aber wenn man auch noch so gern Schriftsteller werden möchte, es hätte keinen Sinn, zu einem Verleger zu gehen und zu sagen: «Ich möchte eine Stelle als Schriftsteller.» Selbst wenn man es täte, würde einem der Verleger den guten Rat geben, abzuschwirren und erst einmal ein Buch zu schreiben. Und selbst wenn man ihm ein fertiges Buch anbietet, das ihm so gut gefällt, daß er es verlegt, wird er einen nicht anstellen. Er wird einem vielleicht 500 Pfund Vorschuß geben, den er einem später von den Honoraren wieder abzieht. Als Honorar bezeichnet man übrigens das Geld, das der Autor für jedes verkaufte Exemplar seines Buches vom Verleger bekommt. Ein Durchschnittshonorar beträgt zehn Prozent vom Ladenpreis. Wenn also ein Buch für vier Pfund verkauft wird, so bekommt der Schriftsteller vierzig Pence. Für ein verkauftes Taschenbuch zu fünfzig Pence erhält der Autor fünf Pence.

Es ist nicht ungewöhnlich, daß ein hoffnungsvoller Schriftsteller zwei Jahre lang in seiner freien Zeit an einem Buch arbeitet, das dann kein Verleger verlegen will. Das bringt ihm außer einem Gefühl der Enttäuschung nichts ein.

Hat er jedoch Glück, und sein Manuskript wird von einem Verleger angenommen, dann verkauft er von diesem seinem ersten Roman höchstwahrscheinlich nur etwa 3000 Stück. Das bringt ihm vielleicht 1000 Pfund ein. Für die meisten Romane braucht man mindestens ein Jahr, und von 1000 Pfund im Jahr kann man heutzutage nicht leben. Jetzt ist Ihnen sicherlich klar, warum einem aufstrebenden Dichter gar nichts anderes übrigbleibt, als erst einmal einen anständigen Beruf zu erlernen. Tut er das nicht, wird er vermutlich verhungern. Hier habe ich einige der Eigenschaften zusammengestellt, die man besitzen oder entwickeln sollte, wenn man unbedingt Schriftsteller werden möchte:

1. Man muß über eine lebhafte Einbildungskraft verfügen.
2. Man muß gut schreiben können. Damit meine ich: man muß imstande sein, dem Leser eine Szene bildhaft und lebendig vor Augen zu stellen. Diese Fähigkeit besitzt nicht jeder. Es ist ein Talent, das man entweder hat oder nicht hat.
3. Man muß über Ausdauer verfügen. Mit anderen Worten: man muß an der Arbeit bleiben, man darf nicht aufgeben, nicht nachlassen, Stunde für Stunde, Tag für Tag, Woche für Woche und Monat für Monat.
4. Man muß ein Perfektionist sein. Das bedeutet: man darf sich nie mit dem zufrieden geben, was man gerade geschrieben hat, man muß es umschreiben und immer wieder umschreiben, bis es so gut geworden ist, wie man es nur machen kann.
5. Man muß eine ungeheure Selbstdisziplin besitzen. Man arbeitet allein, keiner hat einen angestellt. Es ist niemand da, der einen feuern könnte, wenn man nicht zur Arbeit kommt, oder der einem einen Rüffel gibt, wenn man zu schludern anfängt.
6. Es ist eine große Hilfe, wenn man Sinn für Humor besitzt. Wenn man für Erwachsene schreibt, spielt das keine so große Rolle, wenn man für Kinder schreibt, ist es jedoch unumgänglich.
7. Man muß ein gewisses Maß an Demut besitzen. Der Schriftsteller, der sein Werk für überragend hält, wird Ärger bekommen.

Lassen Sie mich erzählen, wie ich selber da hineingeschlittert bin, gewissermaßen durch die Hintertür und mich plötzlich in der Welt der Bücher wiederfand.

Im Jahre 1924, im Alter von acht Jahren, schickte man mich in das Städtchen Weston-super-Mare ins Internat, das ist ein Ort an der Südwestküste von England. Das waren Tage voller Angst und Schrecken und unerbittlicher Disziplin: keine Unterhaltungen im Schlafsaal, kein Gerenne auf den Fluren, keinerlei Unordnung, weder des Geistes noch des Leibes, kein Dies und kein Das, nur Verbote, Verbote und strenge Regeln, denen man blindlings gehorchen mußte. Und die ganze Zeit fürchteten wir den Rohrstock wie den Tod.

«Der Direktor wünscht dich in seinem Arbeitszimmer zu sehen.» Worte der Verdammnis. Sie jagen dir Schauer über die Haut, bis in den Magen hinein. Aber schon setzt du dich mit deinen vielleicht neun Jahren in Trab und wanderst durch die langen, düsteren Korridore, durch den Bogengang, der zu den Privaträumen des Schulleiters führt, wo nur fürchterliche Dinge stattfinden und wo der Tabakqualm wie Weihrauch in der Luft schwebt. Du stehst draußen vor der schrecklichen schwarzen Tür und traust dich nicht zu klopfen. Du holst tief Luft. Wenn doch nur deine Mutter da wäre, denkst du, die würde aufpassen, daß dir nichts passiert. Aber sie ist nicht da, du bist allein. Du hebst die Hand und klopfst leise an, ein einziges Mal.

«Herein! Ah ja, das ist Dahl. Hör mal, Dahl, es ist mir berichtet worden, daß du gestern abend während der Schularbeiten geschwatzt hast.»

«Entschuldigen Sie, Sir, mir ist eine Schreibfeder abgebrochen, und ich hab nur Jenkins gefragt, ob er eine hat, die er mir leihen kann.»

«Ich dulde nicht, daß bei den Schularbeiten geschwatzt wird. Das weißt du ganz genau.»

Und schon ging dieser Riese von einem Mann quer durchs Zimmer zu dem großen Eckschrank und griff nach oben, wo er seine Rohrstöcke aufbewahrte.

«Knaben, die die Regeln brechen, müssen bestraft werden.»

«Aber Sir . . . ich . . . meine Schreibfeder war kaputt . . . ich . . .»

«Das ist keine Entschuldigung. Ich werde dich lehren, daß es sich nicht lohnt, bei der Arbeit zu schwatzen.»

Er nahm einen Rohrstock von fast einem Meter Länge heraus, der an einem Ende einen kleinen, gebogenen Griff hatte. Das Rohr war dünn und weiß und sehr elastisch. «Beug dich vor und leg die Fingerspitzen auf die Zehen. Da drüben, am Fenster.»

«Aber Sir . . .»

«Keine Widerrede, mein Junge. Tu, was ich dir gesagt habe.»

Ich beugte mich vor und wartete. Er ließ einen immer ungefähr zehn Sekunden warten – das war genau der Augenblick, in dem einem die Knie anfingen zu zittern.

«Tiefer, Junge! Leg die Fingerspitzen an die Zehen!»

Ich starrte die Kappen meiner schwarzen Schuhe an und dachte daran, daß dieser Kerl jetzt dabei war, mich mit seinem Rohrstock so zu verdreschen, daß meine ganze Rückseite grün und blau wurde. Die Striemen waren immer sehr lang, sie liefen quer über beide Pobacken, blauschwarz mit leuchtend roten Rändern, und wenn man danach vorsichtig mit den Fingern darüberfuhr, konnte man die Striemen spüren.

Witsch!! . . . Witsch!

Dann kam der Schmerz, eine unglaubliche, unerträgliche Pein. Es war, als ob einem jemand einen weißglühenden Feuerhaken auf den Hintern legte und fest andrückte.

Der zweite Streich pflegte rasch zu folgen, und man war versucht, ihn mit den Händen abzuwehren. Das war eine instinktive Reaktion. Gab man ihr jedoch nach, konnte es einem die Finger brechen.

Witsch! . . . Witsch!

Der zweite Hieb landete direkt neben dem ersten, und der weißglühende Feuerhaken brannte sich immer tiefer ins Fleisch.

Witsch! . . . Witsch!

Beim dritten Schlag erreichte der Schmerz den Höhepunkt. Eine Steigerung gab es nicht mehr. Schlimmer konnte es nicht werden. Die weiteren Hiebe waren nur eine Verlängerung der Qual. Man versuchte, nicht aufzuheulen. Manchmal konnte man es nicht unterdrücken. Aber ob man es nun schaffte, still zu sein oder nicht – die Tränen konnte man nicht unterdrücken! Sie rannen einem in Strömen übers Gesicht und tropften auf den Teppich.

Hauptsache war, daß man beim Prügeln nicht hochzuckte oder sich gar aufrichtete. Sonst setzte es einen Extrahieb.

Langsam und genußvoll und mit viel Zeit versetzte mir der Direktor noch drei weitere Hiebe, so daß es insgesamt sechs waren.

«Du kannst gehen.» Die Stimme kam aus einer Höhe, meilenweit entfernt, und man richtete sich vorsichtig und unter Schmerzen auf, fuhr sich mit beiden Händen an die schmerzenden Popobacken, hielt sie so fest wie möglich und schlich sich auf Zehenspitzen aus dem Zimmer.

Dieser grausame Rohrstock beherrschte unser Leben. Wir wurden verprügelt, weil wir im Schlafsaal geredet hatten, nachdem das Licht aus war, weil wir in der Klasse schwatzten, weil wir faul waren, weil wir die Anfangsbuchstaben unseres Namens ins Pult schnitzten, weil wir über Mauern kletterten, weil wir nicht ordentlich angezogen waren, weil wir Papierschwalben fliegen ließen, weil wir am Abend vergaßen, unsere Hausschuhe anzuziehen, weil wir unser Turnzeug nicht ordentlich wegräumten, und vor allem dann, wenn wir einem unserer Master – sie wurden damals noch nicht Lehrer genannt – widersprochen hatten. Mit anderen Worten: wir wurden für alles verdroschen, was kleine Jungen normalerweise tun.

Wir hüteten also unsere Zunge. Und wir bedachten jeden Schritt. Meine Güte – und wie wir auf unsere Schritte achteten! Wir wurden unglaublich behende und wachsam. Wo wir auch gingen, wir bewegten uns vorsichtig, die Ohren gespitzt, auf jede Gefahr gefaßt, wie kleine, wilde Tiere, die scheu durch die Wälder huschten.

Außer den Mastern gab es noch einen Mann in der Schule, der uns ebenso in Schrecken versetzte wie sie. Das war Mr. Pople. Mr. Pople, ein Dickwanst mit rotem Gesicht, war gleichzeitig Pedell und Heizer und Mann für alles. Seine Macht über uns lag in der Tatsache begründet, daß er uns – und das tat er auch meistens – wegen der kleinsten Kleinigkeit beim Direktor verpetzen konnte. Jeden Morgen pünktlich um halb acht war Mr. Poples große Stunde. Dann pflegte er sich am Ende des langen Hauptkorridors aufzubauen und die Glocke zu läuten. Die Glocke war gewaltig groß und aus Messing, sie hatte einen dicken Holzschwengel, den Mr. Pople mit ausgestrecktem Arm auf eine besondere, nur ihm eigene Art hin und her schwang, so daß sie *dongede-dong-dong, dongede-dong-dong* machte. Beim Klang dieser Glocke mußten sich alle Schüler, wir waren hundertachtzig, ordentlich im Flur aufstellen. Wir standen in Reihen, rechts und links von der Wand, stocksteif und gerade, und warteten auf die Inspektion, die der Direktor durchführte.

Es dauerte aber immer mindestens zehn Minuten, ehe der Schulleiter auftauchte, und während dieser Zeit pflegte Mr. Pople eine so haarsträubende Zeremonie durchzuführen, daß es mir bis zum heutigen Tage schwerfällt, zu glauben, daß sie wirklich einmal stattgefunden hat. Es gab in der Schule sechs Waschräume, an deren Türen die Zahlen 1 bis 6 standen. Mr. Pople, der am Ende des langen Korridors stand, hatte immer sechs kleine, runde Messingscheiben in der Hand, ebenfalls mit den Zahlen 1 bis 6 versehen. Es herrschte Grabesstille, wenn seine Blicke an den beiden Reihen kerzengerade aufgerichteter Jungen entlangwanderten. Dann bellte er einen Namen: «Arkle!»

Arkle trat vor und ging rasch den Gang entlang zu Mr. Pople. Mr. Pople drückte ihm eine von den Messingscheiben in die Hand. Arkle machte kehrt und marschierte auf die Waschräume zu. Vorbei an allen Jungen, und dann links um die Ecke. Sobald er außer Sicht war, durfte er seine Messingscheibe anschauen und nachsehen, welche Klonummer er bekommen hatte.

«Highton!» bellte Mr. Pople, und jetzt mußte Highton aus der Reihe treten, seine Messingmünze in Empfang nehmen und abmarschieren.

«Angel!» . . .

«Williamson!» . . .

«Gant!» . . .

«Price!» . . .

Auf diese Art und Weise wurden sechs Jungen nach Mr. Poples Lust und Laune ausgewählt und auf die Klos abkommandiert, um dort ihre Pflicht zu erfüllen. Kein Mensch machte sich darüber Gedanken, ob sie überhaupt in der Lage waren, sich um halb acht morgens vor dem Frühstück zu entleeren. Es wurde ihnen einfach befohlen, aufs Klo zu gehen. Aber wir betrachteten es als ein ungeheueres Privileg, ausgewählt zu werden, denn es bedeutete, während des Inspektionsgangs des Schulleiters in seliger Abgeschiedenheit im sicheren zu hocken. Nach angemessener Zeit pflegte der Direktor aus seinen Privatgemächern aufzutauchen und das Kommando zu übernehmen. Er stolzierte langsam die eine Seite des Korridors entlang und überprüfte jeden Knaben mit äußerster Gründlichkeit, wobei er sich die Uhr ums Handgelenk schnallte. Die Morgeninspektion war eine nervenzerreißende Angelegenheit. Jeder von uns zitterte vor den durchdringenden braunen Augen unter den buschigen Brauen, die einen langsam von oben bis unten musterten.

«Lauf zurück und bürste dir ordentlich die Haare. Daß das nicht noch einmal passiert, sonst wirst du es bereuen.»

«Zeig mir deine Hände. Da ist ja Tinte dran. Warum hast du das gestern abend nicht ordentlich abgewaschen?»

«Deine Krawatte sitzt schief, mein Junge. Tritt vor und binde sie noch einmal. Diesmal aber anständig!»

«Ich sehe noch Dreck an deinem Schuh. Mußte ich dir das in der vorigen Woche nicht schon einmal sagen? Melde dich nach dem Frühstück bei mir in meinem Arbeitszimmer.»

Und so ging sie weiter, die gräßliche Morgeninspektion. Und wenn alles vorbei war, wenn der Direktor gegangen war und Mr. Pople anfing, uns in Gruppen in den Eßsaal zu treiben, hatten viele von uns den Appetit auf den klumpigen Porridge verloren, der dort auf uns wartete.

Ich besitze noch alle meine Schulzeugnisse aus jener Zeit, die jetzt über fünfzig Jahre zurückliegt, und ich habe sie alle einzeln durchgesehen, weil ich irgend etwas zu entdecken hoffte, was auf einen künftigen Schriftsteller hinwies. Das Fach, das sich dabei anbot, war natürlich Englisch, vor allem englischer Aufsatz. Aber alle Zensuren aus dieser Grundschulzeit waren durchschnittlich und unergiebig, mit einer Ausnahme. Die eine Zensur, die mir auffiel, stammte aus dem Winterhalbjahr 1928. Ich war damals zwölf, und mein Englischlehrer hieß Mr. Victor Corrado. Ich kann mich noch genau an ihn erinnern, er war ein hochgewachsener, gut aussehender Athlet mit schwarzen, lockigen Haaren und einer römischen Nase. (Der später eines Nachts mit der Hausmutter, einer Miss Davis, durchbrannte und unseren Blicken für immer entschwand.) Mr. Corrado hat uns jedenfalls nicht nur in Englisch, sondern auch in Boxen unterrichtet, und in diesem betreffenden Zeugnis steht unter Englisch: «Siehe Eintragung über Boxen. Es gilt die gleiche Beurteilung.» Sehen wir also unter Boxen nach, und da steht: «Zu langsam und zu unentschlossen. Seine Schwinger sind schlecht berechnet und leicht vorauszusehen.»

Aber einmal in der Woche, an jedem Samstagvormittag, jedem wunderschönen und gesegneten Samstagvormittag verblaßten die grauenhaften Schrecken, und zwei herrliche Stunden lang empfand ich etwas, was einer Ekstase sehr nahe kam.

Leider kam man erst zu diesem Erlebnis, wenn man über zehn Jahre alt war. Aber das spielt keine Rolle. Ich will versuchen, zu erklären, worum es ging.

Genau um halb elf am Samstagmorgen machte Mr. Poples teuflische Glocke ihr *dongede-dong-dong*. Das war das Zeichen für das Folgende:

Alle neunjährigen und jüngeren Knaben (insgesamt etwa siebzig) mußten sich spornstreichs im Freien auf dem großen, asphaltierten Spielplatz versammeln, der hinter dem Hauptgebäude lag. Auf dem Spielplatz wartete Miss Davis, die Hausmutter, breitbeinig und die Arme über dem gewaltigen Busen verschränkt. Bei Regen hatten die Knaben in Regenmänteln zu erscheinen, bei Schnee oder Sturm in

Mänteln und Schals. Schulmützen, grau und vorn mit einem roten Schulwappen verziert, mußten selbstverständlich immer getragen werden. Keine höhere Gewalt, weder ein Tornado noch ein Hurrikan, noch ein Vulkanausbruch, hätten diese stumpfsinnigen zweistündigen Spaziergänge verhindern können, die die sieben-, acht- und neunjährigen kleinen Jungen an jedem Samstagmorgen auf den zugigen Alleen von Weston-super-Mare machen mußten. Sie spazierten in Krokodil-Formation, in Zweierreihen, und Miss Davis schritt mit Tweedrock, Wollstrümpfen und einem Filzhut, an dem schon die Ratten genagt haben mußten, neben ihnen her.

Das andere, was nach Mr. Poples Läuten am Samstagmorgen geschah, betraf die Zehnjährigen und älteren Knaben (insgesamt rund hundert). Sie mußten sofort in die Aula eilen und sich dort hinsetzen. Dann pflegte ein junger Master namens S. K. Jopp den Kopf durch die Tür zu stecken und uns mit solch leidenschaftlicher Wildheit anzubrüllen, daß ihm die Spucke wie eine Schrotladung aus dem Mund sprühte und quer durch den Raum gegen die Fenster spritzte. «Aufgepaßt!» rief er. «Kein Wort! Keine Bewegung! Augen nach vorn und Hände aufs Pult!» Dann flitzte er wieder davon.

Wir saßen und warteten. Wir warteten auf die köstliche Zeit, die gleich anbrechen würde. Wir hörten, wie draußen in der Auffahrt die Autos angelassen wurden, alles altmodische Modelle. Sie mußten mit der Hand angelassen werden. Man darf nicht vergessen, daß dieses alles in den Jahren 1927 und 1928 spielt. Der Lärm gehörte zum Samstagmorgen-Ritual. Es gab insgesamt fünf Autos, in die sich jetzt der gesamte Lehrkörper drängelte, nicht nur die vierzehn Master, sondern auch der Direktor und der rotgesichtige Mr. Pople. Und dann braussten sie los, in einer Wolke blauen Rauches, und hielten erst wieder vor einer Kneipe, die, wenn ich mich recht erinnere, *Der bärtige Graf* hieß. Dort pflegten sie bis kurz vor dem Mittagessen zu verweilen und ein Glas Starkbier nach dem andern die Kehle hinunterrinnen zu lassen. Zweieinhalb Stunden später, um Punkt eins, beobachteten wir, wie sie zurückkamen und sehr vorsichtig, an allen möglichen festen Gegenständen Halt suchend, in den Eß-Saal gingen.

So viel zu den Lehrern. Aber was war mit uns, der großen Schar zehn-, elf- und zwölfjährigen Jungen, die in der Aula saß, in einer Schule, in der es plötzlich keinen einzigen Erwachsenen mehr gab? Wir wußten natürlich genau, was als nächstes geschah. Kaum eine Minute nach Abfahrt der Master pflegten wir zu hören, wie sich die vordere Tür der Schule öffnete, dann Schritte, und dann platzte mit flatternden Kleidern, klirrenden Ketten und wehenden Locken eine Frau in den Raum und rief fröhlich: «Hallo, ihr alle! Nicht so trübselig! Dies ist doch kein Trauergottesdienst!», oder irgend etwas anderes in diesem Sinn. Und das war Mrs. O'Connor.

Geliebte, wunderschöne Mrs. O'Connor mit ihren verrückten Kleidern und der grauen Mähne, die in alle Himmelsrichtungen wehte. Sie war vielleicht fünfzig Jahre alt, hatte ein Pferdegesicht und lange gelbe Zähne, aber wir fanden sie wunderschön. Sie gehörte nicht zum Lehrkörper. Sie kam irgendwo aus der Stadt und war beauftragt worden, jeden Samstagvormittag in der Schule zu erscheinen und als eine Art Kindermädchen zweieinhalb Stunden auf uns aufzupassen und dafür zu sorgen, daß wir still waren, während sich die Lehrer in der Kneipe die Nase begossen.

Mrs. O'Connor war jedoch kein Kindermädchen. Sie war vielmehr eine große, begabte Lehrerin, eine Kennerin und Liebhaberin der englischen Literatur. Jeder von uns war drei Jahre lang an jedem Samstagvormittag mit ihr zusammen vom zehnten Lebensjahr an bis zu dem Zeitpunkt, in dem wir diese Schule verließen. Und in dieser Zeit lernten wir die gesamte Geschichte der englischen Literatur kennen, vom Jahre 597 nach Christi bis ins frühe 19. Jahrhundert.

Die Neuen in der Klasse bekamen ein dünnes blaues Heft geschenkt, *Die chronologische Tabelle*, das aus nur sechs Seiten bestand. Auf diesen sechs Seiten waren alle bedeutenden und nicht so bedeutenden Marksteine der englischen Literatur verzeichnet, in chronologischer Reihenfolge und mit der Jahreszahl. Mrs. O'Connor hatte genau hundert ausgewählt, und wir strichen sie in unseren Heften an und lernten sie auswendig. Hier sind ein paar, an die ich mich noch erinnern kann:

596 Augustinus, der Apostel der Angelsachsen, landet in Thanet und bringt das Christentum nach England
1215 Unterzeichnung der Magna Charta
1478 Chaucer: *Canterbury-Geschichten*
1623 Erste Ausgabe von Shakespeare
1667 Milton: *Das verlorene Paradies*
1678 Bunyan: *Des Pilgers Wanderschaft*
1719 Defoe: *Robinson Crusoe*
1726 Swift: *Gullivers Reisen*
1791 Boswell: *Doktor Samuel Johnson, Leben und Meinungen*
1859 Darwin: *Entstehung der Arten*

Mrs. O'Connor nahm sich immer ein Thema vor und erzählte uns die ganzen zweieinhalb Stunden lang am Samstagvormittag davon. Auf diese Weise gelang es ihr, im Lauf von drei Jahren mit durchschnittlich 36

Samstagen in jedem Schuljahr die 100 Titel durchzunehmen.

Und was für ein überwältigendes Vergnügen war das! Sie hatte die Begabung, alles, wovon sie sprach, für uns lebendig zu machen. In den zweieinhalb Stunden lernten wir Langland und seinen Pflüger kennen und lieben und am nächsten Samstag Chaucer. Selbst so schwierige Burschen wie Milton und Dryden und Pope wurden interessant und verständlich, wenn uns Mrs. O'Connor von ihrem Leben erzählte und etwas aus ihren Werken vorlas. All das machte mir jedenfalls schon im Alter von dreizehn Jahren klar, was für ein ungeheures dichterisches Erbe sich im Laufe der Jahrhunderte in England angesammelt hatte. Und so bin ich auf diese Weise ein begieriger und unersättlicher Leser guter Literatur geworden.

Liebe gute Mrs. O'Connor! Wegen der Wonnen ihrer Samstagvormittage hat es sich vielleicht doch gelohnt, in diese grauenhafte Schule zu gehen.

Mit dreizehn Jahren verließ ich die Grundschule und wurde in eine unserer berühmten britischen Public Schools geschickt, wieder als Internatsschüler. Diese Public Schools sind natürlich überhaupt nicht öffentlich, sondern so privat wie nur möglich und außerordentlich kostspielig. Meine Schule hieß Repton, in Derbyshire, und unser Schulleiter damals war Referend Geoffrey Fisher, der später Bischof von Chester, dann Bischof von London und schließlich Erzbischof von Canterbury wurde und Königin Elizabeth II. in der Westminster Abbey krönte.

In den Anzügen, die wir in dieser Schule tragen mußten, sahen wir aus wie Assistenten eines Bestattungsinstituts. Die Jacken waren schwarz, vorn kurz und hinten mit langen Frackschwänzen, die bis zu den Kniekehlen reichten. Die Hosen waren schwarz-grau gestreift. Die

Schuhe waren schwarz, und jeden Morgen mußte man sich die elf Knöpfe einer schwarzen Weste zuknöpfen. Die Krawatte war schwarz, und das Ganze wurde durch ein weißes Hemd mit gestärktem weißem Schmetterlingskragen vollendet.

Die Krönung von allem, der lächerliche Schlußpunkt, war ein Strohhut, der immer getragen werden mußte, wenn man sich im Freien aufhielt, ausgenommen beim Sport. Und da sich diese Hüte bei Regen voll Wasser sogen, schleppten wir ständig Schirme mit uns herum.

Man kann sich vorstellen, wie ich mir in dieser Verkleidung vorkam, als mich meine Mutter, damals war ich dreizehn, zum Beginn meines ersten Semesters in London in den Zug setzte. Sie gab mir einen Abschiedskuß, und weg war ich.

Ich hoffte natürlich, daß meiner kummergewohnten Rückseite in meiner neuen und erwachseneren Schule etwas Ruhe vergönnt war, aber dem war nicht so. In Repton prügelten sie noch schlimmer und noch häufiger, als ich es bisher erlebt hatte. Man soll nur nicht glauben, daß der künftige Erzbischof von Canterbury etwas gegen diese jämmerlichen Züchtigungen gehabt hätte. Er rollte sich die Ärmel hoch und beteiligte sich genüßlich selbst daran. Seine Prügel waren die schlimmsten, die wirklich entsetzlichen Strafgerichte. Einige von den Züchtigungen, die dieser Gottesmann, dieses künftige Haupt der Kirche von England übernommen hatte, waren erschreckend brutal. Ich weiß genau, daß er einmal eine Schüssel mit Wasser, einen Schwamm und ein Handtuch besorgen mußte, damit sich das Opfer das Blut abwaschen konnte.

Das ist kein Spaß.

Schatten der spanischen Inquisition.

Am abscheulichsten fand ich es aber, daß den Präfekten

gestattet war, ihre Mitschüler zu schlagen. Das kam tagtäglich vor. Die großen Jungen, siebzehn oder achtzehn Jahre alt, schlugen und peitschten die kleinen dreizehn, vierzehn und fünfzehn Jahre alten Jungen in sadistischen Zeremonien, die abends stattfanden, nachdem man in den Schlafsaal gegangen war und schon den Pyjama angezogen hatte.

«Du wirst unten im Umkleideraum verlangt.»

Mit schweren Händen zog man sich dann den Morgenrock und die Hausschuhe an. Man stolperte die Treppe hinunter und betrat den großen Raum mit dem Holzfußboden, wo die Turnsachen ringherum an den Wänden hingen. Von der Decke baumelte eine einsame, nackte, elektrische Birne. Ein Präfekt, aufgeblasen, aber höchst gefährlich, erwartete einen mitten im Raum. Er hielt einen langen Rohrstock in den Händen, und wenn man eintrat, ließ er ihn meistens hin und her wippen.

«Ich nehme an, du weißt, warum du hier bist», pflegte er zu sagen.

«Also, ich . . .»

«Du hast mir jetzt schon den zweiten Tag meinen Toast anbrennen lassen!»

Diese lächerliche Bemerkung muß ich erklären. Man war bei einem der älteren Schüler Bursche. Das bedeutete, man war sein Diener, und eine der vielen Pflichten bestand darin, ihm jeden Tag zum Tee Roast zu rösten. Man benutzte dazu eine lange Toastgabel mit drei Spitzen, auf die man die Brotscheibe spießte und über das offene Kaminfeuer hielt. Zuerst von einer Seite, dann von der andern. Das einzige Feuer, über dem man toasten durfte, brannte jedoch in der Bibliothek, und wenn die Teezeit nahte, drängelten sich dort nie weniger als ein Dutzend arme Burschen, die sich gegenseitig wegstießen, um vor der winzigen Feuerstelle einen guten Platz zu ergattern. Ich war in solchen Dingen nicht gut. Ich hielt das

Brot meistens zu dicht ans Feuer und der Toast verbrannte. Da wir aber nie um eine zweite Scheibe Brot bitten durften, blieb einem nichts anderes übrig, als das Verbrannte mit einem Messer abzukratzen. Damit kam man jedoch fast nie durch. Die Präfekten waren Experten, was abgekratzten Toast betraf. Man sah seinen persönlichen Peiniger oben am Tisch sitzen, den Toast in die Hand nehmen, ihn umdrehen und so genau untersuchen, als ob er ein kleines und sehr kostbares Gemälde wäre. Dann runzelte er die Stirn, und man wußte, man war wieder dran.

Abends dann stand man in Schlafrock und Pyjama unten im Umkleideraum, und derjenige, dessen Toast man hat anbrennen lassen, richtete einen wegen des Verbrechens.

«Ich mag keinen angebrannten Roast.»

«Ich hab ihn zu dicht ans Feuer gehalten. Es tut mir leid.»

«Wie willst du es haben? Vier mit Morgenrock oder drei ohne?»

«Vier mit», antwortete ich.

Es ist Tradition, diese Frage zu stellen. Das Opfer darf immer wählen. Aber mein Morgenrock war aus dickem braunem Kamelhaar, und für mich war es nie eine Frage, daß dies die bessere Wahl war. Nur im Pyjama verdroschen zu werden war eine sehr schmerzliche Erfahrung – dabei platzte fast immer die Haut auf. Davor konnte mich mein Morgenrock bewahren. Das alles wußte mein Präfekt natürlich auch, und wenn ich deshalb den Morgenrock anbehielt und den Extrahieb wählte, schlug er mit ganzer Kraft zu. Manchmal nahm er einen kleinen Anlauf, drei oder vier federnde Schritte auf den Zehenspitzen, um Schwung zu holen und die Wucht zu steigern, kurzum, es war eine barbarische Sache.

Wenn ein Mann früher gehenkt wurde, senkte sich tiefes

Schweigen über das ganze Gefängnis, und alle Gefangenen saßen still in ihren Zellen, bis das Urteil vollstreckt war. Fast das gleiche geschieht in der Schule, wenn jemand verprügelt wird. Oben in den Schlafsälen saßen die Jungen schweigend und voller Mitgefühl mit dem Opfer auf ihren Betten, und in der Stille hörte man von unten aus dem Umkleideraum das Sausen der Hiebe, die auf das Opfer niederprasselten.

Meine Halbjahrszeugnisse aus dieser Schule sind nicht uninteressant. Hier sind vier als Beispiel, die ich wortwörtlich von den originalen Dokumenten abgeschrieben habe:

Sommersemester 1930 (vierzehn Jahre alt). Englischer Aufsatz: «Ich habe noch nie einen Knaben unterrichtet, der so hartnäckig das genaue Gegenteil von dem schreibt, was er meint. Er scheint nicht imstande zu sein, seine Gedanken zu Papier zu bringen.»

Osterzeugnis 1931 (fünfzehn Jahre). Englischer Aufsatz: «Ein unbelehrbar konfuser Denker. Karger Wortschatz, falsch konstruierte Sätze. Er erinnert mich an ein Kamel.»

Sommersemester 1932 (sechzehn Jahre alt). Englischer Aufsatz: «Dieser Knabe ist ein faules und ungebildetes Mitglied der Klasse.»

Wintersemester 1932 (siebzehn Jahre alt). Englischer Aufsatz: «Gibt sich keine Mühe. Beschränkte Einfallskraft.» (Und unter diesem Satz hat der künftige Erzbischof von Canterbury mit roter Tinte vermerkt: «Muß versuchen, die oben genannten Mängel zu beheben.»)

Es ist nicht verwunderlich, daß ich damals nie auf den Gedanken gekommen bin, Schriftsteller zu werden. 1934, als ich im Alter von achtzehn die Schule verließ, lehnte ich das Angebot meiner Mutter ab (mein Vater starb, als ich drei Jahre alt war), auf die Universität zu gehen. Ich fand es ziemlich sinnlos, drei bis vier Jahre in Oxford oder Cambridge zu vergeuden, wenn man nicht gerade Arzt, Rechtsanwalt, Wissenschaftler, Ingenieur oder so etwas werden wollte, und ich vertrete diesen Standpunkt heute noch. Ich hatte statt dessen den leidenschaftlichen Wunsch, ins Ausland zu gehen, zu reisen und ferne Länder zu sehen. In jenen Tagen gab es noch keinen richtigen Flugreiseverkehr, und eine Reise nach Afrika oder in den Fernen Osten dauerte mehrere Wochen.

Ich bekam also bei der Shell Oil Company eine Stellung im sogenannten Eastern Staff, wo sie mir versprachen, daß ich nach zwei, drei Einarbeitungsjahren in England ins Ausland geschickt würde.

«In welches Land?» erkundigte ich mich.

«Wer will das wissen?» antwortete der Mann. «Das hängt ganz davon ab, wo gerade eine Stelle frei ist, wenn Sie an der Reihe sind. Es kann Ägypten sein oder China oder Indien, eigentlich jedes Land in der Welt.»

Das klang verlockend. Und das war es auch. Als ich drei Jahre später an der Reihe war, ins Ausland geschickt zu werden, teilte man mir mit, daß ich nach Ostafrika sollte. Tropenkleidung wurde bestellt, und meine Mutter half mir, die Koffer zu packen. Meine Dienstzeit in Afrika war für drei Jahre geplant, dann sollte ich sechs Monate Heimaturlaub bekommen. Ich war jetzt 21 Jahre alt und im Begriff, die große weite Welt zu betreten. Ich fühlte mich großartig. Ich schiffte mich in London ein und stach in See.

Die Reise dauerte zweieinhalb Wochen. Wir fuhren durch die Bucht von Biskaya und legten in Gibraltar an. Dann ging es weiter durchs Mittelmeer, nach Malta, Neapel, Port Said, dann durch den Suez-Kanal und das Rote Meer, wobei wir in Port Sudan und Aden Station machten. Es war alles ungeheuer aufregend. Zum erstenmal sah ich die großen Sandwüsten, arabische Soldaten noch zu Kamel, Palmen, auf denen Datteln wuchsen, fliegende Fische und tausend andere Wunder. Schließlich erreichten wir Mombasa in Kenia.

In Mombasa kam ein Mann von der Shell an Bord und teilte mir mit, daß ich in ein kleines Küstenfahrzeug umsteigen und nach Daressalam, der Hauptstadt von Tanganjika, dem heutige Tansania, fahren müßte. Ich fuhr also nach einem Zwischenaufenthalt in Sansibar nach Daressalam.

Die nächsten beiden Jahre arbeitete ich in Tansania für die Shell. Mein Hauptquartier war in Daressalam. Ein phantastisches Leben. Die Hitze war ungeheuerlich, aber wen störte das? Wir trugen Khakishorts, ein offenes Hemd und einen Tropenhelm auf dem Kopf. Ich lernte Kisuaheli. Ich fuhr ins Land hinein und besichtigte Diamantenminen, Sisalplantagen, Goldminen und andere Sehenswürdigkeiten.

Überall gab es Giraffen, Elefanten, Zebras, Löwen und Antilopen, auch Schlangen, einschließlich der Schwarzen Mamba. Sie ist die einzige Schlange auf der Welt, die einen Menschen von sich aus angreift, wenn sie ihn sieht. Und wenn sie einen erwischt und beißt, kann man nur noch beten. Ich lernte es, meine Moskitostiefel vor dem Anziehen immer auszuschütteln, denn manchmal machte es sich ein Skorpion darin bequem, und ich bekam wie alle anderen Malaria und lag drei Tage lang mit höllischem Fieber im Bett.

Im September 1939 war klar, daß es Krieg mit Hitler-Deutschland geben würde. In Tanganjika, das zwanzig Jahre vorher noch Deutsch-Ostafrika geheißen hatte, lebten noch viele Deutsche. Sie saßen überall. Sie hatten Läden, Minen, Plantagen im ganzen Land. Wenn der Krieg ausbräche, würde man sie an einem Punkt sammeln müssen. Wir hatten aber in Tanganjika keine Armee, nur ein paar eingeborene Soldaten, die Askaris, und eine Handvoll Offiziere. Deshalb wurden alle männlichen Zivilisten zu Sonderrevervisten ernannt. Ich bekam eine Armbinde und das Kommando über zwanzig Askaris. Meine kleine Einheit und ich erhielten den Befehl, die Straße, die im Süden von Tanganjika ins neutrale portugiesische Ostafrika führte, zu sperren. Das war ein wichtiger Auftrag, denn wenn der Krieg ausbrach, würden die meisten Deutschen über diese Straße zu fliehen versuchen.

Ich nahm also meinen vergnügten Haufen mit seinen Flinten und dem einzigen Maschinengewehr und baute dort, wo die Straße durch dichten Dschungel lief, eine Straßensperre, etwa zehn Meilen von der Stadt entfernt. Wir hatten eine Feldtelefonverbindung mit dem Hauptquartier, das uns sofort von einer Kriegserklärung benachrichtigen sollte. Wir richteten uns so gut wie möglich ein und warteten. Wir warteten drei Tage lang. In den Nächten dröhnte der Urwald um uns herum vom gespenstischen und hypnotischen Rhythmus der Eingeborenen-Trommeln. Einmal ging ich in der Dunkelheit in den Dschungel hinein und stieß auf vielleicht fünfzig Eingeborene, die um ein Feuer hockten. Nur ein einziger Mann schlug die Trommel, ein paar tanzten ums Feuer herum, der Rest trank etwas aus Kokosschalen. Sie hießen mich in ihrem Kreis willkommen. Es waren freundliche Menschen. Ich konnte mich mit ihnen in ihrer Sprache unterhalten. Sie gaben mir eine Kokosnußhälfte mit einem sämigen grauen Getränk, das sie aus vergorenem Mais herstellten und das rasch betrunken machte. Wenn ich mich recht erinnere, nannten sie es Pomba. Ich nahm einen Schluck. Es schmeckte abscheulich.

Am nächsten Nachmittag ging das Feldtelefon, und eine Stimme sagte: «Wir haben Krieg mit Deutschland.» Wenige Minuten später sah ich in der Ferne in einer gewaltigen Staubwolke eine Autoschlange auf uns zurollen, die vermutlich so rasch wie möglich ins neutrale Gebiet von Portugiesisch-Ostafrika wollte.

Hallo, dachte ich, das wird wohl eine kleine Schlacht geben. Und ich rief meinen zwanzig Askaris zu, sich kampfbereit zu machen. Aber es gab keine Schlacht. Die Deutschen, die schließlich nur Zivilisten aus der Stadt waren, sahen unser Maschinengewehr und unsere Flinten und ergaben sich sofort. Innerhalb einer Stunde hatten wir ein paar hundert von ihnen in Gewahrsam. Sie taten mir eigentlich leid. Viele von ihnen kannte ich persönlich, wie zum Beispiel Willi Hink, den Uhrmacher, und Hermann Schneider, dem die Sodawasser-Abfüllstation gehörte. Ihr einziges Verbrechen bestand darin, daß sie Deutsche waren. Aber es war Krieg. In der Abendkühle führten wir sie zurück nach Daressalam, wo sie in ein von Stacheldraht umgebenes Internierungslager kamen.

Am nächsten Tag kletterte ich in mein altes Auto und fuhr nach Norden, nach Nairobi in Kenia, um mich bei der R. A. F. zu melden. Es war eine abenteuerliche Fahrt, und sie kostete mich vier Tage. Holprige Dschungelwege, breite Flüsse, wo das Auto auf eine Fähre geladen und von einem Eingeborenen am Fährseil über den Fluß gezogen werden mußte, lange grüne Schlangen, die vor dem Wagen über die Straße glitten. (Eine Randbemerkung: versuchen Sie nie, über eine Schlange zu fahren, denn sie kann dabei in die Luft fliegen und in ihrem offenen Wagen landen. Das ist schon oft passiert.) Nachts schlief ich im Auto. Ich fuhr am schönen Kilimandscharo mit seinem schneebedeckten Gipfel vorbei. Ich fuhr durch das Land der Massai, wo die Männer Rinderblut trinken und jeder fast zwei Meter groß ist. Ich stieß in der Serengeti fast mit einer Giraffe zusammen. Schließlich kam ich jedoch heil und gesund in Nairobi an und meldete mich im R. A. F.-Hauptquartier am Flughafen.

Sechs Monate lang brachten sie uns das Fliegen bei in kleinen Flugzeugen, die Tigermotten hießen, und das war auch eine herrliche Zeit. Wir schwirrten in unseren kleinen Tigermotten kreuz und quer über Kenia, sahen riesige Elefantenherden, sahen die rosafarbenen Flamingos auf dem Nakuru-See, sahen alles, was es in diesem überwältigend schönen Land zu sehen gab. Vor dem Start mußten wir oft eine Zebraherde vom Flugplatz scheuchen. Wir waren zwanzig Mann in diesem Pilotenlehrgang in Nairobi. Siebzehn von diesen zwanzig sind im Krieg gefallen.

Von Nairobi aus schickten sie uns in den Irak, auf eine gottverlassene Flugbasis in der Nähe von Bagdad, wo unsere Ausbildung abgeschlossen werden sollte. Der Ort hieß Habbaniyih. Nachmittags wurde es dort so heiß, 55 Grad Celsius im Schatten, daß es uns verboten wurde, unsere Hütten zu verlassen. Wir lagen nur auf unseren Pritschen herum und schwitzten. Die Pechvögel bekamen einen Hitzschlag, wurden ins Lazarett gebracht und ein paar Tage in Eis gepackt. Das brachte sie entweder um oder wieder auf die Beine. Die Chancen standen eins zu eins.

In Habbaniyih brachten sie uns bei, mit größeren, bewaffneten Flugzeugen zu fliegen, und wir veranstalteten Schießübungen auf Schleppscheiben, die andere Flugzeuge hinter sich herzogen, und auf Bodenziele.

Schließlich war unsere Ausbildung beendet, und wir wurden nach Ägypten geschickt, um in Libyen, in der westlichen Wüste, gegen die Italiener zu kämpfen. Ich kam zur 80. Schwadron, zu den Jagdfliegern, und zuerst hatten wir nur altmodische einsitzige Doppeldecker, die Gloster

Gladiators. Die beiden Maschinengewehre, mit denen eine Gladiator ausgerüstet war, waren rechts und links vom Motor, und ob Sie es glauben oder nicht, sie schossen durch den Propeller. Die Gewehre waren irgendwie mit dem Propeller synchronisiert, so daß die Kugeln theoretisch immer zwischen den sich drehenden Propeller-Blättern hindurchpfiffen. Wie Sie sich aber sicher vorstellen können, geriet dieser komplizierte Mechanismus ziemlich oft aus dem Takt, und der arme Pilot, der eigentlich einen Feind abschießen wollte, schoß sich statt dessen den eigenen Propeller ab.

Ich selbst wurde in einem Gladiator abgeschossen, der tief in der libyschen Wüste zwischen die feindlichen Linien krachte. Die Maschine ging sofort in Flammen auf, aber ich schaffte es, herauszukommen, und wurde schließlich von unseren eigenen Soldaten, die im Schutz der Dunkelheit durch den Sand kriechen konnten, gerettet.

Dieser Absturz brachte mir einen Schädelbruch, schwere Verbrennungen und einen halbjährigen Lazarettaufenthalt in Alexandria ein. Als ich im April 1941 wieder entlassen wurde, war meine Schwadron nach Griechenland verlegt und gegen die Deutschen eingesetzt worden, die von Norden her ins Land einfielen. Ich bekam eine Hurricane zugeteilt und den Befehl, sie von Ägypten nach Griechenland zu fliegen und mich bei der Schwadron zu melden. Nun ist eine Hurricane mit der alten Gladiator überhaupt nicht zu vergleichen. Sie hat acht Browning-Maschinengewehre, vier an jedem Flügel, und wenn man auf einen kleinen Knopf am Steuerknüppel drückt, knattern alle acht auf einmal los. Die Hurricane war ein großartiges Flugzeug, aber sie hatte nur einen Aktionsradius von zwei Stunden. Der Non-Stop-Flug nach Griechenland jedoch würde fast fünf Stunden dauern, und zwar ständig über Wasser. Sie montierten also zusätzliche Treibstofftanks auf die Flügel. Sie behaupteten, damit würde ich's schaffen. Ich schaffte es schließlich auch, aber knapp. Zudem – wenn man fast einsneunzig ist, wie ich, ist es kein Spaß, fünf Stunden lang zusammengekauert in einem winzigen Cockpit eingeklemmt zu sein. In Griechenland verfügte die R. A. F. insgesamt über achtzehn Hurricanes. Die Deutschen hatten mindestens tausend Flugzeuge im Einsatz. Das war eine harte Zeit für uns. Wir wurden von unserer Basis bei Athen (Eleusis) vertrieben und starteten eine Zeitlang von einer kleinen, versteckten Landebahn weiter westlich (Menidi). Es dauerte jedoch nicht lange, da hatten die Deutschen auch diesen Flugplatz entdeckt und bombardierten ihn in Grund und Boden. Mit den paar Flugzeugen, die noch übriggeblieben waren, flogen wir zu einem winzigen Flugplatz im südlichsten Winkel von Griechenland (Argos), und dort versteckten wir unsere Hurricanes unter den Olivenbäumen, wenn wir nicht flogen.

Aber auch das dauerte nicht lange. Wir hatten bald nur noch fünf Hurricanes, und von den Piloten lebten auch nicht mehr viele. Diese fünf Flugzeuge wurden nach Kreta gebracht. Dann eroberten die Deutschen Kreta. Einige von uns konnten entkommen, und zu den Glücklichen gehörte ich. Ich landete also wieder in Ägypten. Die Schwadron wurde neu zusammengestellt und mit neuen Hurricanes ausgerüstet. Wir wurden nach Haifa geschickt, was damals in Palästina lag, heute in Israel, von wo aus wir wieder gegen die Deutschen kämpften und gegen die Vichy-Franzosen im Libanon und in Syrien.

Zu diesem Zeitpunkt meldeten sich meine Kopfverletzungen wieder. Schwere Schmerzanfälle machten mir das Fliegen unmöglich. Ich wurde nicht verwendungsfähig geschrieben und mit einem Truppentransporter von Suez über Durban, Kapstadt und Lagos nach Liverpool und damit also nach England zurückgeschickt. Im Atlantik wurden wir von deutschen U-Booten gejagt und während der letzten Woche der Reise täglich von Focke-Wulf-Langstreckenbombern angegriffen.

Ich war vier Jahre nicht zu Hause gewesen. Meine Mutter war während der Schlacht um England in ihrem Haus in Kent ausgebombt worden und wohnte jetzt in einem kleinen, strohgedeckten Häuschen in Buckinghamshire. Sie war von Herzen froh, mich wiederzusehen. Ebenso meine vier Schwestern und mein Bruder. Ich bekam einen Monat Urlaub. Dann erhielt ich plötzlich die Nachricht, daß ich als Assistent Air Attaché nach Washington in die Vereinigten Staaten von Amerika geschickt werden sollte. Das war im Januar 1942, einen Monat vorher hatten die Japaner die amerikanische Flotte in Pearl Harbor vernichtet. Die Vereinigten Staaten befanden sich jetzt also ebenfalls im Krieg.

Als ich in Washington eintraf, war ich 26 Jahre alt und dachte immer noch nicht daran, Schriftsteller zu werden.

Am Vormittag des dritten Tages saß ich in meinem neuen Büro in der britischen Botschaft und zerbrach mir den Kopf, was um des Himmelswillen ich hier machen sollte, als es an meine Tür klopfte. «Herein!»

Ein zierlicher kleiner Mann mit einer dicken Stahlbrille auf der Nase schob sich scheu ins Zimmer. «Entschuldigen Sie, daß ich Sie störe», sagte er.

«Sie können mich gar nicht stören», antwortete ich. «Ich habe überhaupt nichts zu tun.»

Er stand vor mir und wirkte sehr verlegen und irgendwie fehl am Platze. Ich dachte, vielleicht sucht er auch Arbeit.

«Ich heiße Forester», sagte er. «C. S. Forester.»

Ich fiel fast vom Stuhl. «Machen Sie einen Witz?» fragte ich.

«Nein», antwortete er und lächelte. «Ich bin es.»

Er war es tatsächlich. Es war der große Schriftsteller höchstpersönlich, der Erfinder von Kapitän Hornblower und nach Joseph Conrad der beste Erzähler von Seegeschichten. Ich bat ihn, Platz zu nehmen. «Schauen Sie», sagte er. «Ich bin zu alt für den Krieg. Ich lebe jetzt hier. Ich kann mich nur dadurch nützlich machen, daß ich für amerikanische Zeitungen und Zeitschriften Artikel über England schreibe. Wir brauchen so viel Hilfe von Amerika, wie uns das Land geben kann. Es gibt eine Zeitschrift hier, die *Saturday Evening Post*, die alle Geschichten veröffentlichen will, die ich schreibe. Ich habe einen Vertrag mit ihnen. Und ich komme zu Ihnen, weil ich glaube, daß Sie eine gute Geschichte erzählen könnten. Ich meine, über das Fliegen.»

«Nicht besser als tausend andere Leute», antwortete ich. «Es gibt eine Menge Piloten, die viel mehr Flugzeuge abgeschossen haben als ich.»

«Darum geht es nicht», sagte Forester. «Sie sind jetzt hier in Amerika, und da Sie, wie man hier sagt, im Kampf gewesen sind, sind Sie eine Seltenheit auf dieser Seite des Atlantiks. Vergessen Sie nicht, daß man hier gerade erst in den Krieg eingetreten ist.»

«Und was soll ich machen?» fragte ich.

«Kommen Sie und lassen Sie uns zusammen essen gehen», sagte er. «Und dann erzählen Sie mir alles. Sie brauchen mir nur von Ihrem aufregendsten Abenteuer zu berichten, ich mache dann für die *Saturday Evening Post* eine Geschichte daraus. Jede kleinste Kleinigkeit hilft mir weiter.»

Ich war begeistert. Ich hatte noch nie einen berühmten Schriftsteller kennengelernt. Ich musterte ihn ausgiebig, als er da bei mir im Büro saß. Am meisten verblüffte mich, daß er so völlig normal aussah. Es war überhaupt nichts

Ungewöhnliches an ihm. Sein Gesicht, seine Art der Unterhaltung, seine Augen hinter den Brillengläsern, selbst seine Kleidung waren ausgesprochen normal. Und trotzdem war er ein Geschichtenschreiber, der in der ganzen Welt berühmt war. Seine Bücher wurden von Millionen Menschen gelesen. Ich hätte angenommen, daß einem solchen Menschen die Geistesblitze aus den Augen schießen oder daß er zumindest einen langen grünen Mantel und einen breitrandigen Hut trägt.

Aber nichts dergleichen. Und in diesem Augenblick begann ich zu begreifen, daß jeder Schriftsteller zwei verschiedene Seiten hat. Die eine Seite, die, die er der Öffentlichkeit zukehrt, zeigt das Bild eines ganz normalen Menschen, der ganz normale Dinge tut und eine ganz alltägliche Sprache spricht. Dann gibt es aber noch eine verborgene Seite, die sich erst zeigt, wenn er die Tür seines Arbeitszimmers hinter sich geschlossen hat und allein ist. Das ist der Moment, in dem er in eine vollkommen andere Welt schlüpft, eine Welt, in der seine Phantasie die Herrschaft übernimmt und ihn an die Plätze versetzt, über die er gerade schreibt. Ich selber, falls Sie das interessiert, gerate immer in eine Art Trance. Alles um mich verschwindet, und ich sehe nur noch, wie die Spitze meines Bleistifts über das Papier huscht. Sehr oft vergehen zwei Stunden so rasch wie ein paar Sekunden.

«Kommen Sie mit», sagte C. S. Forester zu mir. «Lassen Sie uns zusammen zu Mittag essen. Sie scheinen ja sowieso nichts anderes vorzuhaben.»

Als ich an der Seite des berühmten Mannes die Botschaft verließ, war ich vor Aufregung ganz zappelig. Ich hatte nicht nur alle Hornblower-Romane gelesen, sondern auch sonst fast alles, was er geschrieben hatte. Ich hatte – und habe immer noch – eine große Vorliebe für Bücher über das Meer. Ich habe alles von Conrad gelesen und alles von Kapitän Marryat, dem Autor von *Sigismund Rüstig* und so weiter, und jetzt war ich auf dem Wege zum Mittagessen mit einem, meiner Meinung nach, ebenso fabelhaften Schriftsteller.

Er führte mich in ein teures kleines französisches Restaurant irgendwo in der Nähe vom Hotel *Mayflower* in Washington. Er bestellte ein üppiges Mittagessen, dann zog er Block und Bleistift heraus, Kugelschreiber waren 1942 noch nicht erfunden, und legte beides neben sich aufs Tischtuch. «So», sagte er. «Und jetzt erzählen Sie mir etwas über das aufregendste oder schrecklichste oder gefährlichste Abenteuer, das Sie als Jagdflieger erlebt haben.»

Ich versuchte in Gang zu kommen. Ich fing an, zu erzählen, wie ich über der Wüste abgeschossen worden war und die Maschine in Flammen aufging.

Die Serviererin brachte zwei Portionen Räucherlachs. Während wir versuchten, zu essen, versuchte ich zu erzählen, und Forester versuchte, sich Notizen zu machen.

Als Hauptgang gab es Entenbraten mit verschiedenen Gemüsen und Kartoffeln und einer schweren, gehaltvollen Sauce. Das war ein Gericht, das nicht nur ungeteilte Aufmerksamkeit, sondern auch beide Hände erforderte. Meine Erzählung geriet ins Stocken, und Forester legte immer wieder den Bleistift aus der Hand, um nach der Gabel zu greifen, oder umgekehrt. Es lief nicht so recht. Und davon abgesehen bin ich auch nie sehr gut im Geschichtenerzählen gewesen.

«Hören Sie», sagte ich, «wenn Sie einverstanden sind, werde ich versuchen, alles so aufzuschreiben, wie es passiert ist, und das schicke ich Ihnen dann zu. Dann können Sie es in aller Ruhe umschreiben. Wäre das nicht einfacher? Ich könnte es gleich heute abend machen.»

Das war – wenn ich es damals auch noch nicht ahnte – der Augenblick, der mein ganzes Leben änderte.

«Großartige Idee», sagte Forester. «Dann kann ich diesen albernen Notizblock wegstecken, und wir können unser Essen genießen. Würden Sie das wirklich für mich tun?»

«Es macht mir nichts aus», erwiderte ich. «Sie dürfen nur nichts Großartiges erwarten. Ich schreibe einfach die Fakten auf.»

«Machen Sie sich keine Sorgen», entgegnete er. «Wenn ich Tatsachen habe, kann ich jede Geschichte schreiben. Aber bitte», fügte er hinzu, «geben Sie mir viele Details. Das ist in unserem Beruf das Wichtigste und Wertvollste, viele kleine Details, zum Beispiel, daß Ihnen der Schnürsenkel im linken Schuh gerissen war oder daß sich mittags eine Fliege auf den Rand Ihres Glases gesetzt hatte oder daß der Mann, mit dem Sie sich unterhielten, vorn einen abgebrochenen Zahn hatte. Versuchen Sie, zurückzudenken und sich an alles zu erinnern.»

«Ich werde mein Bestes versuchen», versprach ich.

Er gab mir eine Anschrift, an die ich die Geschichten schicken sollte, und dann vergaßen wir alles und widmeten uns nur unserem Essen. Mr. Forester war ohnehin nicht sehr redselig. Er konnte offenbar nicht so gut erzählen, wie er schrieb, und obgleich er freundlich und geduldig war, gab er keine Geistesblitze von sich, und ich hätte mich ebensogut mit einem intelligenten Börsenmakler oder Rechtsanwalt unterhalten können.

Am gleichen Abend setzte ich mich in dem kleinen Haus, in dem ich allein in einem Vorort von Washington wohnte, an den Tisch und schrieb meine Geschichte auf. Ich begann ungefähr um sieben Uhr und war um Mitternacht fertig. Ich kann mich noch daran erinnern, daß ich mir ein Glas portugiesischen Brandy eingegossen hatte, um mich in Schwung zu bringen. Zum erstenmal in meinem Leben ging ich in dem, was ich tat, vollkommen auf. Ich tauchte in die Vergangenheit ein und war wieder in der glühenden Wüstenhitze von Libyen, ich spürte den weißen Sand unter den Füßen, kletterte ins Cockpit der alten Gladiator, schnallte mich an, rückte meinen Sturzhelm zurecht, ließ den Motor an und holperte über die Startbahn. Es war erstaunlich, wie alles in absoluter Klarheit wieder vor mir auftauchte. Es aufzuschreiben war nicht schwer. Die Geschichte schien sich von selbst zu erzählen, und die Hand, die den Bleistift hielt, fuhr auf den Blättern rasch hin und her. Als die Geschichte fertig war, gab ich ihr zum Spaß einen Titel. Ich nannte sie *Ein Kinderspiel*.

Am nächsten Tag tippte es jemand in der Botschaft für mich ab, und ich schickte es Mr. Forester. Dann vergaß ich die ganze Angelegenheit.

Auf den Tag zwei Wochen später erhielt ich von dem großen Mann eine Antwort. Sie lautete:

Lieber RD, Sie sollten mir eigentlich nur Notizen schikken, keine fertige Geschichte. Ich bin hellauf begeistert. Ihre Geschichte ist vorzüglich. Es ist das Werk eines begabten Schriftstellers. Ich habe kein einziges Wort verändert. Ich habe sie sofort unter Ihrem Namen an meinen Agenten weitergeleitet, Harold Matson, und habe ihn gebeten, sie mit meiner persönlichen Empfehlung der *Saturday Evening Post* anzubieten. Es macht Sie sicher glücklich, zu erfahren, daß die *Post* die Geschichte sofort angenommen und 1000 Dollar dafür gezahlt hat. Mr. Matsons Anteil beträgt zehn Prozent. In der Anlage finden Sie seinen Scheck über 900 Dollar. Das gehört alles Ihnen. Wie Sie aus Mr. Matsons Brief ersehen, den ich ebenfalls beile-

233

ge, fragt die *Post* an, ob Sie noch weitere Geschichten für
sie schreiben wollen. Ich hoffe, Sie werden es tun. Wußten
Sie, daß Sie ein Schriftsteller sind?
Mit herzlichen Grüßen und Glückwünschen

C. S. Forester

Ein Kinderspiel ist in diesem Buch als letzte Geschichte
abgedruckt.
«Du meine Güte!» dachte ich. «900 Dollar. Und druk-
ken wollen sie es auch noch! So leicht kann das doch nun
wirklich nicht sein?»
Verrückterweise war es das aber doch.
Die nächste Geschichte, die ich schrieb, war erfunden. Ich
dachte sie mir aus. Ich kann nicht sagen, warum. Und Mr.
Matson verkaufte auch diese Geschichte. Und so schrieb ich
dort abends in Washington in den nächsten beiden Jahren
insgesamt elf Kurzgeschichten. Sie sind alle an amerikanische
Zeitschriften verkauft worden und erschienen später in einem kleinen Sammelband unter dem Titel *Over to You.*
In dieser Zeit hatte ich auch sehr bald Lust, eine Geschichte für Kinder zu schreiben. Ich nannte sie *Die Gremlins,* und das war, glaube ich, das erste Mal, daß dieses
Wort benutzt worden ist. Die Gremlins in meiner Geschichte waren winzige Kerle, die in den R. A. F.-Jagd-
flugzeugen und Bombern hausten, und es war nicht der
böse Feind, sondern die Gremlins, die für alle Einschüsse,
für brennende Maschinen und Abstürze während eines
Luftkampfs verantwortlich waren. Die Gremlins hatten
Weiber, die ich Fifinellas nannte, und ihre Kinder hießen
Widgets. Obgleich die Geschichte unverkennbar die Arbeit eines unerfahrenen Schreibers war, wurde sie von Walt
Disney gekauft, der beschloß, einen abendfüllenden Trick-
film daraus zu machen. Zuerst wurde sie jedoch mit farbi-

gen Illustrationen von Disney im Dezember 1942 im *Cosmopolitan Magazine* veröffentlicht, und von da an waren sie nicht mehr zu stoppen. Die Gremlins wurden sehr schnell in der gesamten R. A. F. und in der US Air Force bekannt und wurden so etwas wie eine Legende.

Der Gremlins wegen wurde ich drei Wochen lang von meinen Aufgaben in der Botschaft in Washington freigestellt und nach Hollywood verfrachtet. Dort quartierte man mich auf Disneys Kosten in einem luxuriösen Hotel in Beverly Hills ein und stellte mir einen schimmernden Straßenkreuzer zur Verfügung. Ich arbeitete jeden Tag mit dem berühmten Disney in seinen Studios in Burbank zusammen, wo ich die Geschichte für den künftigen Film umschrieb. Ich war wie berauscht. Ich war erst 26 Jahre alt. Ich nahm an allen Konferenzen in Disneys riesigem Arbeitszimmer teil, wo jedes Wort und jeder Vorschlag sofort von einem Stenographen festgehalten und später abgeschrieben wurde. Ich trieb mich in den Räumen herum, in denen die begabten, temperamentvollen Phasenzeichner arbeiteten, die Männer, die bereits *Schneewittchen*, *Dumbo*, *Bambi* und andere zauberhafte Filme geschaffen hatten, und damals war es Disney vollkommen gleichgültig, wann diese verrückten Genies in den Studios auftauchten und wie sie sich aufführten, Hauptsache, sie wurden mit ihrer Arbeit fertig.

Als meine Zeit um war, reiste ich wieder nach Washington zurück und überließ sie ihrer Arbeit.

Meine Gremlin-Geschichte kam auch als Kinderbuch in New York und London heraus, mit den farbigen Illustrationen von Disney, natürlich auch unter dem Titel *Die Gremlins*. Heute ist kaum noch ein Exemplar davon zu bekommen. Ich besitze selber nur ein einziges. Der Film ist leider nie fertiggestellt worden. Ich habe das Gefühl, daß Disney sich mit dieser Art von Phantasie nie richtig hat anfreunden können. Dort in Hollywood war er doch sehr weit von dem großen Luftkrieg über Europa entfernt. Außerdem war es eine Geschichte über die Royal Air Force und nicht über seine eigenen Landsleute, und das, glaube ich, bestärkte ihn noch in seiner Unsicherheit. Jedenfalls verlor er zum Schluß das Interesse und ließ den ganzen Plan fallen.

Mein kleines Buch über die Gremlins war jedoch Anlaß für noch ein außergewöhnliches Erlebnis in jenen Kriegstagen in Washington. Eleanor Roosevelt hatte es im Weißen Haus ihren Enkelkindern vorgelesen und war offenbar ganz entzückt davon. Ich wurde von ihr und dem Präsidenten zum Essen eingeladen, und ich ging, schlotternd vor Aufregung, hin. Es wurde jedoch ein wunderbarer Abend, und ich wurde wieder eingeladen. Dann begann Mrs. Roosevelt, mich übers Wochenende nach Hyde Park einzuladen, dem Landsitz des Präsidenten. Und ob Sie es glauben oder nicht, dort verbrachte ich in den Mußestunden des Präsidenten eine ganze Menge Zeit mit ihm allein. Ich setzte mich zu ihm, wenn er sonntags vor dem Mittagessen die Martinis mixte, und dann sagte er zum Beispiel: «Ich habe gerade ein interessantes Telegramm von Mr. Churchill bekommen.» Manchmal erzählte er mir auch, was in dem Telegramm gestanden hatte – etwas von neuen Plänen vielleicht über die Bombardierung Deutschlands oder über versenkte U-Boote, und ich mußte mir immer Mühe geben, locker und gelassen zu bleiben, denn in Wirklichkeit zitterte ich bei der Vorstellung, daß der mächtigste Mann der Welt mir diese ungeheuerlichen Geheimnisse enthüllte. Manchmal fuhr er mich auf seinem Landsitz spazieren, in einem alten Ford, glaube ich, der speziell für seine gelähmten Beine konstruiert war. Es gab keine Pedale. Er konnte mit der Hand schalten und Gas geben. Seine Leute vom Geheimdienst hoben ihn immer aus dem Rollstuhl und setzten ihn auf den Fahrersitz, aber dann winkte er sie aus dem Weg, und los ging es. Er sauste mit affenartiger Geschwindigkeit über die engen Wege.

Eines Sonntags erzählte Franklin Roosevelt beim Mittagessen in Hyde Park eine Geschichte, die die anwesenden Gäste ziemlich schockierte. Es saßen etwa vierzehn Personen zu beiden Seiten des langen Eßtischs, unter ihnen Prinzessin Martha von Norwegen und verschiedene Kabinettsmitglieder. Wir hatten einen ziemlich faden weißen Fisch unter einer ebenso langweiligen grauen Sauce serviert bekommen. Plötzlich deutete der Präsident mit dem Finger auf mich und sagte: «Wir haben hier einen Engländer. Lassen Sie mich erzählen, was einem anderen Engländer zugestoßen ist, einem Vertreter des Königs, der im Jahre 1827 in Washington war.» Er nannte den Namen des Mannes, den ich jedoch vergessen habe. Dann fuhr er fort: «Während seines Aufenthalts hier starb dieser Bursche, und die Engländer bestanden aus irgendwelchen Gründen darauf, daß sein Leichnam zur Beerdigung nach England heimgeschickt würde. Das war damals nur auf eine Art und Weise zu bewerkstelligen: man mußte die Leiche in Alkohol legen. Sie wurde also in ein Faß mit Rum gesteckt, das Faß wurde an den Mast eines Schoners gebunden, und das Schiff stach in See, Richtung Heimat. Als sie ungefähr vier Wochen auf See waren, bemerkte der Kapitän des Schoners, daß aus dem Faß ein geradezu fürchterlicher Gestank kam. Der Geruch wurde schließlich so unerträglich, daß sie das Faß losschneiden und über Bord werfen mußten. Und wissen Sie, warum es so entsetzlich gestunken hat?» fragte der Präsident und strahlte seine Gäste mit seinem berühmten Lächeln an. «Ich will es Ihnen erklären: ein paar von den Matrosen hatten das Faß unten angebohrt und mit einem Spundzapfen wieder verschlossen. Dann hatten sie sich jeden Abend mit einem Gläschen Rum bedient. Und als sie alles ausgetrunken hatten, fing der Ärger an.» Franklin Roosevelt brach in dröhnendes Gelächter aus. Einige Damen am Tisch wurden blaß, und ich sah, wie sie ihre Teller mit dem gekochten weißen Fisch verstohlen von sich schoben. Außer der ersten Geschichte, die ich für C. S. Forester aufgeschrieben hatte, war alles, was ich in dieser Zeit schrieb, frei erfunden. Es interessiert mich nicht, über Dinge zu schreiben, die sich wirklich ereignet haben. Am allerwenigsten Spaß macht es mir, über eigene Erfahrungen zu sprechen. Das erklärt vielleicht auch, warum diese Geschichte so wenig Details enthält. Ich hätte leicht beschreiben können, wie man sich bei einem Luftkampf mit deutschen Jagdfliegern, dreitausend Meter über dem Parthenon in Athen, fühlt oder wie aufregend es ist, wenn man eine Ju 88 zwischen und über den Berggipfeln von Nordgriechenland verfolgt, aber dazu habe ich keine Lust. Für mich wird das Schreiben dann reizvoll, wenn ich Geschichten erfinden kann.

Außer der Forester-Erzählung habe ich, glaube ich, in meinem ganzen Leben nur noch eine Geschichte geschrieben, die ebenfalls auf Tatsachen beruht, und das tat ich nur, weil das Thema so verlockend war, daß ich nicht widerstehen konnte. Die Geschichte heißt *Der Schatz von Mildenhall* und steht auch in diesem Buch.

So war es also. So bin ich Schriftsteller geworden. Ich wäre es wahrscheinlich nie geworden, wenn ich nicht das Glück gehabt hätte, Mr. Forester kennenzulernen.

Jetzt, über dreißig Jahre später, plage ich mich immer noch damit ab. Das Wichtigste und Schwierigste für mich ist nach wie vor die Fabel. Gute und originelle Fabeln zu finden ist gar nicht so leicht. Man weiß nie, wann einem eine gute Idee kommt, aber wenn sie auftaucht, muß man sie mit beiden Händen packen und darf sie nicht wieder loslassen. Der Trick dabei ist, daß man sie sich sofort aufschreibt, sonst vergißt man sie wieder. Eine gute Fabel ist wie ein Traum. Wenn man einen Traum nicht im Augenblick des Erwachens notiert, droht die Gefahr, daß man ihn vergißt und daß er für immer entflieht.

Wenn mir also eine Idee für eine Geschichte einfällt, stürze ich mich auf einen Bleistift, Federhalter oder Lippenstift, auf alles, was schreibt, und kritzle ein paar Worte hin, die mich später an meinen Einfall erinnern. Oft reicht ein einziges Wort. Einmal, als ich allein über Land fuhr, kam mir die Idee für eine Geschichte von einem Menschen, der in einem unbewohnten Haus zwischen zwei Stockwerken im Aufzug steckenbleibt. Ich hatte nichts zum Schreiben im Wagen. Ich hielt also an und stieg aus. Die Kofferhaube des Autos war dick verstaubt. Ich schrieb mit dem Zeigefinger das Wort Aufzug in den Staub. Das reichte. Sobald ich zu Hause war, rannte ich in mein Arbeitszimmer und schrieb die Idee in ein altes rotes Schulheft, auf dem einfach steht: Kurzgeschichten.

Ich besitze dieses Heft, seit ich mich ernsthaft damit befasse, zu schreiben. Es enthält 98 Seiten, ich habe sie gezählt. Und fast jede dieser Seiten ist mit solchen Ideen für Geschichten beschrieben. Viele taugen nichts. Alle Kurzgeschichten jedoch und alle Kinderbücher, die ich geschrieben habe, begannen mit einer Drei- oder Vierzeilennotiz in diesem kleinen, vielbenutzten roten Heft. Zum Beispiel:

Wie wär's mit einer Schokoladenfabrik, die phantastische und wunderbare Sachen produziert – und einen närrischen Besitzer hat? Daraus wurde *Karlchen und die Schokoladenfabrik.*

Eine Geschichte über Mr. Fox, der ein ganzes Netzwerk von unterirdischen Tunneln hat, die zu allen Geschäften im Dorf führen. Nachts steigt er durch den Fußboden nach oben und bedient sich selbst.

Der fantastische Mr. Fox.

Jamaica und der kleine Junge, der sah, wie eine Riesenschildkröte von eingeborenen Fischern gefangen wird. Junge bittet seinen Vater, die Schildkröte zu kaufen und zu befreien. Wird hysterisch. Vater kauft sie. Wie weiter? Junge begleitet vielleicht Schildkröte oder lebt mit ihr.

Auf dem Rücken.

Ein Mann entwickelt die Fähigkeit, durch Spielkarten hindurchzusehen. Gewinnt in Casinos Millionen.

Das ist *Ich sehe was, was du nicht siehst* geworden.

Manchmal bleiben diese hingeworfenen Notizen fünf oder sogar zehn Jahre ungenutzt in dem Notizbuch stehen. Aber auf die vielversprechenden habe ich irgendwann immer zurückgegriffen. Und wenn sie auch sonst nichts beweisen, so zeigen sie meiner Meinung nach doch, wie zart die Fäden sind, aus denen ein Kinderbuch oder eine Kurzgeschichte letztlich geworden ist. Jede Geschichte wächst und entfaltet sich erst beim Schreiben. Und wenn das beste Material auf dem Schreibtisch liegt: ohne Einfall kann man keine Geschichte schreiben. Ohne mein kleines Notizbuch wäre ich vollkommen aufgeschmissen.

Ein Kinderspiel

Ich kann mich kaum erinnern; nicht an das, was vorher war, jedenfalls, bevor es passierte.

Da war die Landung in Fouka, wo die Blenheim-Jungs uns netterweise Tee gaben, während wir auftankten. Ich erinnere mich an das Schweigen der Blenheim-Jungs, wie sie ins Offiziersmessezelt kamen, um eine Tasse Tee zu trinken, und sich dann setzten, ohne zu sprechen; wie sie nach dem Trinken wieder aufstanden und schweigend davongingen. Und ich wußte, daß sie sich alle zusammenrissen, weil die Dinge damals nicht allzu gut liefen. Sie mußten zu oft raus, und es war kein Ersatz in Sicht.

Wir dankten ihnen für den Tee und gingen raus, um zu sehen, ob unsere Gladiators fertig aufgetankt waren. Ich erinnere mich, daß ein Wind blies, der den Windsack waagrecht stehen ließ wie einen Wegweiser; und der Sand wehte uns um die Beine und sauste gegen die Zelte, und die Zelte flatterten im Wind, so daß es sich anhörte, als ob in Segeltuch eingehüllte Männer in die Hände klatschten.

«Die Bomber-Jungs sind unglücklich», sagte Peter.

«Nicht unglücklich», antwortete ich.

«Na, sie haben die Nase voll.»

«Nein. Ihre Zeit ist vorbei, das ist alles. Aber sie werden weitermachen. Du siehst doch, daß sie versuchen, weiterzumachen.»

Unsere beiden alten Gladiators standen nebeneinander im Sand, und die Luftwaffenleute in ihren Khakihemden und Shorts schienen noch mit dem Auftanken beschäftigt zu sein. Ich trug eine dünne weiße Flieger-Kombination aus Baumwolle und Peter eine blaue. Es war nicht nötig, mit wärmeren Sachen zu fliegen.

Peter sagte: «Wie weit ist es?»

«Einundzwanzig Meilen hinter Charing Cross», antwortete ich, «rechts von der Straße.» Charing Cross war dort, wo die Wüstenstraße nach Norden, nach Marsa Matruk, abzweigte. Die italienische Armee lag vor Marsa, und sie schlug sich ganz gut. Es war so ungefähr das einzige Mal, soweit mir bekannt, daß die Italiener sich ganz gut schlugen. Ihre Moral pendelte auf und ab wie ein empfindlicher Höhenmesser, und gerade da war sie auf vierzigtausend, weil die Achsenmächte auf dem Gipfel der Welt waren. Wir lungerten herum und warteten auf das Ende des Auftankens.

Peter sagte: «Ist nur ein Kinderspiel!»

«Ja. Müßte eigentlich kinderleicht sein.»

Wir trennten uns, und ich kletterte in mein Cockpit. Ich habe nie das Gesicht des Bodenwarts vergessen, der mir beim Anschnallen half. Er war schon älter, ungefähr vierzig, und kahl, bis auf einen hübschen goldblonden Haarschopf am Hinterkopf. Sein Gesicht war zerknittert, seine Augen glichen denen meiner Großmutter, und er sah aus, als ob er sein ganzes Leben damit verbracht hätte, nie mehr zurückkehrenden Piloten beim Anschnallen zu helfen. Er

242

stand auf der Tragfläche, zog meine Gurte fest und sagte:
«Seien Sie vorsichtig. Es hat keinen Sinn, nicht vorsichtig
zu sein.»

«Kinderspiel», sagte ich.

«Von wegen.»

«Bestimmt. Es ist nicht schlimm. Es ist ein Kinderspiel.»
Ich weiß nicht mehr genau, was danach kam; ich weiß
nur, was später kam. Ich glaube, wir starteten von Fouka
und flogen nach Westen in Richtung Marsa, und ich glaube, wir flogen in etwa achthundert Fuß Höhe. Ich glaube,
wir sahen das Meer an Steuerbord, und ich glaube – nein,
ich bin sicher –, es war blau und schön, besonders dort, wo
die Brecher gegen den Sand schlugen und eine lange, dicke
weiße Linie zogen nach Osten und Westen, so weit das
Auge reichte. Ich glaube, wir flogen über Charing Cross
und dann 21 Meilen weiter bis dorthin, wo es ihrer Meinung nach sein sollte, aber ich weiß es nicht mehr genau.
Ich weiß nur, daß es Schwierigkeiten gab, über und über
Schwierigkeiten, und ich weiß, als wir umkehrten und zurückkamen, wurden die Schwierigkeiten noch größer. Die
größte Schwierigkeit war, daß ich zu tief war, um abzu-
springen, und von diesem Augenblick an funktioniert mein
Gedächtnis wieder. Ich erinnere mich, wie die Maschine
die Nase senkte, und ich erinnere mich, wie ich daran entlang blickte und den Boden sah und einen kleinen Kameldorn, der dort ganz allein wuchs. Ich erinnere mich an ein
paar Felsbrocken, die dort neben dem Kameldorn im Sand
lagen, und der Kameldorn und der Sand und die Felsbrok-
ken sprangen aus dem Boden und kamen auf mich zu. Daran erinnere ich mich ganz deutlich.

Und dann war da eine kleine Erinnerungslücke. Es kann
eine Sekunde, es können dreißig gewesen sein; ich weiß es
nicht. Ich glaube, es war sehr kurz, eine Sekunde vielleicht.

Als nächstes hörte ich rechts so etwas wie ein *Puuhfff*, als der Flügeltank an Steuerbord Feuer fing, und dann noch ein *Puuhfff*, als der Backbordtank folgte. Für mich war das nicht wichtig, und eine Weile lang saß ich still da, fühlte mich behaglich, aber ein bißchen schlaftrunken. Ich konnte nichts sehen mit meinen Augen, aber auch das war nicht wichtig. Kein Grund zur Sorge. Überhaupt keiner. Nicht, bis ich die Hitze an meinen Beinen fühlte. Anfangs war es nur eine Art Wärme, und die war auch in Ordnung, aber plötzlich war es eine Hitze, eine ziemlich sengende, stechende Hitze an beiden Beinen, von oben bis unten.

Ich wußte, daß die Hitze unangenehm war, aber das war auch alles, was ich wußte. Ich mochte sie nicht, also zog ich meine Beine an und wartete. Ich glaube, es stimmte etwas nicht mit dem Telegrafensystem zwischen Körper und Gehirn. Es schien nicht sehr gut zu funktionieren. Irgendwie ging es ein bißchen langsam mit den Informationen ans Gehirn und den Bitten um Anweisungen. Aber ich glaube, dann kam doch eine Meldung durch, die lautete: «Hier unten ist große Hitze. Was sollen wir tun? (Unterzeichnet:) Linkes Bein und rechtes Bein.» Lange kam keine Antwort. Das Gehirn überlegte sich die Sache.

Dann, langsam, Wort für Wort, kam die Antwort über die Leitungen. «Das – Flugzeug – brennt. Steig – aus – wiederhole – steig – aus – steig – aus.» Der Befehl wurde auf das ganze System übertragen, an alle Muskeln in den Beinen, Armen und im Körper, und die Muskeln machten sich an die Arbeit. Sie spannten sich, so gut sie konnten, schoben hier, zogen dort, strengten sich sehr an, aber es half nichts. Schon ging ein neues Telegramm hinauf: «Können nicht raus. Irgendwas hält uns fest.» Die Antwort darauf brauchte noch länger, also saß ich einfach da und wartete, und währenddessen nahm die Hitze zu. Etwas hielt mich

fest, und es war Sache des Gehirns, die Ursache herauszu-
finden. Lagen die Hände eines Riesen auf meinen Schultern
oder schwere Steine oder Häuser oder Dampfwalzen
oder Aktenschränke oder die Schwerkraft oder waren es
Seile? Moment mal. Seile . . . Seile . . . Die Meldung
drang langsam durch. Sehr langsam. «Deine – Gurte. Löse
– deine – Gurte.» Meine Arme empfingen die Meldung und
gingen an die Arbeit. Sie zerrten an den Gurten, aber die
wollten sich nicht lösen. Sie zerrten wieder und wieder, ein
bißchen schwach, aber so kräftig, wie sie konnten – es
nützte überhaupt nichts. Zurück ging die Anfrage: «Wie
lösen wir die Gurte?»

Ich glaube, diesmal saß ich drei oder vier Minuten da
und wartete auf Antwort. Es hatte keinen Zweck, sich zu
beeilen oder ungeduldig zu werden. Das war das einzige,
was ich sicher wußte. Trotzdem – wie lange das alles dauerte! Ich sagte laut: «Verdammt noch mal. Ich werde verbrennen. Ich werde . . .» Doch ich wurde unterbrochen.
Die Antwort kam – nein, doch nicht – ja, doch, langsam
kam sie durch: «Zieh – den Schnellauslösestift – raus – du –
blöder – Hund – und – beeil – dich.»

Raus war der Stift, und die Gurte waren gelöst. Jetzt
nichts wie raus. Raus, raus hier! Aber ich konnte nicht. Ich
kam einfach nicht aus dem Cockpit hoch. Arme und Beine
taten ihr möglichstes, aber sie schafften es nicht. Eine letzte
verzweifelte Meldung nach oben, diesmal mit dem Ver-
merk *Dringend*.

«Irgend etwas anderes hält uns unten», lautete sie. «Etwas anderes. Etwas anderes, etwas Schweres.»

Noch kämpften die Arme und Beine nicht. Sie schienen
instinktiv zu wissen, daß es sinnlos war, ihre Kraft zu vergeuden. Sie blieben ruhig und warteten auf die Antwort.
Mein Gott, wie lange das dauerte! Zwanzig, dreißig, vier-

zig heiße Sekunden. Keine von ihnen schon wirklich weiß-
glühend, kein Brutzeln von Fleisch, kein Geruch von bren-
nendem Braten, doch das konnte jetzt jeden Augenblick
passieren, weil die alte Gladiator nicht aus gehärtetem Stahl
war wie eine Hurricane oder eine Spit, sondern leinwand-
bespannte Flächen hatte, die mit wunderbar brennbarem
Lack überzogen waren, und darunter Hunderte von kleinen, dünnen Spanten, wie man sie zum Anzünden unter
Holzkloben legt, nur daß diese etwas trockener und dün-
ner sind. Wenn ein kluger Mann sagte: «Ich werde etwas
Großes bauen, das besser und schneller brennt als irgend
etwas sonst in der Welt», und sich an die Arbeit machte,
würde wahrscheinlich so etwas wie eine Gladiator dabei
rauskommen. Ich saß noch immer da und wartete.

Dann plötzlich die Antwort, wunderbar in ihrer Kürze
und zugleich alles erklärend: «Dein – Fallschirm. Dreh –
das – Schloß.»

Ich drehte das Schloß, löste die Fallschirmgurte, stemm-
te mich mit Mühe hoch und ließ mich seitlich über den
Cockpitrand fallen. Irgend etwas an mir schien zu brennen, deshalb wälzte ich mich im Sand, kroch dann auf allen
vieren vom Feuer weg und blieb liegen.

Ich hörte, wie ein Teil der MG.-Munition in der Hitze
hochging und wie einige Geschosse dicht neben mir in den
Sand schlugen. Sie störten mich nicht; ich hörte sie nur.

Es fing an, weh zu tun. Mein Gesicht schmerzte am meisten. Irgend etwas war nicht in Ordnung mit meinem Gesicht. Es war etwas mit ihm passiert. Langsam hob ich eine
Hand, um es zu befühlen. Es war klebrig. Meine Nase
schien weg zu sein. Ich versuchte, meine Zähne zu fühlen,
aber ich kann mich nicht erinnern, zu einem Ergebnis gekommen zu sein. Ich glaube, ich nickte ein.

Plötzlich war Peter da. Ich hörte seine Stimme, und ich

hörte ihn herumtanzen und schreien wie ein Irrer und meine Hand schütteln und sagen: «Mein Gott, ich dachte, du wärst immer noch da drin! Ich bin eine halbe Meile von dir entfernt runtergekommen und wie der Teufel gerannt. Bist du in Ordnung?»

Ich sagte: «Peter, was ist mit meiner Nase passiert?»

Ich hörte, wie er im Dunkeln ein Streichholz anzündete. In der Wüste kommt die Nacht schnell. Es folgte eine Pause.

«Scheint nicht mehr so recht da zu sein», sagte er. «Tut's weh?»

«Frag nicht so blöd, natürlich tut es weh.»

Er sagte, er werde zu seiner Maschine zurückgehen, um etwas Morphium aus seinem Notverbandskasten zu holen. Aber er kam schnell wieder zurück und sagte, er könne sein Flugzeug nicht finden im Dunkeln.

«Peter», sagte ich. «Ich kann nichts sehen.»

«Es ist Nacht», antwortete er. «Ich kann auch nichts sehen.»

Es war kalt jetzt. Bitterkalt. Peter legte sich dicht an mich, so daß wir uns gegenseitig etwas wärmten. Ab und zu sagte er: «Ich hab noch nie einen Mann ohne Nase gesehen.» Ich spuckte eine Menge Blut aus, und immer, wenn ich es tat, zündete Peter ein Streichholz an. Einmal gab er mir eine Zigarette, sie wurde naß, und ich wollte sie sowieso nicht.

Ich weiß nicht, wie lange wir dort blieben, und auch sonst erinnere ich mich nicht an viel. Ich erinnere mich, daß ich Peter immer wieder erzählte, ich hätte eine Schachtel Hustenbonbons in meiner Tasche und er solle doch einen nehmen, sonst würde ich ihn mit meinem Husten anstecken. Ich erinnere mich, daß ich ihn fragte, wo wir seien, und daß er sagte: «Wir sind zwischen den Linien.» Und dann erinnere ich mich an englische Stimmen von einer englischen Patrouille, die fragten, ob wir Italiener seien. Peter sagte etwas zu ihnen, ich weiß nicht mehr, was.

Später erinnere ich mich an heiße, dicke Suppe, und daß wir schon nach einem Löffel davon übel wurde. Und die ganze Zeit das angenehme Gefühl, daß Peter da war, nett war, wunderbare Dinge tat und nie wegging.

Das ist alles, woran ich mich erinnere.

Die Männer standen neben dem Flugzeug und malten und sprachen über die Hitze.

«Sie malen Bilder an die Flugzeuge», sagte ich.

«Ja», sagte Peter. «Großartige Idee. Raffiniert.»

«Weshalb?» sagte ich. «Erzähl mal.»

«Es sind komische Bilder», sagte er. «Die deutschen Piloten werden lachen, wenn sie sie sehen; sie werden sich schütteln vor Lachen, so daß sie nicht mehr geradeaus schießen können.»

«Ach, Mumpitz, Mumpitz, Mumpitz.»

«Nein, es ist eine großartige Idee. Fabelhaft. Komm und sieh es dir an.»

Wir liefen auf die Reihe der Flugzeuge zu. «Hopp, eins, zwei!» sagte Peter. «Hopp, eins, zwei! Bleib im Takt!»

«Hopp, eins, zwei», sagte ich, «hopp, eins, zwei», und wir tanzten weiter.

Der Maler am ersten Flugzeug hatte einen Strohhut auf dem Kopf und machte ein trauriges Gesicht. Er kopierte eine Zeichnung aus einem Magazin, und als Peter sie sah, sagte er: «Junge, Junge, sieh dir das Bild an.» Er lachte, erst donnernd, dann brüllend, und er schlug sich mit den Händen auf die Schenkel und lachte, bog sich vor Lachen, lachte mit weit offenem Mund und geschlossenen Augen. Sein Seiden-Zylinderhut fiel ihm vom Kopf und in den Sand.

«Das ist nicht komisch», sagte ich.

«Nicht komisch!» schrie er. «Was meinst du damit – nicht komisch? Sieh mich doch an! Sieh dir an, wie ich lache. Wenn man so lachen muß, kann man nichts treffen. Keinen Heuwagen, kein Haus, keine Laus.» Und er hüpfte im Sand umher, gurgelnd und sich schüttelnd vor Lachen. Dann nahm er mich beim Arm, und wir tanzten zum nächsten Flugzeug. «Hopp, eins, zwei», sagte er. «Hopp, eins, zwei.»

Dort war ein kleiner Mann mit einem zerknitterten Gesicht, der mit roter Kreide eine lange Geschichte auf den Rumpf schrieb. Sein Strohhut war in den Nacken geschoben, und sein Gesicht glänzte vor Schweiß.

«Guten Morgen», sagte er. «Guten Morgen, guten Morgen.» Und er nahm elegant seinen Hut vom Kopf und schwenkte ihn.

«Hör auf damit», sagte Peter, beugte sich vor und begann zu lesen, was der kleine Mann geschrieben hatte. Er gluckste die ganze Zeit vor Lachen, und als er es las, begann er immer wieder von neuem zu lachen. Er wiegte sich von einer Seite zur andern und tanzte auf dem Sand umher und schlug sich mit den Händen auf die Schenkel, und sein Körper bog sich. «O Himmel, was für eine Geschichte, was für eine Geschichte, was für eine Geschichte! Sieh mich an! Sieh, wie ich lache», und er hüpfte auf den Zehenspitzen umher, schüttelte den Kopf und kicherte wie ein Irrer. Da kapierte ich plötzlich den Witz und begann mit ihm zu lachen. Ich lachte so sehr, daß mir der Bauch weh tat und ich hinfiel und mich im Sand wälzte, ich brüllte und brüllte, weil es so komisch war, daß ich nichts anderes als lachen konnte.

«Peter, du bist großartig!» rief ich. «Aber können die deutschen Piloten alle Englisch lesen?»

«Oh, verdammt», sagte er. «Oh, verdammt. Halt!» rief
er. «Hört auf zu arbeiten!»

Und die Maler hörten alle auf zu malen und drehten sich
langsam um und blickten Peter an. Plötzlich machten sie
ein paar Freudensprünge und begannen gemeinsam zu singen. «Blöde Dinge – auf der Schwinge, auf der Schwinge,
auf der Schwinge», sangen sie.

«Schluß jetzt», sagte Peter. «Wir stecken in Schwierigkeiten. Wir müssen Ruhe bewahren. Wo ist mein Zylinder?»

«Wie bitte?» sagte ich.

«Du kannst Deutsch», sagte er. «Du mußt für uns übersetzen. Er wird für uns übersetzen!» rief er den Malern zu.
«Er wird übersetzen.»

Dann sah ich seinen schwarzen Zylinder im Sand liegen.
Ich sah weg, sah in der Gegend umher und sah wieder hin.
Es war ein seidener Klappzylinder, und er lag auf der Seite
im Sand.

«Du bist verrückt!» schrie ich. «Verrückter als der Teufel! Du weißt nicht, was du tust! Du schaffst es noch, daß
wir alle umgebracht werden! Du bist total übergeschnappt,
weißt du das? Du bist verrückter als der Teufel. Mein
Gott, du bist verrückt!»

«Du meine Güte! Was machst du für einen Lärm. Du
mußt nicht so schreien; das ist nicht gut für dich.» Das war
eine weibliche Stimme. «Du bist ja ganz verschwitzt», sagte sie, und ich fühlte, wie jemand mir mit einem Taschentuch die Stirn wischte. «Du mußt dich nicht so aufregen!»

Dann war sie fort, und ich sah nur den Himmel, der war
blaßblau. Es gab keine Wolken, und überall um mich herum waren deutsche Jäger. Sie waren oben, unten und neben mir – es gab keinen Ausweg für mich, ich konnte
nichts machen. Sie griffen mich abwechselnd an, und sie

flogen ihre Maschinen unbekümmert und drehten Kurven und Loopings und tanzten in der Luft. Aber ich hatte keine Angst, wegen der komischen Bilder auf meinen Tragflächen. Ich war ganz zuversichtlich und dachte: «Und wenn ich ganz allein gegen hundert von euch kämpfe, ich werde euch alle abschießen. Ich werde euch abschießen, während ihr lacht. Ja, das werde ich tun.»

Sie kamen dichter heran. Der ganze Himmel war voll von ihnen. Es waren so viele, daß ich nicht wußte, auf welche ich achtgeben und welche ich angreifen sollte. Es waren so viele, daß sie wie ein schwarzer Vorhang über den Himmel zogen und ich nur hier und da noch ein bißchen Blau durchschimmern sah. Aber genug, um eine blaue Hose damit zu flicken, und darauf kam es an. Solange es dafür reichte, war alles in Ordnung.

Sie kamen noch dichter heran. Sie kamen näher und näher, bis direkt vor mein Gesicht, so daß ich nur die schwarzen Kreuze sah, die sich klar von der Farbe der Messerschmitts und gegen das Himmelsblau abhoben; und als ich den Kopf schnell von einer Seite zur andern drehte, sah ich noch mehr Flugzeuge und noch mehr Kreuze, und dann sah ich nichts als die Balken der Kreuze und das Blau des Himmels. Die Balken hatten Hände, und sie faßten sich an und bildeten einen Kreis und umtanzten meine Gladiator, während die Motoren der Messerschmitts mit tiefer Stimme fröhlich dazu sangen. Sie spielten *Orangen und Limonen*, und von Zeit zu Zeit brachen zwei aus dem Kreis aus und stießen nach unten vor, auf die Mitte des Tanzfläche, und flogen einen Angriff, und da wußte ich, daß es *Orangen und Limonen* war. Sie rollten und kurvten und tanzten auf den Zehenspitzen, und sie lehnten sich gegen die Luft, erst nach der einen, dann nach der anderen Seite. *Oranges and Lemons said the bells of St. Clements*, sangen die Motoren.

Aber ich war immer noch zuversichtlich. Ich konnte besser tanzen als sie, und ich hatte eine bessere Partnerin. Sie war das schönste Mädchen der Welt. Ich blickte zu ihr hinab und sah die Kurve ihres Nackens und die sanft abfallenden blassen Schultern und ihre schlanken, verlangend ausgestreckten Arme.

Plötzlich sah ich ein paar Einschußlöcher in meiner Steuerbordfläche, und ich wurde ärgerlich und erschrak zugleich; aber der Ärger überwog. Dann wurde ich wieder zuversichtlich und sagte mir: «Der Deutsche, der das getan hat, hat keinen Humor. Einer ist immer dabei, der keinen Humor hat. Aber das ist kein Grund zur Sorge; überhaupt nicht.»

Dann sah ich mehr Einschläge, und ich bekam Angst. Ich schob die Cockpithaube zurück, stand auf und rief: «Ihr Idioten, seht euch lieber die komischen Bilder an. Das auf meinem Leitwerk, und die Geschichte auf meinem Rumpf. Bitte, seht euch die Geschichte auf meinem Rumpf an.»

Aber sie kamen immer wieder. Sie kamen zu zweit auf die Mitte der Tanzfläche zu und schossen während des Anflugs auf mich. Und die Motoren der Messerschmitts sangen laut. *When will you pay me? said the bells of Old Bailey*, sangen die Motoren, und dabei tanzten und schaukelten die schwarzen Kreuze im Rhythmus der Musik. Jetzt waren noch mehr Löcher in meinen Tragflächen und in der Motorhaube und im Cockpit.

Und dann plötzlich auch in meinem Körper.

Aber ich spürte keinen Schmerz, nicht einmal, als ich anfing zu trudeln, als die Tragflächen meines Flugzeugs flipp, flipp, flipp, flipp machten, schneller und schneller, als der blaue Himmel und das schwarze Meer einander im Kreise jagten, bis es weder Himmel noch Meer gab, sondern bloß das Gleißen der Sonne, während ich mich drehte. Aber die schwarzen Kreuze verfolgten mich, noch immer tanzend und sich an den Händen haltend, und ich konnte noch immer das Singen ihrer Motoren hören. «Hier kommt das Licht für einen armen Tropf, hier kommt ein Beil für deinen armen Kopf», sangen die Motoren.

Noch immer machten die Flächen flipp, flipp, flipp, flipp, und um mich waren weder Himmel noch Meer, nur die Sonne.

Dann war nur noch das Meer da. Ich sah es unter mir, sah die weißen Pferde und sagte zu mir selbst: «Das dort sind weiße Pferde, die auf rauher See reiten.» Da wußte ich, daß mein Gehirn noch funktionierte, wegen der weißen Pferde und der See. Ich wußte, daß nicht viel Zeit blieb, denn die See und die weißen Pferde waren jetzt schon näher, die weißen Pferde waren größer, und die See sah wie eine See aus, wie Wasser, nicht wie ein glatter Teller. Dann war da nur noch ein einziges weißes Pferd, es jagte wie wild vorwärts, die Trense zwischen den Zähnen, Schaum vorm Maul, die Gischt mit den Hufen teilend und den Hals weit nach vorn gestreckt. Es galoppierte wie verrückt über das Meer, reiterlos und ungezügelt, und ich wußte, daß wir zusammenstoßen würden . . .

Danach war es wärmer, und es gab keine schwarzen Kreuze mehr und keinen Himmel. Aber es war nur warm, denn es war nicht heiß und nicht kalt. Ich saß in einem großen roten Samtsessel, und es war Abend. Ein Wind blies von hinten.

«Wo bin ich?» fragte ich.

«Du wirst vermißt. Du wirst vermißt, bist vermutlich gefallen.»

«Dann muß ich es meiner Mutter erzählen.»

«Geht nicht. Du kannst dieses Telefon nicht benutzen.»

«Weshalb nicht?»

«Es geht nur zu Gott.»

«Was sagtest du, was ich bin?»

«Vermißt, vermutlich gefallen.»

«Das ist nicht wahr. Es ist eine Lüge, es ist eine verdammte Lüge, denn ich bin ja hier und werde nicht vermißt. Du willst mir bloß Angst einjagen, aber das wird
dir nicht gelingen. Es wird dir nicht gelingen, ich sage es
dir, weil ich weiß, daß es eine Lüge ist und ich zurück-
gehe zu meiner Staffel. Du kannst mich nicht aufhalten,
denn ich werde einfach gehen. Ich gehe, siehst du, ich
gehe.»

Ich sprang aus dem roten Sessel hoch und begann zu
rennen.

«Schwester, lassen Sie mich noch einmal die Röntgen-
aufnahmen sehen.»

«Hier sind sie, Herr Doktor.» Das war wieder die weibliche Stimme, und jetzt kam sie näher. «Sie haben aber
ganz schön Lärm gemacht, heute nacht! Lassen Sie mich
mal Ihr Kissen zurechtrücken, es fällt ja gleich auf den Boden.» Die Stimme war nahe, und wie war sehr weich und
lieb.

«Bin ich vermißt?»

«Nein, natürlich nicht. Es geht Ihnen prächtig.»

«Sie haben gesagt, ich sei vermißt.»

«Reden Sie keinen Unsinn; es geht Ihnen prächtig.»

Oh, alle reden sie Unsinn, alle, aber es war ein schöner
Tag, und eigentlich wollte ich nicht rennen, aber ich konnte nicht aufhören. Ich rannte weiter über das Gras, und ich
konnte nicht aufhören, weil meine Beine mich trugen und
ich keine Gewalt über sie hatte. Es war, als gehörten sie
nicht zu mir, obwohl ich sah, daß es meine waren, wenn
ich an mir hinuntersah, auch die Schuhe an den Füßen wa-

ren meine, und die Beine waren mit meinem Körper verbunden. Aber sie taten nicht, was ich wollte; sie liefen einfach weiter übers Feld, und ich mußte mit. Ich rannte und rannte und rannte, und obwohl das Feld an manchen Stellen uneben und holprig war, stolperte ich nie. Ich rannte an Bäumen und Hecken vorbei, und auf einem der Felder waren Schafe, die aufhörten zu fressen und davonliefen, als ich an ihnen vorbeirannte. Einmal sah ich meine Mutter in einem hellgrauen Kleid, die sich bückte, um Pilze zu pflücken, und als ich vorbeirannte, sah sie auf und sagte: «Mein Korb ist fast voll; wollen wir bald nach Hause gehen?» Doch meine Beine wollten nicht anhalten, und ich mußte weiter.

Dann sah ich den Abgrund vor mir, und ich sah, wie dunkel es jenseits des Abgrunds war. Da war dieser hohe Steilhang, und dahinter war nichts als Dunkelheit, obwohl die Sonne auf das Feld schien, über das ich rannte. Das Licht der Sonne hörte am Rand des Abgrunds auf, dahinter war nur Dunkelheit. «Das muß da sein, wo die Nacht anfängt», dachte ich, und wieder versuchte ich anzuhalten, aber vergebens. Meine Beine bewegten sich immer schneller auf den Abgrund zu, und sie machten immer längere Schritte. Ich griff mit den Händen hinunter und versuchte sie anzuhalten, indem ich den Stoff meiner Hose packte, aber es klappte nicht; dann versuchte ich, mich fallen zu lassen. Doch meine Beine waren flink, und jedesmal, wenn ich mich hinwarf, landete ich auf meinen Fußspitzen und rannte weiter.

Jetzt waren der Abgrund und das Dunkel viel näher, und ich konnte sehen, daß ich über den Rand stürzen würde, wenn ich nicht schnell anhielt. Noch einmal versuchte ich, mich auf den Boden zu werfen, und noch einmal landete ich auf den Fußspitzen und rannte weiter.

Ich war in voller Fahrt, als ich an den Rand kam, und ich schoß glatt darüberweg ins Dunkel und begann zu fallen. Anfangs war es noch nicht ganz dunkel. Ich konnte kleine Bäume erkennen, die aus der Steilwand wuchsen, und ich griff mit meinen Händen danach, während ich fiel. Mehrmals gelang es mir, einen Ast zu packen, aber er brach immer sofort ab, weil ich so schwer war und weil ich so schnell fiel. Einmal erwischte ich einen dicken Ast mit beiden Händen, und der Baum neigte sich nach vorn, und ich hörte, wie, eine nach der andern, die Wurzeln ausrissen, bis er aus der Wand riß und ich weiterfiel. Dann wurde es dunkler, weil die Sonne und der Tag weit weg über den Feldern oben auf dem Kliff waren, und während ich fiel, hielt ich die Augen offen und beobachtete, wie das Dunkel von Grauschwarz zu Schwarz wechselte, von Schwarz zu Pechschwarz und von Pechschwarz zu reiner, flüssiger Schwärze, die ich mit meinen Händen berühren, aber nicht sehen konnte. Aber ich fiel weiter, und es war so schwarz um mich, daß es nichts gab, und es war sinnlos, irgend etwas zu tun oder sich Sorgen zu machen oder über die Schwärze und das Fallen nachzudenken. Es hatte keinen Sinn.

«Es geht Ihnen besser heute morgen. Viel besser.» Es war wieder die weibliche Stimme.

«Hallo.»

«Hallo; wir dachten schon, Sie würden nie das Bewußtsein zurückerlangen.»

«Wo bin ich?»

«In Alexandria. Im Lazarett.»

«Wie lange bin ich schon hier?»

«Vier Tage.»

«Wie spät ist es?»

«Sieben Uhr morgens.»

«Weshalb kann ich nichts sehen?»

Ich hörte, wie sie etwas näher kam.

«Oh, wir haben nur einen Verband um Ihre Augen gewickelt, für eine Weile.»

«Für wie lange?»

«Nur für eine Weile. Keine Sorge! Es geht Ihnen prächtig. Sie haben sehr viel Glück gehabt, wissen Sie!»

Ich fühlte nach meinem Gesicht mit den Fingern, aber ich konnte es nicht fühlen; ich fühlte nur etwas anderes.

«Was ist mit meinem Gesicht passiert?»

Ich hörte, wie sie an mein Bett kam, und fühlte, wie ihre Hand meine Schulter berührte.

«Sie sollten jetzt nicht mehr sprechen. Sie dürfen es noch nicht. Es schadet Ihnen nur. Liegen Sie schön still und machen Sie sich keine Sorgen. Es geht Ihnen prächtig!»

Ich hörte das Geräusch ihrer Schritte, als sie durchs Zimmer ging, und ich hörte, wie sie die Tür öffnete und wieder schloß.

«Schwester», sagte ich. «Schwester.»

Aber sie war gegangen.

Die Originaltitel der Erzählungen und die Übersetzer:

The Boy Who Talked with Animals: Auf dem Rücken. Deutsch von
Sybil Gräfin Schönfeldt
The Hitch-hiker: Der Anhalter. Deutsch von Sybil Gräfin Schönfeldt
The Butler: Der Butler. Deutsch von Hansgeorg Bergmann
The Mildenhall Treasure: Der Schatz von Mildenhall. Deutsch von
Sybil Gräfin Schönfeldt
The Swan: Der Schwan. Deutsch von Sybil Gräfin Schönfeldt
The Wonderful Story of Henry Sugar: Ich sehe was, was du nicht siehst.
Deutsch von Sybil Gräfin Schönfeldt
Lucky Break: Wie ich Schriftsteller wurde. Deutsch von Sybil Gräfin
Schönfeldt
A Piece of Cake: Ein Kinderspiel. Deutsch von Rudolf Braunburg